DAS BLUT DES GLADIATORS

Die Fälle des Gladiators Leonidas, Band 1

ASHLEY GARDNER

Übersetzt von

OLIVER HOFFMANN

JA / AG Publishing

Originaltitel: Blood of a Gladiator © 2020 Jennifer Ashley

Copyright für die deutsche Übersetzung: © 2021 Oliver Hoffmann

Lektorat: Ute-Christine Geiler, Birte Lilienthal, Agentur Libelli

Korrektorat: Sonja Glück

Deutsche Erstausgabe

Cover: Kim Killion

Buchdesign und Satz: Vellum

KAPITEL 1

Rom, 62 n. Chr.

Das Geschrei aus Tausenden von Kehlen im Circus Gai umbrandete mich in Wellen. Ich schloss die Augen und ließ mich von dem Lärm tragen, als könne die Kraft des Klangs meinen erschöpften Körper aufrecht halten.

LE-O-NI-DAS! LE-O-NI-DAS!

Sie brüllten meinen Namen, während ich mit nackten Füßen im brennend heißen Sand stand und selbst die Flüsse aus Schweiß, die mir über die Haut liefen, mich nicht zu kühlen vermochten. Der Lendenschurz, der von meinen Hüften hing, war ebenso durchnässt wie der gepolsterte Armschutz, der mir von der Schulter bis zum Handgelenk reichte. Meine Brust, mein Rücken und meine Oberschenkel waren der Dezembersonne ausgesetzt, mein Kopf steckte in einem bronzenen Helm, unter dem sich die Hitze staute. Durch die vergitterten Augenlöcher des Helms konnte ich einen kleinen Ausschnitt der Arena sehen, mehr nicht.

Aber ich hörte die Männer und Frauen, die zu den Saturnalien gekommen waren und deren Schreie von Minute zu Minute lauter gellten.

In meinem linken Arm hatte ich einen Gladiator, einen *provocator* namens Regulus, der *secundus palus* unseres *ludus*. Ich war *primus*. „Regulus“ war genauso wenig sein richtiger Name wie „Leonidas, der Spartaner“ meiner, und ich betrachtete Regulus als Freund.

Die Spitze meines *gladius* ruhte an Regulus' Kehle. Ich wartete mit geschlossenen Augen und brennender Brust auf das Signal, das entweder Regulus das Leben retten oder mir sagen würde, dass ich zustoßen sollte. Der Geruch von Blut hing in der Luft – von den Tieren, die man zu Tagesbeginn durch die Arena gehetzt hatte, von den Menschen, die für ihre Verbrechen gestorben waren, und von den Gladiatoren in den ersten Kämpfen des Nachmittags, einige verwundet, einige tot.

Die Menge drängte mich weder zu töten – *iugula!* – noch Gnade walten zu lassen – *mitte!* Die Menge schrie einfach nur und jubelte Leonidas zu, dem größten Gladiator des Reiches.

In der Loge des *princeps* genoss der lockige, Lyra spielende Schauspiellehrling und Muttermörder Nero das Spektakel. Da er die Spiele dieses Tages gesponsert hatte, würde er entscheiden, was mit Regulus geschehen sollte.

„Tu's!“ Regulus' Stimme ertönte auf Höhe meiner Knie. „Töte mich. Bevor er eine Entscheidung fällt.“

Regulus wollte sterben. Das hatte er mir am Vorabend bei dem Essen zu Ehren der Gladiatoren erzählt. Ich hatte einige Bissen Fleisch zu mir genommen, die ich kaum verdauen konnte – normalerweise ernährte ich mich von Linsen, Gerste und dem besten Gemüse, das man für Geld kaufen konnte. Aber diejenigen, die an der *cena libera* teilnahmen, um unserem letzten Abendessen beizuwohnen, wollten uns Fleisch essen sehen, wie die Bestien, die wir in ihren Augen waren.

Regulus hatte mich nach der Mahlzeit beiseitegenommen. „Dies wird mein letzter Kampf, mein Freund.“ In seinen braunen

Augen hatte eine Leere gestanden, die ich manchmal auch in meinen eigenen entdeckte. „Wenn ich dich ziehe, werde ich dich nicht schonen, aber ich bitte dich, mich sauber zu töten. Gewähre mir einen ehrenvollen Tod.“

Er war lebensmüde. Ich verstand das. Wenn er den Tag seines Todes selbst wählte, konnte er gewissermaßen in Frieden sterben.

Ich hatte zustimmend genickt und die Beklemmung in meinem Herzen gehasst. Jetzt hätte ich eigentlich Regulus' Bitte nachkommen sollen, doch als ich mein Schwert gegen seine Kehle presste, zitterte meine Hand und wollte mir nicht gehorchen.

Kein Tod mehr. Die Worte gingen mir durch den Kopf, als hätte ein anderer sie geflüstert. Ein Gott vielleicht oder der Geist einer der Kreaturen, die an diesem Tag gestorben waren. Ich hatte genug vom Töten, genug davon, Männer, die mir ans Herz gewachsen waren, im Sand sterben zu sehen.

Regulus war mein letzter verbliebener Freund. Die anderen hatten sich entweder ihren Vorfahren angeschlossen, wie Xerxes, der mir nähergestanden hatte als ein Bruder, oder kämpften in irgendeinem entlegenen Winkel des Reiches ums Überleben. Ich kannte die *tirones* kaum, die blutjungen Gladiatoren, in deren Blick sowohl Bewunderung als auch die Entschlossenheit lagen, mich zu entthronen.

Ein schneller, geschmeidiger Stoß würde Regulus' Leben ein Ende setzen. Sein Blut würde über meine Hand fließen und auf meine nackten Füße spritzen, und Regulus wäre tot, sein Körper nur noch eine leere Hülle.

„Mach schon!“, drängte er. „Beeil dich, du Mistkerl.“

Rechts von mir ertönte ein leises Geräusch. Aufgrund meines durch den Helm eingeschränkten Gesichtsfelds musste ich den ganzen Kopf drehen, um die Quelle zu finden, aber es war bloß die massige Gestalt des Schiedsrichters, der in seiner schlichten Tunika auf uns zukam.

Der Mann räusperte sich. „Der Caesar hat seine Entscheidung getroffen."

Ich konnte den Blick nicht von der Loge abwenden, doch der *princeps* gab kein Zeichen, sondern beobachtete uns nur. Auf diese Entfernung sah ich ihn nicht genau, aber ich hätte schwören können, dass ein Lächeln auf seinem Gesicht lag.

Der Schiedsrichter hob die Stimme, um den Lärm zu übertönen. „Er befiehlt, dass *du* entscheidest, Leonidas. Töte Regulus oder gewähre ihm Gnade für einen guten Kampf."

Zorn loderte in mir auf. Ich war kein Mörder – ich tötete, weil man es mir befahl. Nein, ich war eine Waffe, die zur Unterhaltung im Ring gegen einen anderen Gladiator kämpfte – oder gegen Straßenräuber, wenn mich jemand als Wache anheuerte.

Regulus wollte, dass ich ihm den Todesstoß versetzte. Nero, der im Ruf stand, blutrünstig zu sein, vermutlich auch.

Kein Tod mehr.

Regulus seufzte erleichtert. „Mach es kurz, alter Freund."

Die Spitze meiner Klinge lag reglos auf seiner Haut. Ich wusste, ich hätte Regulus, wie er es gewollt hatte, den Tod gewähren sollen, ihn aus diesem Leben befreien.

Dann wäre er fort gewesen, ein weiterer in einer langen Reihe von Männern, die ich gekannt, gemocht, bewundert, mit denen ich gekämpft, getrunken und gefeiert hatte. Ein weiterer Verlust nach so vielen vor ihm.

„Leonidas?" Regulus klang besorgt. „Worauf wartest du?"

Es wäre so einfach gewesen. Eine schnelle Bewegung, und Regulus wäre mir tot vor die Füße gesunken. Hätte bei den Göttern geruht.

Ich würde allein und unbesiegt in meiner Zelle liegen und die Decke und die kruden erotischen Kritzeleien anstarren, die Xerxes als Scherz dort angebracht hatte.

Stattdessen nahm ich mein Schwert von Regulus' Kehle. Ich streckte es gen Himmel, während die Zuschauer ihre Vorfreude auf das, was auch immer ich tun würde, hinausschrien.

Ich zerrte Regulus hoch. Er blutete aus den Wunden, die ich ihm an Leib und Schultern zugefügt hatte, doch keine davon war tödlich. Auch ich blutete aus den Schnitten, die sein Schwert auf meiner Brust, meinen Oberschenkeln und am Bauch hinterlassen hatte, aber sie würden mich nicht umbringen, wenn sie sich nicht entzündeten. Wir hatten den besten *medicus* der Welt, der genau das verhinderte.

„Was tust du da?", brüllte Regulus mich an, doch sein Schreien ging im Lärm der Menge unter.

„Ich mache aus dir einen Sieger."

Mit diesen Worten griff ich nach Regulus' linker Faust und riss seine Hand hoch. Ich nahm den Helm ab und drehte uns langsam im Kreis, zwang Regulus, sich zu bewegen, und präsentierte mich – den *primus palus*, den besten Gladiator unserer Schule – und Regulus, meinen ebenbürtigen Gegner im Kampf, der Menge.

Ich habe ihn verschont, signalisierte ich ihnen, *weil er tapfer gekämpft und nur durch Pech verloren hatte*.

„Du Dreckskerl", brüllte Regulus. „Du dummer Dreckskerl. Dafür bringe ich dich um."

Seine wütenden Worte drangen durch die Jubelschreie des Publikums an mein Ohr, aber ich wankte nicht in meiner Entscheidung. Regulus mochte mich hassen, und er mochte mich töten, doch er würde in jedem Fall diesen Tag überleben.

Die Menge war noch nicht fertig, ich hingegen schon. Ich hielt Regulus weiter am Handgelenk fest und marschierte auf den Rand der Arena und den Zugang zu den Zellen zu. Dies war der letzte Kampf des Tages gewesen, und wir würden unsere Wunden versorgen lassen, ehe wir zu unserem *ludus* nicht weit von hier zurückkehrten. Dort würden wir unsere Siege feiern und auf die Toten trinken.

Plötzlich erstarrte Regulus, und auch ich blieb überrascht stehen. „Hades."

Drei Männer kamen gemessenen Schrittes auf uns zu, zwei in

Tuniken mit Umhängen, einer in einer Toga. Ich kannte sie nicht – sie waren noch nie im *ludus* gewesen, um uns beim Training zuzusehen oder über den Preis für Spiele mit unserer Beteiligung zu verhandeln. Die drei gingen feierlich weiter, wobei einer der beiden ohne Toga einen Gegenstand auf einem quadratischen Holztablett vor sich hertrug.

Ich wartete und wischte mir mit hämmerndem Herzen den Schweiß vom rasierten Schädel.

So eine Prozession hatte ich erst zweimal gesehen. Zum einen an dem Tag, an dem ich meinen ersten Kampf überlebt hatte, jung und verängstigt, und überrascht gewesen war, dass ich am Ende nicht tot im Sand lag. Man hatte den Veteranen, gegen den ich verloren hatte, so geehrt. Er hatte mich mit knapper Not besiegt und mein Leben geschont, weil ich geschickt und tapfer gekämpft hatte. Der Gladiator, der etwa dreißig Sommer alt gewesen war, hatte geweint, als er die auf ihn zukommenden Männer bemerkt hatte.

Beim zweiten Mal war der Mann, den sie holen wollten, halb tot gewesen, hatte aber trotz seiner Wunden aufrecht stehen können. Man hatte ihn anschließend aus dem Ring getragen, und ich war an seiner Stelle *primus palus* geworden.

„Ich glaub's nicht." Regulus funkelte erst die Männer und dann mich an. „Warum hast du mich nicht getötet, du dummer Bastard?"

Mir kam nicht einmal der Gedanke, dass die Prozession für Regulus sein könnte. Ich wusste, dass dem nicht so war. Die drei waren meinetwegen hier.

Sie erreichten uns, und keiner der drei wirkte besonders glücklich mit der Pflicht, die er jetzt zu erfüllen hatte. Der Anführer in der Toga, wer auch immer er war – ein Senator oder ein Prätor –, drehte sich zur Menge um. Der Mann neben ihm, der aufgrund seiner Tunika und seines Umhangs als Angehöriger der *equites* oder Mittelschicht zu erkennen war, begann eine laute Ansprache, während der Mann in der Toga schwieg. Ein hochgeborener Herr richtete niemals das Wort an die Plebs Roms.

Ich achtete kaum auf die Worte, die er von sich gab, Standardphrasen, die die Götter und den *princeps* priesen.

Am Ende der Rede nahm der Mann, der das Tablett trug, den darauf befindlichen Gegenstand und hielt ihn mir hin.

Der tosende Applaus der Menge übertönte alle anderen Geräusche, drang in meinen Schädel und verstärkte den dort bereits tobenden Schmerz. Regulus fluchte wieder, lang und derb. Sein Hass auf mich war deutlich zu spüren.

Wie gelähmt starrte ich auf das hölzerne Schwert, das mir der Mann mit dem Griff voran hinhielt.

Die *rudis*, ein hölzerner *gladius*. Eine Belohnung für ein Leben bei den Spielen. Ich erkannte die Buchstaben meines Namens, die in die Klinge geritzt waren, das einzige Wort, das ich lesen konnte. Die *rudis* bedeutete Freiheit.

Freiheit.

Ich konnte mich nicht bewegen. Der Mann mit dem Schwert sah mich ungeduldig an. Seine Abneigung war offensichtlich. Er mochte keine Gladiatoren, sagte seine Haltung, und wollte auf keinen Fall einen berühren.

Viele glaubten, das Blut eines Gladiators sei ein Heilmittel. Die Menschen hatten sich heute an der Stelle, an die man die toten Kämpfer geschleppt hatte, gedrängt und Tücher oder gar bloße Finger in das noch frische Blut getaucht. Sie nahmen es mit nach Hause und lagerten es für den Fall, dass sie es eines Tages brauchen würden.

Dieser Mann wollte mit mir oder meinem Blut nichts zu tun haben. Doch schließlich musste er mir mein Bronzeschwert aus der Hand nehmen und mir das hölzerne hineindrücken.

Regulus riss sich unsanft von mir los. Der Stachel seiner Wut war ein entfernter Schmerz, der das Summen in meinem Kopf nicht zu durchdringen vermochte.

Ich hob den Arm. Das Holzschwert war seltsam leicht nach

den schweren Waffen, die ich an diesem Tag geführt hatte. Ich hörte, wie die Menge freudetrunken meinen Namen schrie.

Auch ich hätte mich freuen sollen, aber in diesem Augenblick schmerzte mein Arm, und meine Finger waren taub. Ich drehte mich im Kreis und hielt das Symbol meiner Freiheit in die Höhe, ohne das Gefühl zu haben, diese Freiheit sei real.

Real waren allein der glühende Sand unter meinen Füßen und der Hass meines Freundes. Der Lärm hielt unvermindert an, doch das alles verschwand in der Hitze und der blendenden Helligkeit der Arena, bis nichts mehr übrig blieb als das Gefühl des rauen Holzes in meiner Handfläche.

Ich kam erst wieder zu mir, als ich mich in der Nacht in meine Zelle im *ludus* zurückziehen wollte. Nonus Marcianus, der begabte *medicus*, der die Gladiatoren am Leben hielt, damit sie an einem anderen Tag erneut in die Arena treten konnten, hatte meine Verletzungen versorgt und verbunden. Danach hatte es Wein in rauen Mengen gegeben, den uns unser *lanista* zur Feier unseres Überlebens und meiner neu gewonnenen Freiheit spendiert hatte.

Ich trank und trank, bis ich den Wein wieder erbrach, ekelhafte süße Trauben, die in einer Ecke des Trainingsgeländes ihre letzte Ruhestätte fanden. Während der ganzen Zeit lag meine Hand weiter um den Schwertknauf, den ich umklammert hielt, als würde meine Freiheit sich in Luft auflösen, wenn ich ihn losließ.

Als nichts mehr in mir war, beschloss ich, zuerst zu schlafen und dann Lucia zu besuchen, auf deren schmaler Pritsche in der Subura ich den Tod, das Leben und so ziemlich alles andere zu vergessen gedachte. Ich würde mich ausruhen, bis ich mich in den Straßen Roms besser zurechtfand.

Als ich in meine Zelle kam, lag Regulus auf meinem Bett. Er machte sich nicht die Mühe aufzustehen.

„Die gehört jetzt mir, mein Freund", sagte er und betrachtete Xerxes' Zeichnungen an der Decke.

„Und wo soll ich dann schlafen?" Meine Zunge war schwer vom Alkohol.

„Wen kümmert das?" Regulus legte sich einen Arm über die Augen. „Du gehörst hier nicht mehr her. Verschwinde, Leonidas."

Ich spürte jemanden hinter mir und drehte mich um. Da stand Aemilianus, unser muskelbepackter *lanista*.

„Bleib, wenn du willst." Wie üblich blieb Aemils vernarbtes Gesicht unbewegt. „Du kannst die anderen ausbilden."

Meine Antwort kam umgehend. „Nein. Kein Tod mehr."

Aemil sah mich einfach nur an. Als *lanista* musste er jeden Tag vierzig Gladiatoren trainieren und dafür sorgen, dass sie keinen Ärger machten. Wenn jemand uns für Spiele, Schaukämpfe oder als Leibwächter anheuern wollte, wandte er sich an Aemilianus. Da er selbst ein ehemaliger Gladiator war, wusste er genau, wie er uns im Zaum halten konnte, und eine Methode dazu war, jegliche eigenen Gefühle zu zügeln.

„Du wirst wiederkommen", prophezeite er.

„Nein." Stur spannte ich meinen Körper an, zumindest soweit mein trunkenes Schwanken mir das gestattete.

Regulus hob auf seiner Bettstatt den Arm zum Gruß. „Du Idiot, er meint, entweder bleibst du und arbeitest für ihn, oder du verschwindest. Ich bin jetzt *primus palus*. Geh, denn ich will dich hier nicht."

„Tut mir leid." Meine Zunge, mit der ich schon unter den besten Umständen nicht besonders geschickt war, konnte nicht erklären, warum ich ihn verschont hatte. Aber Regulus lebte. Er hatte eine Chance. Ich bedauerte meine Entscheidung nicht.

„Hercules möge dich niederstrecken." Regulus sackte zurück

auf die Bettstatt und legte sich den Arm wieder übers Gesicht. „Das hoffe ich wirklich."

Aemil beobachtete mich weiter aus seinen unterschiedlich farbigen gallischen Augen, einem blauen und einem grün-braunen. „Bleibst du?"

Ich schüttelte den Kopf, was ich sofort bereute, als sich die Welt plötzlich um mich drehte.

„Das Tor steht dir immer offen." Aemil entließ mich mit einem Nicken. „Viel Glück, Leonidas."

Ich hatte sieben Jahre lang in diesem *ludus* verbracht, weit über die Strafe für das Verbrechen, von dem alle glaubten, ich hätte es begangen, hinaus. Ein Leben als Gladiator bedeutete den fast sicheren Tod. Nur hatten die Götter dafür gesorgt, dass ich überlebt hatte.

Ich stolperte aus dem Zellengang zum Tor, wobei der hölzerne Griff des Schwertes Splitter in meine Hand trieb. Aber Loslassen war keine Option.

Die Wache am Tor, ein Mann, den ich seit Jahren kannte, verabschiedete sich von mir, als ich an ihm vorbeikam.

Hinter mir schloss sich knarrend das Tor, das einzige Geräusch in der nächtlichen Stille.

Die Kritzelei an der Außenmauer zeigte eine grob skizzierte Figur mit zu langen Beinen und einem beachtlichen Phallus, das Schwert erhoben, um einen *retiarius* zu durchbohren. Unter der Kritzelei stand in schiefen Großbuchstaben mein Name.

Das Geräusch, mit dem das Tor zufiel, hatte etwas Endgültiges. Leonidas, „der Spartaner", war kein Gladiator mehr, dem die Menge in der Arena zujubelte.

Nun war ich frei, heimatlos und allein in der römischen Nacht.

Ich begab mich zu Lucia. Sie lebte zusammen mit sieben anderen Frauen in einem Haus in der Subura, dem eine gewisse Floriana vorstand. Man kannte mich dort, denn ich ging mit Aemils Segen bei ihnen nach Belieben ein und aus.

Lucia hatte einen weichen Körper, ein breites Lächeln und Augen, die freundlich schauen konnten. Ihr Haar war rot gefärbt, was es spröde machte, aber manche Kunden mochten es, wenn eine Frau den Barbarinnen des Nordens ähnelte.

Ich war müde, berauscht und verwirrt. Wortlos führte ich Lucia in ihre Kammer und suchte Vergessen in ihren Armen.

Als ich erwachte, war ich allein und hatte noch immer das Holzschwert in der Hand. Ich hatte es nicht losgelassen, selbst nicht, als ich mich mit Lucia auf dem niedrigen Bett vereinigt und mich damit auf dem Boden abgestützt hatte.

Lucia war fort. Die Kammer hatte keine Fenster, trotzdem stach mir durch einen Spalt in der Wand Sonnenlicht in die Augen. Meine Hand schmerzte, doch ich konnte mich nicht dazu durchringen, sie zu öffnen und die *rudis* wegzulegen.

„Leonidas."

Die Stimme gehörte Floriana und war kratzig und dünn wie die Frau selbst. Tiefschwarze Locken umgaben ihr schmales Gesicht.

„Bring mir Frühstück", sagte ich. Ich hatte fürchterliche Kopfschmerzen und war nicht froh, allein aufgewacht zu sein. Lucia blieb üblicherweise bei mir, bis ich wieder ging.

„Hast du Geld dafür?", verlangte Floriana zu wissen. „Und für Lucia?"

Ich drehte mich um. Obgleich ich nackt war, zuckte Floriana, die in ihrem Leben bereits jede Menge unbekleideter Männerkörper aller Art gesehen hatte, nicht mit der Wimper.

„Geld?", fragte ich undeutlich.

Floriana verschränkte die Arme. „Du bist frei. Das bedeutet, deine Herren bezahlen nicht mehr für deine Mahlzeiten und deine Frauen. Ich brauche Geld."

Sie hatte recht, daran hatte ich noch gar nicht gedacht. Aemil hatte Floriana fürstlich dafür entlohnt, dass ich jederzeit Zugang zu Lucia hatte. Ich ging immer zu Lucia mit dem fröhlichen Lächeln und den geschickten Händen, redete mir ein, dass sie mich mochte, und war mir sicher, dass es zumindest umgekehrt der Fall war.

Ab jetzt musste ich Floriana für Lucias Dienste und mein Frühstück bezahlen, und ich hatte nicht die geringste Ahnung, was das kostete oder woher ich das Geld nehmen sollte.

Ich ließ mich zurücksinken und schirmte mit der Hand meine Augen ab. Die Sonne war unbarmherzig, und in meinem Kopf pochte es. „Ich beschaffe das Geld schon."

Sie stieß mir das stumpfe Ende eines Stocks in die Rippen. Ich knurrte und griff danach, doch Floriana tänzelte aus meiner Reichweite.

„Verzieh dich, Leonidas. Ich brauche das Bett."

Ich setzte mich auf. Verziehen? Wohin? Vage erinnerte ich mich daran, dass Regulus mir am Vorabend die Zelle gestohlen hatte. Jetzt warf mich Floriana hier ebenfalls raus.

Das also war die Freiheit. Nichts zu essen, kein Bett und kein Geld, um auch nur meine Grundbedürfnisse zu befriedigen.

Aemil hatte mir eine Lösung angeboten: im *ludus* bleiben, andere im Töten ausbilden, ein paar Schaukämpfe bestreiten, um mein Talent zu zeigen. Das taten ehemalige Gladiatoren wie Aemil. Vielleicht würde ich eines Tages meinen eigenen *ludus* gründen.

Kein Tod mehr.

Ich knurrte Floriana an. Viele Männer, durchaus auch Gladiatoren, schreckten vor diesem Knurren zurück, aber nicht Floriana. Sie kannte mich zu gut.

Mit einem unterdrückten Stöhnen wuchtete ich mich aus dem Bett. Ich überragte Floriana und füllte den Raum mit meinem muskulösen Körper aus, doch sie wich nicht zurück.

„Draußen ist ein Mann, der mit dir sprechen will", sagte sie, als ich nach meiner Tunika griff. „Vielleicht will er dich anwerben. Wenn er das tut und dir Geld gibt, bin ich die Erste, die du bezahlst."

Mit einem Nicken gab ich ihr zu verstehen, dass ich das nur gerecht fand. Ich hatte keine Ahnung, wer da auf mich wartete, und es war mir auch egal. Mir war danach, mehrere Tage durchzuschlafen. Das hatte ich nach schrecklichen Kämpfen schon mehrfach getan. Nach Xerxes' Tod hatte ich mich fast einen Monat lang verkrochen.

Es war nicht leicht, mit dem Schwert in der Hand meine Tunika anzuziehen, aber selbst jetzt konnte ich mich nicht dazu durchringen, es loszulassen. Meine Finger umklammerten weiter den hölzernen Griff.

Ich schaffte es, mir die Tunika überzustreifen, wobei das Schwert den Stoff zerriss. Floriana beobachtete mich mit unverhohlener Erheiterung. Ich gab ein weiteres Knurren von mir, als ich mich aus der Kammer duckte und mir dabei fast den Kopf am niedrigen Türsturz stieß.

Es war still im Haus, während ich den Mittelgang entlang auf den freien Platz in der zu hellen Sonne zuging, der mich am Ende erwartete.

Ich trat hinaus in den kühlen Dezembertag und das grelle Licht auf dem Pflaster. Die Sonne stand bereits hoch am Himmel, und selbst die Mauern der Gebäude, die die Straße säumten, spendeten keinen Schatten.

Draußen wartete ein kleiner Mann in einer eleganten Tunika auf mich. Er hatte ein attraktives schmales Gesicht, kurz gestutztes Haar und trug Schuhe statt Sandalen, teure Maßanfertigungen.

„Leonidas, der Spartaner." Der Gruß klang leicht spöttisch.

Ich nickte ihm knapp zu.

„Die Götter sind dir hold", fuhr der Mann im selben Tonfall fort. „Freiheit und ein Gönner. Was bist du doch für ein glücklicher Mann."

„Gönner ...“, wiederholte ich verwirrt. Ich wusste nichts von irgendeinem Gönner.

„Der Mann, der dir die Freiheit erkauft hat. Er hat deine Karriere verfolgt, jeden Triumph registriert und beschlossen, dass du als Sieger die Arena verlassen solltest. Das soll ich dir ausrichten.“ Der Mann musterte mich geringschätzig.

„Wer ist diese Person. Und wer bist du?“

„Ich heiße Hesiodos. Merke dir den Namen, denn einen anderen kann ich dir nicht nennen.“

Hesiodos wirkte wie viele Griechen leicht hochmütig und spöttisch. Für einen Mann aus dem mächtigen Athen war Rom immer noch ein Provinzkaff.

Er trug die Gewänder eines Freigelassenen, also hatte er sein Leben vermutlich als Sklave begonnen. Sein verächtlicher Blick sagte mir, ich solle mich auf keinen Fall mit ihm vergleichen. Wir waren zwar beide Freigelassene, aber ich war *infamis*, das Niedrigste des Niedrigen.

Wie alle Gladiatoren.

Als ich schwieg, fuhr er fort: „Ich meine, ich darf dir den Namen deines Gönners nicht nennen.“

Wenn ich klarer hätte denken können, hätte ich das seltsam gefunden. Die meisten Römer, die anderen halfen, wollten, dass diese Tatsache weithin bekannt war, damit alle ihre Großzügigkeit bewunderten. Die Empfänger solcher Wohltätigkeit waren ihrem Gönner ein Leben lang verpflichtet.

Doch vielleicht wollte der Mann – oder die Frau – nicht, dass sich herumsprach, dass sie einen Gladiator freigekauft hatten. Wir waren Tiere, die zum Vergnügen anderer kämpften. Man war nicht stolz darauf, einen von uns zu befreien. Wenn es eine Frau gewesen war, wollte sie es auf jeden Fall geheim halten. Hesiodos hatte „er“ gesagt, aber er hatte gerade zugegeben, dass er die Identität meines Gönners verheimlichte.

Ich nickte Hesiodos noch einmal zu, um zu zeigen, dass ich

verstanden hatte, und wies mit dem Daumen auf die Tür hinter mir. „Ich schulde Floriana einen Sesterz. Gib ihn ihr bitte."

Hesiodos rührte sich nicht. „Du missverstehst mich. Dir ist keinerlei finanzielle Unterstützung zugestanden worden. Du wirst dir deinen Lebensunterhalt verdienen müssen, genau wie jeder andere Freigelassene in dieser Stadt. Dein Gönner hat dir die Freiheit geschenkt und stellt dir eine Heimstatt und eine Sklavin zur Verfügung."

Dieser Gönner klang immer seltsamer. „Was für eine Heimstatt? Und ich brauche keine Sklavin."

„Dein Gönner scheint das anders zu sehen. Sie wird ein Auge auf dich haben und mir Bericht erstatten." Er winkte in Richtung einer Mauerecke auf der anderen Straßenseite.

Jemand, der dort im Schatten gehockt hatte, bahnte sich einen Weg zu uns herüber und trat dabei vorsichtig auf die feuchte Straße. Die Frau war wie eine Patrizierin in einen Mantel gewickelt, doch die Schlichtheit des Gewands und ihre Sandalen verrieten mir, dass sie eine Sklavin war.

„Das ist Cassia", sagte Hesiodos. „Sie wird nicht dir gehören – auch sie steht in der Schuld deines Gönners –, aber sie wird sich um dich kümmern und dich mit allem Nötigen versorgen."

Die Frau erreichte uns. Statt den Kopf zu senken und sich hinter Hesiodos zu verstecken, schob sie eine Falte des Wickelmantels, den sie sich über den Kopf gezogen hatte, beiseite und schaute mich direkt an.

Braune Augen musterten mich aus dem Gesicht einer jungen Frau, die, wie ich vermutete, ihr zwanzigstes Lebensjahr noch nicht lange hinter sich gelassen hatte.

Unter der Angst, einem Gladiator ausgeliefert zu sein, erkannte ich in diesen Augen eine Entschlossenheit, die heller loderte als jede, die ich selbst bei den brutalsten Kämpfern in der Arena je gesehen hatte.

KAPITEL 2

Ich sah von Cassia nur die Augen, deren Blick mich durchbohrte, und eine schwarze Haarsträhne, die unter dem Tuch hervorlugte. Sie hatte ein rundes Gesicht und die hellbraune Haut der Völker der Ostküste des Mare Nostrum, aber mehr konnte ich nicht über sie sagen.

Hesiodos beobachtete unsere erste Begegnung ausdruckslos. „Cassia wird dir den Weg zu eurer Unterkunft zeigen. Richtet euch ein, und wartet auf weitere Anweisungen."

„Weitere Anweisungen." Ich wandte mich ihm wieder zu. „Wofür?"

Hesiodos zuckte gleichgültig die Achseln. „Das wird sich zeigen. Einen guten Tag noch. Cassia weiß, wie sie mich kontaktieren kann."

Ohne ein Nicken, eine Geste oder einen anderen Abschiedsgruß machte er auf dem maßgefertigten Absatz kehrt und ging davon, verschwand in der Menge des römischen Morgens. Meine Hand umklammerte die *rudis*, während ich ihm hinterherschaute.

Ich sah Cassia an. Cassia sah mich an.

Rings um uns brodelte Rom. Männer und Frauen, Sklaven

und Freie waren auf den Straßen unterwegs zu den Märkten, um Gemüse und Fisch zu kaufen, und zu den Bäckereien, um ihr Getreide zu Brot verarbeiten zu lassen.

Der Strom der Menschen war zu beschäftigt, um uns beiseitezuschieben, und so umspülte er uns, als wären wir zwei Felsbrocken auf dem Pflaster. Wasser rann träge durch die Rinnsteine, die Brunnen Roms liefen über und ergossen ihr Nass in die Kanalisation und den Fluss.

Ich hatte noch nie eine Sklavin gehabt. Im *ludus* wurden Sklaven eingesetzt, um hinter uns Gladiatoren aufzuräumen, uns zu bedienen und Lasten zu tragen, doch sie gehörten Aemil, nicht uns. Es ging das Gerücht, wir übten das Töten an unglücklichen Sklaven, aber das stimmte nicht. Wir waren darauf trainiert, gegen andere ausgebildete Berufsmörder zu kämpfen und die Menge zu unterhalten. Die Sklaven waren dafür da, unsere Betten zu machen und uns Essen zu bringen.

Cassia war überhaupt nicht wie die anderen Sklaven, die ich kannte. Der Mann im *ludus*, der meine Zelle gereinigt hatte, hatte immer den Kopf eingezogen, wenn er meinen Toiletteneimer herausgeholt hatte, und sein Bestes getan, um so unsichtbar wie möglich zu bleiben. Die Frauen bei Floriana waren darauf trainiert, Männern zu gefallen, und hatten die Verführung zur Kunst perfektioniert.

Cassia fixierte mich einfach mit dem hochmütigen Blick einer Patriziergattin und wirkte nicht so, als habe sie vor, irgendetwas zu tun.

Einer von uns musste den Anfang machen, sonst würden wir den ganzen Tag so dastehen. Das Jahr neigt sich dem Ende entgegen, der Vortag war der letzte der Saturnalien gewesen, und der Wind war scharf.

„Wo ist diese Unterkunft?", fragte ich abrupt.

Cassia öffnete den Mund und entblößte gerade Zähne. „Sie befindet sich über einer Weinhandlung, am Fuße des Quirinals." Ihre Stimme war jung und weich, aber von einer kühlen Geduld geprägt, als wäre sie es gewohnt, anderen das Offensichtliche zu erklären.

Am Fuße des Quirinals klang vielversprechend, wenn auch nicht gerade palastartig. Ich hatte Villen und riesige Häuser auf den Gipfeln der römischen Hügel besucht und war dort aufgetreten, um mein Abendessen zu verdienen – was bedeuten konnte, gegen einen anderen Gladiator zu kämpfen, meine Narben zu zeigen oder einfach von früheren Kämpfen zu erzählen.

Ich fragte mich, welche Art Unterkunft mein unbekannter Wohltäter mir wohl zur Verfügung gestellt hatte. Wenn er mir die Freiheit erkauft hatte, musste er eine stattliche Summe bezahlt haben, um mich aus dem Vertrag mit Aemil zu lösen. Das bedeutete, es handelte sich um einen wohlhabenden Mann oder, wie ich fast eher annahm, eine wohlhabende Frau.

Cassia rührte sich nicht, also machte ich eine kurze Geste mit dem Schwert in meiner wunden Hand. „Zeig mir den Weg."

Cassia musterte mich noch einen Moment lang, ehe sie die schmale Straße entlangging.

Ich sah, dass sie es nicht gewohnt war, zu Fuß unterwegs zu sein. Vorsichtig suchte sie sich in ihren Sandalen einen Weg und mied dabei die Rinnsteine am Rande der Straße.

Welche Sklavin fühlte sich auf dem Pflaster Roms nicht wohl? Überall um uns herum eilten Sklaven durch die Straßen, um Frühstück zu holen oder Besorgungen für ihre Herren zu erledigen, die in den Häusern lebten, von den großen frei stehenden *domus* bis zu den kargen Zimmern in den *insulae*. Ich schritt, ohne zu zögern, in meinen dick besohlten Sandalen dahin.

Als wir weitergingen, vermutete ich, dass Cassia es gewohnt war, in einer Sänfte befördert zu werden. Sie mochte die Sklavin einer Patrizierin gewesen sein – ihre Schneiderin, Friseurin oder etwas Ähnliches. Ich hatte Sänften gesehen, in denen stämmige

Männer ihre Herrinnen samt ihrer persönlichen Sklavinnen durch die Stadt getragen hatten.

Vielleicht kannte Cassia sich auch in Rom nicht aus. Möglicherweise traf auch beides zu.

„Woher kommst du?“, fragte ich.

Sie blickte mich über die Schulter an und ging dann unsicher weiter. „Campania.“

Mit dieser Antwort hatte ich nicht gerechnet. Campania lag südlich von Rom und umfasste die Küstenstädte Herculaneum und Baiae. Reiche Patrizier hatten dort große Villen und bauten Oliven und Trauben für teure Weine an. Cassia hatte den Teint einer Frau aus Antiochia oder Zypern. Ihr Latein war perfekt und akzentfrei – besser als meins. Ich schloss daraus, dass sie in Campania geboren und aufgewachsen sein musste, ihre Eltern oder Großeltern aber vom östlichen Gestade des Meeres stammten.

Wir verließen die Subura, umgingen das Augustusforum und die große Mauer, die errichtet worden war, um diesen verrufenen Bereich vom Rest Roms abzuschirmen, und bogen in den Vicus Longus ein.

Von hier aus nahm Cassia eine kleinere Straße, die von Geschäften gesäumt war, deren Markisen ausgerollt waren. Es stand alles Mögliche zum Verkauf, von Orangen und Zitronen über frisch gepresstes Öl bis hin zu Körben, in denen man die Lebensmittel transportieren konnte. Wir kamen an einer *popina* vorbei, in der Brot und Gemüsesuppe angeboten wurden, und mein Magen knurrte, weil ich daran gewöhnt war, ihn kurz nach dem Aufwachen zu füllen.

Ich blieb stehen. „Haben wir Vorräte in unserer Unterkunft?“

Nach ein paar Schritten bemerkte Cassia, dass ich ihr nicht mehr folgte, und drehte sich zu mir um. „Nein, dort gibt es nichts zu essen.“

„Dann sollten wir etwas kaufen.“ Ich deutete vage auf einen Händler, auf dessen Theke frisches Gemüse von den Bauernhöfen in der Wintersonne lag. „Du kannst mir Frühstück machen – und auch etwas essen“, fügte ich hinzu. Ich hatte nicht vor, meine Bedienstete hungern zu lassen.

„Oh.“ Cassia hielt verwirrt inne. „Ich koche nicht.“

Ich blinzelte sie überrascht an. „Nein?“

„Nein.“

Wir musterten einander eine Weile. Mir fiel auf, dass ihre Nase leicht schief war.

„Vielleicht hast du für deine Herrin nicht gekocht“, äußerte ich. „Aber jetzt gehörst du mir. Ich brauche Mahlzeiten, keine Frisuren.“ Ich berührte meinen Kopf, der glatt rasiert war, damit ich mich nicht mit Ungeziefer herumschlagen musste und mich niemand im Kampf bei den Haaren packen konnte.

Ich wollte sie zum Lachen bringen, doch sie betrachtete mich ernst. „Nein, ich meine, ich kann nicht kochen. Oder frisieren.“

Mein Erstaunen wuchs. „Egal. Wir können essen, was die *popina* verkauft.“

Cassia betrachtete verblüfft den Imbiss mit seinen Kunden, die sich an den steinernen Tresen lehnten, und den Mann, der dahinter Grießsuppe in kupferne Schüsseln löffelte, die in die Theke eingelassen waren und von Feuerschalen darunter warm gehalten wurden.

„Hast du Geld?“, hakte ich nach. „Um uns etwas zu kaufen?“

Sie runzelte die Stirn. „Das Geld befindet sich in unserer Unterkunft. Aber es ist nicht viel.“

Langsam verlor ich die Geduld mit dieser sturen Person. Ich hatte meine Mahlzeiten schon oft außerhalb des *ludus* eingenommen, wenn ich als Wache tätig gewesen war. Zwar hatte ich es vorgezogen, im *ludus* zu essen, weil das Essen dort viel besser war, doch manchmal hatte ich keine Wahl gehabt.

„Dann gehen wir in unsere Unterkunft und entscheiden dort, was wir tun. Du kannst fegen und den Tisch decken oder was auch immer ein Mensch in einem Haus tut.“

„Vom Putzen verstehe ich ebenfalls nicht viel.“

Ich stellte mir eine Zukunft vor, in der ich die Putzeimer schwang und Wasser holte, während dieses verschleierte Geschöpf auf einem Sofa lag, sich Weintrauben in den Mund schob und mir beim Arbeiten zusah.

„Ich dachte, du wärst meine Dienerin“, sagte ich. „Was bist du denn für eine Sklavin, wenn du weder kochen noch putzen, einkaufen oder schwer tragen kannst?“

Bestimmt eine Kurtisane. Um den Gladiator bei Laune zu halten, während sein Gönner entschied, welche Verwendung ihm für mich vorschwebte.

Cassia hob das Kinn. „Ich bin Schreiberin.“

Ihre Antwort ließ mich überrascht verstummen. Schreiberin? Zweifellos machten sich die Götter über mich lustig. Leonidas, der beste Kämpfer des Reiches, allein auf der Straße, ohne Geld und Nahrung, nur unterstützt durch eine weltfremde Schreiberin.

Meine Hand, die noch immer das Schwert umklammert hielt, pochte. Cassia hatte sich abgewandt und setzte ihren Weg die abgelegene Straße entlang fort, während ich ihr ungläubig nachstarrte.

„Eine Schreiberin?“, wiederholte ich, während ich ihr hinterhereilte. „Wozu brauche ich eine Schreiberin?“

Cassia blieb an einer schlichten Tür neben einem Laden stehen, vor dem sich eine Schlange aus Kunden gebildet hatte, die Amphoren mit Wein erwerben wollten. Sie öffnete die Tür, hinter der sich eine Steintreppe befand, die nach oben in die Schatten führte.

Sie wollte die Stufen erklimmen, aber ich legte ihr die Hand auf die Schulter und zog sie zurück, damit sie nicht allein in wer weiß was für Räume ging, in denen wer weiß wer wartete. Rom war ein gefährlicher Ort.

Cassia zuckte mit weit aufgerissenen Augen vor meiner Berührung zurück wie ein Käfer vor einem Stiefel. Während sie sich an die Wand drückte und nach Luft rang, lief ich an ihr vorbei die Treppe hinauf.

Oben fand ich einen einzelnen, L-förmigen Raum, der sich von der Vorderseite des Gebäudes bis zur Rückseite erstreckte und in dessen Wand unter einem Fenster eine Steinpritsche eingebaut war. Das kürzere Ende des Ls öffnete sich auf das Dach des darunter liegenden Weinladens. An der Wand lehnten hölzerne Fensterläden, mit denen man den Balkon am Abend verschließen konnte.

In dem Raum standen ein Tisch und zwei sehr einfache Hocker. An einer Wand hing ein leeres Regal, das allerdings wirkte, als würde es bei einem schweren Schritt auf der Treppe herunterfallen. Mehr Möbel gab es nicht.

Cassia trat leichtfüßig hinter mir ein. Aus den Falten ihres Gewandes holte sie ein Wachstäfelchen mit Holzdeckel hervor, das sich zuklappen ließ, um das Wachs im Inneren zu schützen.

Sie nahm einen Griffel, der an der Tafel befestigt war, und notierte sich etwas. Da ich nicht lesen konnte, hatte ich keine Ahnung, was es war.

„Eine Schreiberin schreibt nicht nur Buchstaben." Cassias Stimme war leise, aber sie sprach in einem erklärenden Tonfall. „Ich kann Buch führen, Verträge lesen und aushandeln, alle möglichen Aufzeichnungen machen und dafür sorgen, dass du alle Schulden bezahlst und alle Gelder erhältst, die dir jemand schuldet."

Ich hatte keinerlei Geld. Im Gegensatz zu anderen Kämpfern hatte ich meinen Anteil an den Preisgeldern und den Einnahmen aus meinen Einsätzen als Wache nicht beiseitegelegt, um mich freizukaufen. Mein Preis war so hoch, dass ich gewusst hatte, das hätte keinen Sinn gehabt. Stattdessen hatte ich die Gewinne genutzt, um mich zu amüsieren und mir die Langeweile zu vertreiben, bis ich erneut um mein Leben kämpfen musste.

„Mir schuldet niemand etwas", sagte ich.

Cassia warf einen Blick auf ihre Schreibtafel. „Dein Wohltäter bittet dich, dir eine Arbeit zu suchen, damit du ein Auskommen hast und die Miete für diese Wohnung bezahlen kannst. Die wenigen Münzen, die für Essen gedacht sind, reichen nur für einen Tag, wenn überhaupt."

Ein sehr seltsamer Gönner.

Langsam wurde ich müde, zum einen vom exzessiven Alkoholkonsum und den Ausschweifungen der letzten Nacht und zum anderen von der Tatsache, dass sich meine Lebensumstände so verändert hatten. Ich musste mich eine Weile hinlegen, um nachzudenken und zu schlafen. Mühsam unterdrückte ich ein Gähnen.

„Wer ist unser Gönner?", fragte ich.

„Das weiß ich leider nicht." Als ich einen Schritt auf sie zumachte, hob Cassia erschrocken eine Hand. „Ich weiß es wirklich nicht, Herr. Hesiodos wollte es mir nicht sagen."

Ich ging an ihr vorbei und spähte durch die Öffnung auf das Dach. Vor meinen Augen erstreckte sich die schmale Gasse, die am Fuß des Hügels in die Hauptstraße mündete.

„Ich soll also hier wohnen, mir eine Arbeit suchen, die Miete bezahlen und auf weitere Anweisungen warten?"

„Ja." Cassia klang erleichtert, dass ich so weit alles begriffen hatte.

Es war seltsam, aber keineswegs das Seltsamste, wofür mich Leute angeheuert hatten.

Ich hätte wohl einfach gehen, durch die Straßen Roms ziehen und diesem Gönner den Rücken kehren können. Schließlich war ich jetzt frei ... Ich betrachtete das Holzschwert, das noch immer in meiner Hand lag.

War ich das wirklich?

„Hat unser Gönner meine Freiheit registriert?" Wenn man einen Sklaven freiließ, musste man das auf dem Forum Romanum offiziell eintragen lassen.

„Zumindest hat Hesiodos das behauptet."

Cassia schälte sich aus ihrem Mantel. Dabei kamen weitere Dinge zum Vorschein – eine kleine Ledertasche, ein paar Schriftrollen, ein Tintenfass und eine Feder. Sie legte alles ordentlich nebeneinander auf den Tisch.

„Hast du da drin auch Abendessen und Wein?", fragte ich.

Cassia hängte ihren Mantel ordentlich an einen Haken neben der Tür, ohne sich die Mühe zu machen, mir zu antworten. Sie öffnete die Kiste auf dem Tisch, nahm ein Stück Papyrus heraus und hielt es hoch, um es zu lesen. „Hier steht, dass der Gladiator, der als Leonidas, der Spartaner, bekannt ist, ein freier römischer Bürger ist." Sie sah mich über das Stück Papyrus hinweg an. „Du kommst nicht aus Sparta", verkündete sie. „Überhaupt nicht aus Griechenland."

„Ich habe keine Ahnung, wo ich herstamme. Den Namen hat sich Aemil für mich ausgedacht."

„Wie heißt du denn wirklich?", fragte Cassia mit dem ersten Anflug von Neugier, den ich bei ihr feststellen konnte.

„Das habe ich schon sehr lange vergessen. Jetzt heiße ich Leonidas." Diesmal unterdrückte ich mein Gähnen nicht. „Ich werde jetzt schlafen." Ich bewegte mich auf die steinerne Pritsche zu und dachte, dass ich keine Decken und keine Matratze hatte, aber ich hatte schon auf Schlechterem geschlafen.

„Mit deiner *rudis* in der Hand?"

Ich starrte auf das Holzschwert, dessen Griff meine Finger noch immer umklammerten. Als ich versuchte, die Hand zu öffnen, gelang es mir nicht.

„Scheint so."

Cassia kam mit leisen Schritten auf mich zu. „Gib es mir, ich werde es sicher aufbewahren."

Ich schluckte. „Das geht nicht."

Zum ersten Mal zeigte sie keine Furcht. „Warum nicht?"

Ich hob die Hand, und das Schwert hob sich mit ihr. „Sosehr ich es auch versuche, ich kann es nicht loslassen. Ich habe letzte

Nacht mit dem Ding in der Hand geschlafen, und nun ist sie zu verkrampft, um sie zu öffnen."

„Hmm." Sie betrachtete meine geschwollenen Knöchel, sonnengebräunt und übersät mit Narben und frischem Schorf vom Kampf des Vortages.

Zaghaft streckte sie einen Finger aus und berührte meine Hand. Sie tat es schnell, ein kurzes Streicheln, als erwarte sie einen Stoß, der sie quer durch den Raum schleudern würde.

Als ich nur reglos dastand, berührte sie mich erneut, diesmal weniger zögerlich. „Ich werde deine Finger lösen, Herr."

Ich traute ihr das nicht zu. Meine Kraft war der ihren bei Weitem überlegen, und wenn ich meine Hand nicht mit Gewalt öffnen konnte, bezweifelte ich, dass sie dazu in der Lage sein würde.

Cassia legte ihre Finger auf meine, doch statt an ihnen zu ziehen, massierte sie sie.

Die Sanftheit dieser Berührung überraschte mich. Bisher hatten mich nur kräftige Männer massiert, die den Schmerz aus meinen Muskeln vertrieben hatten, oder Frauen, die mir körperliche Befriedigung hatten verschaffen wollen, aber so sachte gestreichelt, dass es auf meiner Haut kribbelte, hatte mich bisher niemand.

Langsam, ganz langsam, entspannten sich meine Finger und lockerten sich. Mein Daumen löste sich zuerst und mit ihm mein Todesgriff.

Sobald meine Hand erschlaffte, nahm Cassia mir das Schwert ab.

Eisige Angst ergriff mich. Ich wollte nach der *rudis* greifen, doch Cassia hatte sich bereits abgewandt, und ich packte in die Luft.

„Ich lege es hierhin." Cassia deponierte die hölzerne Waffe auf dem Hängeregal. „Da kannst du es jederzeit erreichen."

Sie tat das mir zuliebe, und tatsächlich verspürte ich ein

tiefes Gefühl der Erleichterung. Die *rudis* war dort, wo ich sie anfassen und mich daran erinnern konnte, was sie bedeutete.

Cassia kam zu mir zurück, die Hände über der langen Leinentunika verschränkt. „Was ..." Sie verstummte und schluckte. „Was wünschst du von mir?"

Sie flüsterte die Frage, und ich hörte durch meine Erschöpfung hindurch, wie ihre Angst zurückkehrte. Eine Angst, die bis ins Mark ging. Ich kannte dieses Gefühl aus eigener Erfahrung.

Müde machte ich die letzten Schritte zur Pritsche und wäre fast darauf gefallen. Ich drehte den Kopf so, dass ich sie ansehen konnte, obwohl ich nur noch ein Auge offen zu halten vermochte. „Möchtest du etwas essen?" Die Frühstückszeit war längst vorbei.

Cassia war sehr blass geworden, nickte aber schwach.

„Dann hol etwas von der *popina,* an der wir vorbeigekommen sind", befahl ich. „Wenn es Brot gibt, bring welches mit."

Cassia stand wie erstarrt da, ihre dunklen Locken fielen ihr ins Gesicht. In gewisser Weise war sie hübsch, trotz der schiefen Nase und der schmalen Lippen.

Das war mein letzter bewusster Gedanke, ehe mich das Vergessen umfing.

Ich träumte. Regulus kämpfte mit Wut im Blick gegen mich. Mein Schwert und mein Armschutz waren weg, und seine Klinge stach unablässig auf mich ein, bis ich aus hundert Wunden blutete.

Er hob sein Schwert, bereit, es mir direkt ins Auge zu rammen.

Brüllend warf ich mich ihm entgegen, packte den herabzuckenden Arm mit einem unbarmherzigen Griff ... und starrte Cassia ins Gesicht, die mich panisch ansah.

KAPITEL 3

Ich ließ Cassia sofort los. Einen Moment länger und ich hätte ihr das Handgelenk gebrochen.

„Entschuldige, ich habe geträumt", sagte ich, während ich mich aufsetzte und nach Luft rang. „Fass mich niemals an, wenn ich schlafe. Floriana benutzt einen Stock dafür."

„Wer ist Floriana?"

„Die Chefin in dem Haus, in dem ich heute die Nacht verbracht habe." Mit einer vagen Geste erinnerte ich Cassia daran, wo wir uns am Morgen getroffen hatten.

Wenn es denn überhaupt noch derselbe Tag war. Die Sonne schien in den Raum, halb abgeschirmt durch die Gebäude ringsum. Ich hatte keine Ahnung, wie spät es war.

„Wir haben die zehnte Stunde." Cassia stand ganz still und hielt sich außerhalb meiner Reichweite. „Du hast lange geschlafen. Ich habe dir Essen gebracht."

Als ich mich von der Pritsche rollte, fiel mir auf, wie muffig meine Tunika roch. Ich brauchte ein Bad. Außerdem hatte ich Hunger. „Brot?" Ich erinnerte mich, sie darum gebeten zu haben.

Cassia war zurückgewichen, als ich aufgestanden war, und

ging zum Tisch. Ich stolperte ihr auf nackten Füßen hinterher, zu hungrig, um mir die Mühe zu machen, Sandalen anzuziehen.

Der Tisch befand sich nun in Längsrichtung neben der offenen Tür zu dem provisorischen Balkon. Auf der einen Seite entdeckte ich einen der Hocker, den anderen hatte Cassia in die Ecke geschoben.

Abgedeckte Schüsseln und mehrere Körbe standen fein säuberlich angeordnet auf dem Tisch, zusammen mit einer Essschale und einem Löffel. Ich hob das Tuch von einem der Körbe und fand darunter einen Laib des runden römischen Brotes, das wir täglich aßen. Der andere enthielt pralle, glänzende Oliven.

In den abgedeckten Schüsseln befanden sich ein Eintopf mit Linsen und ein weiterer mit Fleisch. Der kleinste Topf enthielt eine stark riechende Fischsauce namens *garum*.

Ich nahm mir von den Linsen, riss mir ein Stück Brot ab und setzte mich hin, um mein Mahl zu genießen, wobei ich mir zuerst einige Oliven in den Mund schob. Das Fleischgericht und das *garum* rührte ich nicht an.

„Willst du selbst nichts?", erkundigte ich mich nach den ersten paar Löffeln Linseneintopf.

Cassia hatte mit im Schoß gefalteten Händen auf dem Hocker in der Ecke gesessen. „Darf ich denn mit dir essen?"

„Warum denn nicht?", fragte ich mit vollem Mund. „Du musst essen, um zu überleben. Außerdem hast du das alles besorgt. Du musst doch auch hungrig sein."

Cassia erhob sich und schob ihren Hocker Zentimeter für Zentimeter näher an den Tisch. Sie holte eine kleinere Schüssel und einen Löffel aus einem Beutel, der hinter dem Tisch stand, und stellte die Schüssel vorsichtig genau auf die Mitte ihrer Seite.

Während ich weiter die Linsensuppe verschlang – wohlschmeckend, wenn auch nicht die beste, die ich je gegessen hatte –, nahm sie sich zaghaft eine Portion Fleischeintopf.

„Iss, so viel du möchtest“, ermutigte ich sie.

Die Kelle verharrte in der Bewegung. „Es ist genug für uns beide da, Herr.“

Ich schüttelte den Kopf. „Aus Fleisch mache ich mir nicht so viel. Ich bleibe bei dem hier.“ Damit hob ich meine Schale an die Lippen, leerte sie und nahm mir eine weitere Portion Linsen.

Das *garum* fassten wir beide nicht an.

„Du kannst auch das haben“, sagte ich und deutete darauf. „Das esse ich nicht.“

Cassia stippte ein winziges Stückchen Brot in ihren Fleischeintopf. „Nein, danke. Ich mag das nicht.“

Die Mehrzahl der Römer liebten das Zeug und verzehrten es eimerweise. Dass ich diese Vorliebe nicht teilte, empfanden die meisten anderen gemeinhin als merkwürdig.

„Ich mag es auch nicht.“ Ich riss mir ein großes Stück Brot ab. „Es ist widerlich.“

Etwas blitzte in Cassias Augen auf. „Ich verabscheue es geradezu.“

„Oh, ich verabscheue es sogar zutiefst. Meiner Auffassung nach sollte man es auf einem Acker vergraben und dann den Acker abbrennen.“

Wir betrachteten beide den Tiegel.

„Ich habe es nur gekauft, weil ich dachte, du isst wie ein Römer.“ Einen Augenblick lang musterte sie das unschuldige Töpfchen mit dem runden Deckel. „Was machen wir jetzt damit?“

„Kipp es weg“, erwiderte ich. „Niemand wird merken, wenn du es in die Kloake schüttest.“

Ein winziges Lächeln umspielte Cassias Lippen und verwandelte sie von einem verängstigten Mäuschen in eine Frau. „So sei es.“

Ich stellte mir das bildlich vor – eine tief verschleierte Frau, die in der Dunkelheit der Nacht auf Zehenspitzen durch die Straßen schlich, den Topf mit *garum* unter dem Arm, und sich verstohlen umschaute, bevor sie ihn durch ein Loch im Pflaster in die Kanalisation unter uns goss. Zum ersten Mal seit langer Zeit war mir nach Lachen zumute.

„Wie hast du das eigentlich alles bezahlt?“, erkundigte ich mich. „Ich dachte, wir hätten kaum Geld.“

Cassia schob ihren halb aufgegessenen Eintopf beiseite und klappte eine Tafel auf, auf der Reihen von Kratzern im Wachs zu sehen waren. „Der Wirt der Taverne und der Bäcker haben mir das Essen mit der Maßgabe gegeben, dass wir in zehn Tagen für zehn Abendessen bezahlen. Das nächste Mal werden wir im Voraus Geld entrichten und dürfen dann essen, was wir wollen, bis die Summe aufgebraucht ist.“

„Womit denn bezahlen?“ Wenn ich früher allein unterwegs gewesen war und Hunger gehabt hatte, hatte ich mit den wenigen Münzen in meiner Gürteltasche ein Brot oder einen Salat erstanden. Wenn ich keine Münzen gehabt hatte, war ich einfach hungrig geblieben, bis ich in den *ludus* zurückgekehrt war.

„Mit dem Geld, das du als Wache verdienst oder indem du anderen das Kämpfen beibringst oder was auch immer du tust.“

„Bisher hat mich niemand angeheuert“, erinnerte ich sie.

„*Noch* nicht.“

Ich hob meine Schale und löffelte den Rest der Linsen in meinen Mund. Dann kaute ich geräuschvoll, schluckte und wischte die Schüssel mit dem letzten Stück Brot aus. „Die Absprachen mit den Leuten hat immer Aemil getroffen und mir dann gesagt, was ich zu tun hatte.“

„Weil du damals ein Sklave warst. Doch jetzt bist du ein Freigelassener, Herr. Du musst dir auf eigene Faust Arbeit suchen.“

Ich hatte nicht die geringste Ahnung, wie ich das bewerkstelligen sollte. „Soll ich mich auf die Straße stellen, bis mir jemand etwas zu tun gibt? Ich denke, die meisten werden mich nur lautstark auffordern, aus dem Weg zu gehen.“

Cassia nahm ihren Griffel zur Hand. „Ich gebe zu, ich weiß nicht viel über die Gepflogenheiten dieser Stadt. Früher habe ich in der Villa meiner Herrin gelebt, die weit draußen auf dem Land liegt, und habe nur gelegentlich Neapolis besucht. Eine sehr schöne Stadt. Ganz im Gegensatz zu Rom. Neapolis ist sehr alt, die Griechen haben es vor langer Zeit gegründet. Genau wie Herculaneum."

Ich war schon an beiden Orten gewesen, um zu kämpfen, aber ich konnte mich an nichts Bemerkenswertes erinnern.

„Ich könnte Aemil fragen." Ich wollte nur ungern als Bittsteller in den *ludus* zurückkehren, hatte ich mich doch damit gebrüstet, ich würde niemals wiederkommen. Er hingegen hatte seiner Überzeugung Ausdruck verliehen, dass ich das sehr wohl würde.

Cassia musste mein Zögern bemerkt haben, denn sie sagte rasch: „Ich werde es herausfinden."

Ich musterte sie, eine junge Frau mit ordentlich gekämmtem Haar und sauberen, gepflegten Fingernägeln. Meine Tunika hatte Eintopfflecken, während ihre makellos war. Ich konnte mir nicht vorstellen, dass dieses zierliche Geschöpf Arbeit für einen Gladiator finden konnte.

„Wie?"

„Die Familie, für die ich gearbeitet habe, hatte viele Kontakte in Rom. Diese Leute sind oft nach Campania gekommen, und manchmal sind wir auch hierher gereist. Ich kenne die Sklaven und Freigelassenen, die in ihren Häusern arbeiten. Wenn ein Patrizier einen Leibwächter braucht, schickt er einen Sklaven zum Forum, um sich umzusehen und einen anzuheuern. Ich werde zum Forum gehen und schauen, wen ich dort treffe. Bestimmt kenne ich den einen oder anderen Sklaven, und wenn deren Herren deine Dienste nicht benötigen, können sie mich vielleicht zumindest an jemanden verweisen, der einen Gladiator sucht."

Das klang logisch. Ich hatte über solche Dinge bisher nie

nachdenken müssen. Ich hatte so lange nur getan, was man mir sagte, dass ich gar nichts anderes mehr kannte.

„Morgen früh." Ich ballte die rechte Faust und warf einen kurzen Blick auf das Holzschwert im Regal, als wollte ich mich vergewissern, dass es noch da sei.

Cassia schüttelte den Kopf. „Nein, heute Nachmittag. Die, die noch auf der Suche nach einer Wache sind, werden zunehmend unruhiger werden und nicht nach Hause zurückkehren wollen, bevor sie ihren Auftrag erfüllt haben. Ich werde wahrscheinlich ein besseres Honorar aushandeln können, als wenn ich bis morgen warte."

So weit hatte ich gar nicht gedacht. „Komm aber vor Einbruch der Dunkelheit zurück. Nachts sind die Straßen von Rom gefährlich."

Cassia erschauerte, schien jedoch entschlossen, ihren Plan in die Tat umzusetzen.

Mit der Dunkelheit würde auch die Kälte kommen. Wir benötigten dringend Decken.

„Du brauchst außerdem einen Schlafplatz", bemerkte ich.

Ich ließ meinen Blick über den nackten Boden schweifen und fragte mich, wo wir ihre Bettstatt hinstellen könnten. Als Cassia mir nicht antwortete, hob ich den Kopf.

Sie beobachtete mich, und die Angst in ihren Augen, die sich während des Essens gelegt hatte, war wieder da.

Mir wurde klar, dass sie erwartete, dass ich ihr befehlen würde, bei mir zu schlafen. Oder mir zumindest zu Willen zu sein, bis ich befriedigt war und sie sich auf dem Boden zusammenrollen durfte, bis ich sie wieder wollte. Damit rechnete sie, und ich sah deutlich, dass der Gedanke sie erschreckte.

Alle Frauen, die ich in meinem kurzen Leben kennengelernt hatte, hatten immer bloß eins von mir gewollt. Einige hatten es genossen, andere nicht, aber sie alle hatten einen Gladiator gewollt oder waren auf die Münzen aus gewesen, die sie damit verdienen konnten, mich zu befriedigen. Andere, wie Floriana, wollten nicht nur das Geld dafür, dass ich Lucias Dienste in Anspruch nahm, sondern auch den Status, den es mit sich brachte, dass ein so berühmter Gladiator ihr Haus frequentierte.

Wenn ich Cassia berührte, würde sie hingegen wahrscheinlich in Ohnmacht fallen. Oder vielleicht sogar sterben.

Cassia gehörte zu den Menschen, die sich mit Worten, Schrift und den Geheimnissen in Büchern auskannten und anders waren als wir normale Leute. Sie war keine Frau, die es gewohnt war, die Urbedürfnisse eines Kämpfers zu befriedigen, und ich verstand das.

„Da drüben ist noch Platz für ein Bett." Ich zeigte auf die Wand neben der Tür, die durch den Tisch vom Fenster abgeschirmt war. „Morgen besorgen wir dir eins. Wir werden nur heute Nacht frieren müssen."

„Ich habe Decken mitgebracht", berichtete Cassia leise und deutete auf einen Stapel in einer Ecke.

Natürlich. Ich musste dringend Arbeit finden, damit wir all das bezahlen konnten.

„Cassia, ich brauche dich nicht in meinem Bett", sagte ich im Versuch, sie zu beruhigen. „Dafür habe ich Lucia."

Sie runzelte die Stirn. „Lucia?"

„Eine von Florianas Frauen." Im Aufstehen sah ich mich nach meinen Sandalen um, die ich ordentlich neben der Eingangstür platziert fand. „Ich werde sie aufsuchen. Du kannst auf meiner Bettstatt schlafen und meine Decken nehmen."

Jetzt starrte mich Cassia schockiert an. Wahrscheinlich hatte sie ihr ganzes Leben auf dem Boden geschlafen, auch wenn Schreiberinnen in großen Häusern etwas besser untergebracht waren als andere Sklavinnen.

Ehe sie mir widersprechen, mit mir streiten oder zu Erklärungen ansetzen konnte, zog ich meine Sandalen an und ging.

Floriana bekam immer noch Geld von mir. Ich musste daran denken, Cassia zu sagen, das ebenfalls auf ihre Liste unserer Ausgaben zu setzen.

FLORIANA WOLLTE MICH NICHT EINLASSEN. SIE INTERESSIERTE sich mehr für Münzen als für mein Gerede über einen Gönner, aber Lucia kam mir zu Hilfe, und schließlich ließ Floriana mich nach einem heftigen Streit zwischen den beiden ein.

Lucia war nicht schön, doch sie hatte etwas Robustes an sich, verfügte über ein fröhliches Lachen, und ich fühlte mich wohl bei ihr. Ich hatte nie viel mit ihr gesprochen – hatte ihr nie die Geheimnisse meines Lebens oder meiner Welt anvertraut. Meist wollte ich nicht über meine Tage sprechen, die entweder langweilig oder tödlich waren. Ich hörte mir lieber Lucias lustige Geschichten über die Männer an, die zu Floriana kamen, und über die Frauen, die bis zur Unkenntlichkeit verkleidet die Dienste der Huren ebenfalls in Anspruch nahmen. Es durfte auf keinen Fall bekannt werden, dass die Frau eines Senators eine Geliebte bei Floriana in der Subura hatte.

An diesem Abend brachte ich neue Gesprächsthemen mit – meine neu gewonnene Freiheit, Cassia –, aber ich erzählte Lucia kaum mehr als die nackten Fakten. Sie versuchte, aus mir herauszubekommen, wer mein Gönner war, doch da ich es selbst nicht wusste, konnte ich sie nicht darüber aufklären. Ich nahm an, dass Floriana ihr aufgetragen hatte, es herauszufinden. Lucia selbst kümmerte sich wenig um derlei Dinge.

Ich war zu müde, um noch viel mit Lucia zu unternehmen, außer es zu genießen, in ihre Wärme gehüllt zu schlafen. Während ich einschlummerte, spürte ich, wie sie ein oder zwei Mal versuchte, mich wachzuhalten, bis sie es schließlich aufgab.

Dann schlief ich.

In meinen Träumen sah ich Cassia, wie sie sich auf meiner Pritsche zusammenrollte, eingekuschelt in die Decken, die sie besorgt hatte. Sie war allein in der Wohnung, schutzlos. Die Tür am unteren Ende der Treppe hatte zwar einen Riegel, aber jeder gute Dieb konnte sie aufbrechen.

Ich hätte sie dort nicht allein lassen sollen. Im Traum musste ich mitanschauen, wie ein mit einem Knüppel bewaffneter Dieb in unsere Zimmer stürmte und sich freute, dass er sich Cassia nur zu nehmen brauchte. Cassia fuhr aus dem Schlaf hoch und schrie meinen Namen, als der Mann auf sie zukam.

Ich schreckte hoch und fand mich bei Tageslicht in Lucias Bett wieder. Die Sonne schien durch denselben Spalt in der Wand wie gestern, und ich drehte mich verspannt und irritiert um.

Lucia war fort. Ich zog meine Tunika an und beschloss, ein Badehaus aufzusuchen. Die öffentlichen Bäder waren die billigsten, aber weit weg von Florianas Haus. Die nahe gelegenen, kleineren Bäder verlangten Eintrittsgelder, die ich mir nicht leisten konnte. Ich war stets in jedes Badehaus gegangen, das mir gefiel, doch jetzt würde Aemil keinen Sklaven hinter mir herschicken, um meine Schulden zu begleichen. Vielleicht konnte ich einen der Türsteher überreden, mich einzulassen, damit sie sagen konnten, dass ich ihr Bad frequentierte, aber ich war mir nicht sicher, ob ich überhaupt noch willkommen war. Ich war schließlich nicht mehr der *primus palus*.

Aufgeregte, laute Stimmen drangen an mein Ohr, als ich meine Sandalen schnürte. Floriana hatte häufiger Probleme mit verärgerten Kunden oder einem Wachmann, der versuchte, Dienstleistungen im Tausch gegen den Schutz ihres Gebäudes vor Feuer zu erhalten.

Ich hatte schon mehr als einen streitlustigen Mann aus Florianas Haus geworfen. Einige schienen zu glauben, sie könnten Florianas Mädchen wie unerwünschte Straßenköter behandeln. Doch schon allein der Anblick, wie ich auf sie zustürmte, brachte diese Männer in der Regel dazu, die Flucht zu ergreifen.

Als ich aus Lucias Kammer trat, eilte sie mit angespanntem Gesicht auf mich zu. Tränen, von ihrem Augen-Make-up schwarz gefärbt, rannen ihr über die Wangen, und roter Ocker von ihren Lippen hatte sich in ihren Mundwinkeln abgelagert.

„O Leonidas, den Göttern sei Dank. Es geht um Floriana. Sie ist todkrank."

Floriana war zwar gertenschlank, aber eine der robustesten Frauen, die ich kannte. Trotzdem, wer verdorbenes Essen zu sich nahm, konnte schon mal eine schlechte Nacht haben, ja sogar daran sterben, und auch Fieber konnte einen plötzlich ereilen.

Lucia nahm meine Hand und zog mich tiefer ins Haus. Die Frauen standen alle zusammen müde und verkatert vor dem Zimmer am Ende des Korridors, und ihre Sorge erfüllte mich mit Unbehagen.

Als Lucia den Vorhang, der Florianas Schlafgemach vom Gang abteilte, zurückschlug, zuckte ich vor dem Gestank zurück, der aus dem Zimmer drang. Ich musste Galle schlucken, ehe ich einen Blick hineinwerfen konnte.

Hoch in der Wand von Florianas Kammer befand sich ein kleines quadratisches Fenster. Der Klappladen war geschlossen, und ich hob die Hand, um ihn zu öffnen.

Das Fenster ging auf die Rückseite des Nachbargebäudes hinaus, aber es drang genug Morgensonne herein, dass ich Floriana auf ihrer Pritsche liegen sehen konnte, die Knie an die Brust gezogen. An einem Haken über ihrem Bett befand sich eine schwarze gelockte Perücke, und Florianas eigenes Haar hing ihr grau und dünn ums Gesicht.

Sie keuchte schwach, und ihr Mund bewegte sich, während sie nach Luft rang. Ihre Lippen waren purpurn verfärbt, und in den Mundwinkeln hatte sich Schaum gebildet.

Ich richtete mich abrupt auf und hätte dabei beinahe die Frauen angerempelt, die sich hinter mir drängten.

„Sie ist vergiftet worden", erklärte ich knapp. „Lucia, bleib bei ihr. Halte sie warm und versuch, sie dazu zu bringen, sich zu erbrechen."

Ich machte auf dem Absatz kehrt und bahnte mir einen Weg

zwischen den Frauen hindurch, die wie ein aufgeregter Vogelschwarm vor mir auseinanderstoben.

„Wo willst du hin?“, verlangte Lucia zu wissen.

„Ich hole einen Arzt.“

Nur ein *medicus*, den ich kannte, konnte Florianas Leben jetzt noch retten. Ich stürzte hinaus ins helle römische Tageslicht und eilte entschlossen Richtung Tiber.

KAPITEL 4

Es war schwierig, mir durch die überfüllten Straßen zwischen der Subura und den Brücken über den Fluss einen Weg zu bahnen. Ich musste mich nicht nur durch die Menge drängen, sondern zog, wie so oft, wenn ich durch Rom ging, eine Schar von Anhängern an. Alle erkannten einen Gladiator, und die meisten erkannten vor allem mich.

Ich mochte jetzt nach dem Gesetz ein Niemand sein, doch ich war immer noch Leonidas, der Mann, dem Tausende zugejubelt hatten, bis ihre Kehlen heiser waren. Ich war ihr Held gewesen.

Jetzt liefen sie mir nach, riefen meinen Namen und baten mich, meine Buchstaben auf ihre Souvenirs zu kratzen – Tassen, Bilder, eine Öllampe mit einer kruden Statue eines kämpfenden Gladiators darauf.

Ich wich ihnen aus, so gut ich konnte, aber selbst meine Knurrlaute, mit denen ich sie aufforderte, mir Platz zu machen, nahmen sie mit Freude auf. Sie wollten in mir den wilden Kämpfer sehen, den sie bei den Spielen erlebt hatten.

Doch ich hatte keine Zeit für sie. Floriana lag im Sterben, und der einzige Mann, der sie retten konnte, war zweifellos im *ludus* und flickte die Gladiatoren zusammen, die die Saturnalien überlebt hatten.

Ich mied die kaiserlichen Foren mitsamt den dortigen Menschenmengen, ebenso wie das Marcellus-Theater und überquerte den Campus Flaminius Richtung Tiber. Dann wandte ich mich nordwärts zur Pons Agrippae und überquerte den Fluss in Richtung Transtiberim und damit Aemils *ludus*.

Der *ludus* bestand aus einem großen rechteckigen Trainingsgelände, das auf allen vier Seiten von einem zweistöckigen Gebäude umgeben war, in dem die Gladiatoren, Ausbilder und Sklaven sowie die Ausrüstung untergebracht waren.

Spürte ich beim Anblick des Tores ein Gefühl der Heimkehr, vielleicht gar Wehmut, weil ich nie wieder zusammen mit meinen Gladiatorenkollegen trainieren, essen und wohnen würde?

Ich hatte keine Ahnung, was ich empfand, und ich war kein Mann, der seine Gefühle genauer untersuchte. Im Moment war ich ohnehin zu sehr in Sorge um Floriana, um nostalgisch zu sein.

Der Wachmann richtete sich auf, als ich gefolgt von ein paar meiner Anhänger auf ihn zukam. Er starrte mich überrascht an und befahl dann einem Jungen, der den Übungsplatz harkte, er solle Aemil holen.

„Nein", rief ich dem Burschen hinterher. „Hol Marcianus."

Die Wache öffnete das Tor und schloss es schnell wieder, als die Anhänger, die mir gefolgt waren, darauf zustürmten. Das hatte er an so manchem Tag für mich getan.

„Willst du Ausbilder werden?", fragte er. Er mochte mich, höchstwahrscheinlich weil ich ihm oft Trinkgeld gegeben hatte, damit er mich nach der Sperrstunde ein- oder hinausließ.

Ich würdigte ihn keiner Antwort. Aemil kam auf mich zugetrabt, sein kurz geschorenes hellbraunes Haar glänzte in der Sonne. Für einen Mann, der sich vor zehn Jahren aus dem aktiven Kämpferleben zurückgezogen hatte, bewegte er sich immer noch sehr flink. Damals war er erbarmungslos gewesen. Ein Gladiator, der Aemil als Gegner zog, tat gut daran, seinen Frieden mit den Göttern zu machen.

„'n Tag." Aemil musterte mich selbstgefällig. Er war Gallier und als Kind in einer Schlacht gefangen genommen worden, benahm sich jetzt allerdings genauso römisch wie ein Konsul. „Nur ein Tag, und schon kommst du wieder angerannt."

„Ich bin wegen Marcianus hier. Eine Frau ist krank. Ich brauche ihn."

„Frau?" Er schaute finster. „Was für eine Frau?"

„Floriana." Ich hatte es zu eilig, um das weiter auszuführen, doch Aemil wusste Bescheid.

„Du willst Nonus Marcianus' Können an eine Hure verschwenden?" Aemil riss ungläubig die Augen auf. „Er ist beschäftigt."

Was er meinte, war, dass Gladiatoren wertvoller waren. Wir waren teuer, während Prostituierte an jeder Straße für ein *as* zu haben waren.

Aemil hatte nicht die Absicht, nach Marcianus zu schicken, das erkannte ich sofort. Er wollte nur darüber spotten, dass ich zurückgekehrt war, um ihn um Arbeit zu bitten.

Zum Glück hatte der Junge, dem ich hinterhergerufen hatte, mich gehört und kam nun mit dem hochgewachsenen *medicus* im Schlepptau aus den Zellen.

Nonus Marcianus stand im Ruf, selbst schwer verletzte Gladiatoren retten zu können, indem er sie abwechselnd verfluchte und beschwor, stillzuhalten und ihn arbeiten zu lassen. Aemil schätzte den Mann, denn er konnte es sich nicht leisten, viele Kämpfer zu verlieren. Dass alle Gladiatoren in jedem Kampf bis zum Tod kämpften, war ein Mythos. Ein *lanista* investierte Jahre, viele Mühen und Geld in die Ausbildung eines Gladiators. Aemil konnte jeden Preis für uns verlangen, und er hatte Marcianus, der uns versorgte, falls wir verletzt wurden.

Marcianus hatte brünettes Haar und eine Nase, die zu groß

für sein Gesicht schien. Er wirkte freundlich, fast ein wenig einfältig, war aber der fähigste Mann, den ich kannte.

„Du scheinst mir gesund zu sein." Marcianus musterte mich von Kopf bis Fuß, als er mich erreichte. „Warum die Aufregung?"

Ich erklärte es ihm hastig, und Aemils säuerliche Miene vertiefte sich. „Dann ist sie bereits tot." Mit einem verächtlichen Winken tat er Floriana ab. „Niemand überlebt Gift."

„Das stimmt nur bedingt", widersprach Marcianus. „Lass mich meine Sachen holen."

Aemil trat vor den *medicus*. „Du arbeitest an meinen Männern. Die Hure ist nicht mehr zu retten."

„Alle Knochen sind gerichtet, die schlimmsten Wunden sind genäht. Ich habe ein paar Augenblicke Zeit. Die arme Frau nicht, fürchte ich."

Aemil war groß und Furcht einflößend. Marcianus, der in einer Familie aus dem Stand der *equites* aufgewachsen war, war dünn und blass, weil er ständig nur zu Hause saß und die Nase in Bücher steckte. Dennoch gab Aemil mit einem Knurren nach.

„Geh schon", brummte er. „Ich weiß, du machst ja doch, was du willst."

Marcianus verließ uns eilig und verschwand in den Zellen. Kurz darauf kam er mit einer Tasche zurück. „Wir sollten uns beeilen."

Ohne meine Antwort abzuwarten, hastete er an mir vorbei zum Tor und nach draußen.

Als wir die Subura erreichten, hatten sich Gaffer um Florianas Haus versammelt. Ich bahnte mir und Marcianus einen Weg durch die Menge.

Einige *vigiles* hingen auf der Straße herum, um zu verhindern, dass die Menge sich in einen Mob verwandelte. Die *vigiles* arbeiteten hauptsächlich nachts und hielten nach

Bränden Ausschau, aber es gehörte auch zu ihren Aufgaben, am Tag für Ordnung zu sorgen. Ein Mann, den ich als Angehörigen einer der Stadtkohorten erkannte, die tagsüber die gleiche Aufgabe erfüllte, hielt sich auf der gegenüberliegenden Straßenseite auf und beäugte die Ordnungshüter misstrauisch.

Weder die *vigiles* noch der Angehörige der Stadtkohorte verschwendeten auch nur einen Blick auf den Prätorianer, der stehen geblieben war, um das Geschehen zu beobachten. Der Prätorianer war wohl wegen irgendeiner Erledigung unterwegs, denn die Mitglieder dieser Elitegarde hielten sich zumeist auf dem Palatin oder auf ihrem Übungsplatz auf dem Campus Martius auf.

Lucia eilte mir entgegen, drängte sich zwischen den Schaulustigen hindurch und zerrte mich ins Haus. Marcianus schlüpfte hinter mir hinein.

„Ist sie tot?“, fragte er knapp.

„Nein, aber es geht ihr sehr schlecht.“ Lucias Stimme klang bekümmert. Die anderen Frauen verharrten ängstlich in der Nähe der Kranken. Floriana war nicht immer eine freundliche Herrin, doch wenn sie starb, würden sie alle auf der Straße stehen.

Marcianus machte sich auf den Weg zu der kleinen Kammer am Ende des Flurs. Ich hörte ein leises Stöhnen, während Floriana um ihr Leben kämpfte.

Ich hielt Lucia zurück. „Lass ihn.“

Marcianus konnte Tränke herstellen, von denen ich noch nie gehört hatte, und wusste, wie man Wunden mit feinem Faden nähte, damit sie sich schlossen und heilten. Manche vermuteten, er setze Magie ein, aber Marcianus glaubte nur an das, was seine eigene Erfahrung ihm sagte. Ich hatte vollstes Vertrauen in seine Fähigkeiten.

Er kniete sich neben Florianas Bett, ohne die Verunreinigungen zu beachten. Ich wusste nicht, wie er seine Diagnose stellte, doch er griff schnell in seine Tasche und wies jemanden an, ihm Mörser und Stößel zu bringen.

Die jüngste Frau aus dem Haus, Marcia, löste sich von der Gruppe und kam seinem Wunsch nach. Marcianus wurde nie laut, gab niemals Befehle. Er äußerte einfach in seinem vernünftigen Tonfall eine Bitte, und jeder beeilte sich, sie zu erfüllen.

„Leonidas", sagte er mit derselben ruhigen Stimme.

Ich wusste, was er meinte. „Raus", befahl ich den sich im Eingang der Kammer drängenden Frauen streng. Marcianus brauchte Platz zum Arbeiten.

Marcia kam mit Mörser und Stößel herbeigeeilt. Marcianus ließ etwas Weißes, Hartes in das Behältnis fallen und hieß Marcia mit dem Mahlen beginnen. Die anderen Frauen wollten bleiben, entweder aus Sorge oder aus Neugier, aber ich scheuchte sie durch den Flur und aus dem Haus.

Lucia klammerte sich an mir fest, als wir in den Sonnenschein traten. Ihre braunen Augen unter dem hennaroten Haar waren angsterfüllt.

„Wenn sie stirbt ...", begann sie aufgewühlt.

„Werde ich für dich sorgen."

Lucias Angst wich Verärgerung. „Wie denn? Ich mag dich, Leonidas, aber du bist ein mittelloser Freigelassener."

„Ich habe jetzt einen Gönner", erinnerte ich sie.

„Der dir keinen Lebensunterhalt bezahlt. Was ist das bitte für ein Gönner?"

Diese Frage konnte ich ihr nicht beantworten. Ich verstand meine Situation selbst nicht so genau, doch für den Augenblick reichte es mir, nicht auf der Straße schlafen zu müssen.

„Du wirst auf jeden Fall eine Bleibe haben", versprach ich ihr.

„Frag besser vorher deine Sklavin, ob sie bereit ist, eine Frau wie mich zu bedienen. Sie klingt eingebildet."

Das erinnerte mich daran, wie geschickt Cassia dafür gesorgt hatte, dass wir Essen, Trinken und warme Decken zum Schlafen hatten, obwohl ich nicht genug Geld besaß, um das alles zu bezahlen. Obgleich sie offensichtlich bisher ein behütetes Leben geführt hatte, hatte Cassia die hartgesottenen Ladenbesitzer Roms dazu gebracht, das zu tun, was sie wollte.

Ich war nicht sicher, was sie von Lucia halten würde. Aber Cassia gehörte mir und musste meinen Wünschen gehorchen ... oder etwa nicht?

Ich hatte keine Vorstellung, was ich mit einer Sklavin anfangen sollte. Eigentlich war ich nicht der Typ, der Befehle gab, und Cassia hatte bisher nicht auf Anweisungen von mir gewartet.

Die Menschenmenge vor dem Bordell hatte sich nicht gelichtet. Es war die dritte Stunde dieses Wintertags, die Sonne stand hoch am Himmel, und es waren viele Menschen unterwegs. Die Schaulustigen verursachten einen Stau auf der Straße, die vom Esquilin ins Stadtzentrum führte. Die, die passieren wollten, schrien und schimpften. Andere hielten an, um sich zu erkundigen, was geschehen war, und verweilten neugierig. Römer waren stets auf der Suche nach Unterhaltung.

Die *vigiles* und der Angehörige der Stadtkohorte versuchten, die Leute zum Weitergehen zu bewegen, konnten sich aber gegen die dickbäuchigen Krämer und entschlossenen Matronen, die hinter den Falten ihrer bestickten *pallas* zusahen, nicht durchsetzen.

Der Prätorianer verfolgte die Bemühungen der *vigiles* mit Verachtung und machte keine Anstalten zu helfen. Er bemerkte, dass ich zu ihm schaute, runzelte kurz die Stirn, als frage er sich, was ein Gladiator hier zu suchen hatte, dann glitt sein Blick an mir vorbei.

Da entdeckte ich eine weitere Gestalt in der Menge. Eine kleine Frau, die in ihrem schlichten Mantel fast unsichtbar war, spähte an dem Gedränge vorbei, um zu sehen, in was ich hineingeraten war.

Ich fragte mich, woher Cassia gewusst hatte, wo sie mich finden würde, doch Nachrichten über einen Aufruhr und eine mögliche Vergiftung verbreiteten sich schnell. Vielleicht war sie unterwegs gewesen und war einfach dem Menschenstrom gefolgt oder hatte zufällig gehört, wie jemand in der Weinhandlung unter uns darüber sprach. Sie hatte gewusst, dass ich zu Floriana wollte, und hätte sich leicht nach dem Weg erkundigen können.

Cassia machte keine Anstalten, sich mir zu nähern, sondern beobachtete mich einfach mit ihren dunklen Augen, denen nichts entging.

Mit der Zeit löste sich die Menschenmenge schließlich auf. Als es auch nach einer Stunde noch keine Neuigkeiten gab, begannen die Zuschauer sich zu langweilen oder sahen ein, dass sie sich besser um ihre eigenen Angelegenheiten kümmern sollten, und entfernten sich. Lucia schlüpfte zurück ins Haus, bevor ich sie aufhalten konnte. Die anderen Frauen saßen im Schatten der Mauer, die Arme um die Knie geschlungen, den Kopf im Nacken, und dösten. Es wurde immer wärmer, obgleich der Tag bei Weitem nicht die große Hitze des Sommers erreichte.

Als Marcianus schließlich auftauchte, war nur noch eine Handvoll Leute übrig, darunter der Angehörige der Stadtkohorte und der Prätorianer. Die *vigiles* hatten aufgegeben und waren nach Hause gegangen. Ihre Nachtschicht war längst beendet.

„Sie wird wieder gesund", verkündete Marcianus.

Erleichtert seufzend erhoben sich die Frauen und kehrten ins Haus zurück, um sich hinzulegen.

Marcia war Marcianus nach draußen gefolgt, trug seine Tasche und blickte ihn voller Ehrfurcht an.

„Sie wird Pflege brauchen", erklärte Marcianus ihr. Marcias sorgfältig gelocktes schwarzes Haar hing schlaff herab, ihr Gesicht war von Müdigkeit gezeichnet, doch sie nickte eifrig und hilfsbereit. „Sie muss das Gebräu trinken, das ich gemischt habe, und darf nichts mehr essen, bis ich sie morgen wieder besuche."

Marcia lauschte seinen Anweisungen aufmerksam. Ich

glaubte nicht, dass Marcia älter als sechzehn Sommer war, aber sie war klüger als die meisten anderen Frauen in Florianas Haus.

Dann wandte Marcianus sich an mich. „Ich vermute, dass Floriana Rhabarberblätter gegessen hat. Die Stängel sind medizinisch nutzbar, doch die Blätter enthalten ein tödliches Gift. Zum Glück wirkt es sehr langsam, sodass ich sie retten konnte." Er schaute Marcia stirnrunzelnd an. „Hat sie das denn nicht gewusst? Manche machen wirklich Salat aus jeglichem Grünzeug, das sie finden."

Marcia schüttelte den Kopf. „Gestern hat es keinen Salat gegeben. Auch keinen Rhabarber. Wir haben alle dasselbe gegessen – Linsen und Brot."

„Bist du sicher? Sie hätte das Haus verlassen und sich etwas besorgen können."

„Ziemlich sicher. Aber ich kann es herausfinden." Rasch verschwand Marcia wieder im Inneren des Hauses.

Cassia trat zu uns. Sie hatte eine Tafel aufgeklappt und notierte sich etwas in ihrer präzisen Schrift. Marcianus bemerkte sie und betrachtete sie neugierig.

„Das ist Cassia", stellte ich sie vor. „Sie arbeitet jetzt für mich."

Cassia zupfte ihr Gewand zurecht, sodass es den größten Teil ihres Gesichts verbarg, und neigte den Kopf zur Begrüßung. Sie musterte Marcianus, der bei meiner Vorstellung überrascht geblinzelt hatte, dann sprach sie ihn an. Auf Griechisch.

Marcianus' Überraschung verwandelte sich zuerst in Erstaunen, dann in Freude. Er antwortete ihr, und die beiden begannen ein Gespräch, das herzlich klang, auch wenn ich keine Ahnung hatte, was sie sagten.

Marcia kam atemlos und mit roten Wangen zurück. „Nein, keinerlei Salat. Nur Linsen und Brot."

Cassia machte sich erneut eine Notiz. „Wann sind die Symptome aufgetreten?", erkundigte sie sich.

Marcia starrte sie an und richtete dann ihre Antwort an

Marcianus. „So haben wir sie heute Morgen gefunden, zur ersten Stunde. Lucia hat geschrien."

Marcianus nickte, und Cassias Stift huschte über das Wachs.

„Darf ich deine Notizen sehen?", fragte Marcianus, und Cassia reichte ihm die Tafel. Er überflog ihre Kritzeleien anerkennend. „Sehr kurz und bündig."

„Danke." Cassia nahm die Tafel zurück. „Ich finde genaue Aufzeichnungen hilfreich."

Marcia und ich schauten einander verblüfft an.

„Wenn sich etwas verändert, schick nach mir", wies Marcianus Marcia an. „Mein Haus ist in der Nähe des Brunnens mit den drei Fischen auf dem Aventin."

„Ja, Herr."

Marcianus verstand es, sich sofort Respekt zu verschaffen. Er wirkte weder einschüchternd noch herrisch, trotzdem taten die Leute, was er von ihnen verlangte.

Er wollte sich entfernen, doch Cassia rief ihm nach: „Dein Lohn, Herr?"

Marcianus wandte sich überrascht wieder um. Schnell begutachtete er das Haus mit seinen müden, zerzausten Damen, mich, der ich noch immer die Tunika eines Sklaven trug, Cassia und ihr schlichtes Gewand und den Griffel in ihrer Hand.

„Ein *as*", erklärte er. „Zahlbar, sobald es möglich ist."

Cassias Stift bewegte sich. Marcia huschte mit den letzten Frauen zurück ins Haus. Marcianus winkte uns zum Abschied zu und schritt die Straße entlang.

Das Spektakel war vorbei, und die Gaffer gingen ihrer Wege, bereit für die nächste Unterhaltung, über die sie stolpern mochten.

„Er ist sehr freundlich", bemerkte Cassia, während wir Marcianus nachsahen, dessen hoch aufgeschossene Gestalt langsam in der Menge verschwand.

„Ohne ihn wäre ich schon dreimal tot." Er hatte Wunden

geflickt, von denen Aemil überzeugt war, dass sie mich umbringen würden.

„Der *medicus* ist auch scharfsinnig. Er weiß, dass sie nicht viel bezahlen können, aber beleidigt wären, wenn er nichts verlangen würde."

„Worüber habt ihr beide gesprochen?", fragte ich. „Ich kann kein Griechisch."

Cassia errötete. „Er hat gefragt, wo ich herstamme und warum ich dir helfe. Außerdem hat er sich nach meiner Familie und meiner Abkunft erkundigt. Er hat erzählt, er sei in Athen geboren, doch seine Eltern stammten aus Rom. Jenen Teil der Welt kennt er besser als diesen. Er sagt, er habe in Athen und Ephesus Medizin studiert." Sie klang beeindruckt.

Sie hatten viele Informationen ausgetauscht. All das hatte ich über Marcianus nicht gewusst, und über Cassia wusste ich ohnehin nur wenig.

Sie steckte Stift und Tafel weg und musterte mich kritisch. „Du brauchst eine Rasur – und eine neue Tunika."

„Später." Ich wollte nur noch schlafen.

„Das kann nicht warten", widersprach sie. „Du hast möglicherweise einen Auftrag, aber du musst dich im Haus eines Patriziers vorstellen, und dafür musst du rasiert sein und saubere Kleidung tragen."

KAPITEL 5

„Auftrag?“, fragte ich verblüfft. Cassia hatte am Vorabend gesagt, sie würde sich auf die Suche nach Arbeit für mich machen, ich hätte allerdings nicht gedacht, dass sie so schnell fündig werden würde. „Was soll ich denn tun? Und für wen?“

„Für einen ehemaligen Senator auf dem Esquilin. Wir sollten uns beeilen, sonst empfängt er für heute niemanden mehr, und wir müssen bis morgen warten. Da dies einen weiteren Tag mit allen Kosten bedeuten würde, schlage ich vor, dass wir uns so schnell wie möglich mit ihm treffen.“

Cassia drängte zum Aufbruch. Ich selbst wäre froh gewesen, wenn ich den Tag und die Nacht hätte verschlafen können – ich würde keine Kosten verursachen, wenn ich nichts aß und trank.

Schließlich aber willigte ich ein, denn ich war neugierig, für wen sie mich arbeiten lassen wollte und was ich tun sollte.

Ich führte Cassia zu einem nahe gelegenen Barbiersalon und betrat das winzige Ladenlokal. Cassia teilte mir mit, sie müsse noch weitere Besorgungen machen, und ich beobachtete sie, wie sie mit ihrem unsicheren Gang und gesenktem Kopf anderen Passantinnen und Passanten aus dem Weg zu gehen versuchte.

„Leonidas!“ Der Barbier Paulinus begrüßte mich mit einer

Stimme, die den kleinen Raum ausfüllte. Mehrere Männer, die auf einer Bank vor dem Geschäft darauf warteten, dass sie an die Reihe kamen, grüßten mich ebenfalls. Der Mann, der auf einem Hocker saß und den der Barbier gerade rasierte, grinste mich an.

Ich erwiderte den Gruß und setzte mich an das äußerste Ende der Bank. Da die gesamte Ladenfront zur Straße hin offen war, ragte die Bank zur Hälfte in den Innenraum hinein.

„Freigelassener", fuhr Paulinus in seiner ohrenbetäubend lauten Stimme fort. Er liebte Klatsch und wiederholte ihn so laut und oft wie möglich. „Was tust du in meinem Salon? Du könntest jetzt einen eigenen *ludus* eröffnen."

Ich zuckte wortlos die Achseln.

„Du solltest zu den Spielen zurückkehren", fuhr Paulinus fort. „Das Leben wird nicht mehr dasselbe sein, wenn ich mich nicht darauf freuen kann, dir beim Kämpfen zuzusehen." Er zwinkerte mir zu. „Außerdem habe ich durch Wetten auf dich ein Vermögen gewonnen."

Die anderen Wartenden lachten zustimmend. Sie kannten mich als Stammkunden, hatten aber auch meine Laufbahn begeistert verfolgt. „Du könntest uns lehren, wie man kämpft", schlug einer der Männer auf der Bank vor. „Einen Sesterz pro Kampfrunde berechnen und uns beibringen, was du kannst."

Ich spreizte die Finger der Hand, die weiter wund war, weil ich die hölzerne *rudis* umklammert hatte. Ein paar Splitter steckten noch in meiner Handfläche.

Eigentlich wollte ich nicht darüber sprechen und wäre lieber wieder gegangen, als zu erklären, dass ich andere nicht zum Töten ausbilden wollte. Ich wollte mit all dem nichts mehr zu tun haben.

Doch wenn ich jetzt aufsprang und ging, würde ich Cassia erklären müssen, warum ich nach wie vor unrasiert war. Ich wusste, dass sie nicht verstehen würde, warum ich die Chance, Geld zu verdienen, um zu bezahlen, was sie bereits gekauft hatte, aufs Spiel gesetzt hatte.

Mir wurde klar, dass ich auch Paulinus diesmal würde Geld geben müssen. Er hatte die Rechnung sonst immer an Aemil geschickt.

Paulinus war mit dem Mann auf dem Stuhl fertig, der sich erhob und sich mit einer Hand die rote Wange hielt. Paulinus war nicht der beste Barbier, aber er war schnell und billig.

Er forderte mich auf, auf dem Stuhl Platz zu nehmen, obwohl ich noch gar nicht an der Reihe war. Die Männer auf der Bank winkten zustimmend, ohne sich darum zu kümmern, dass ich mich vordrängelte. Das störte sie nie.

Paulinus schärfte sein halbmondförmiges Rasiermesser an seinem Wetzstein, während ich mich auf den kleinen Schemel setzte. Er nahm eine Schöpfkelle aus einem Eimer, goss Wasser über die Klinge und in seine Handfläche und strich es schließlich auf mein Gesicht.

Dann machte er sich an die Arbeit. Die Rasur war nie angenehm, doch meine Haut war nicht empfindlich. Die Klinge schabte den Bartwuchs von anderthalb Tagen ab und schnitt mich dabei ein paar Mal leicht.

„Jetzt ist es Regulus“, bemerkte Paulinus. „Der *primus palus*, meine ich. Er ist gut, aber nicht so gut wie du. Glaubst du, jemand wird ihn besiegen? Bisher ist er nur dir unterlegen.“

Ich erinnerte mich an den Hass in Regulus' Blick, als ich ihn aus dem Sand hochgezerrt und mich geweigert hatte, ihn zu töten. Er hatte sterben wollen, und ich hatte ihm diesen Wunsch verwehrt. War ich als sein Freund nicht verpflichtet gewesen, sein Leben zu beenden? Hatten meine Wünsche mehr Gewicht als seine?

Nie zuvor hatte ich über solche Dinge nachdenken müssen, und es bereitete mir Kopfschmerzen.

„Regulus ist ein erstklassiger Kämpfer“, sagte ich, ohne den Barbier an meinen beunruhigenden Gedanken teilhaben zu lassen. „Er wird ein guter ...“

Ich unterbrach mich, als Cassia an der Ladentür vorbeikam.

Sie trug mehrere Bündel, und vor meinen Augen versuchte ein Mann auf der Straße, sie ihr wegzunehmen.

Cassia riss sich los und beschimpfte ihn mit aller Schärfe einer Sklavin der Oberschicht. Der Mann knurrte sie einfach an und hob sie hoch.

Blitzschnell sprang ich vom Hocker auf und stürzte Richtung Tür. Paulinus stieß einen erschrockenen Schrei aus und riss mir in letzter Sekunde das Rasiermesser vom Hals. Ich stürmte auf die Straße, wobei ich ein animalisches Brüllen ausstieß, und schlang eine riesige Hand um die Kehle des Angreifers. Cassia, die sich aus seinem Griff befreit hatte, rutschte auf den schlammigen Steinen beinahe aus und ließ ihre Bündel fallen.

Ich schüttelte ihren Angreifer, einen römischen Freigelassenen mit fettigem dunklem Haar und einem auffälligen Kropf. Er hatte die Augen aufgerissen und war erschlafft wie ein Kaninchen im Maul eines Wolfes, keuchte und rang nach Luft.

„Du solltest ihn loslassen, Leonidas." Cassias klare, ruhige Stimme drang durch das Summen in meinem Kopf zu mir durch.

Passanten waren stehen geblieben, und Paulinus und seine Kunden drängten sich in der Tür seines Ladens. Die Straße füllte sich, und es war nur eine Frage der Zeit, bis ein Mitglied der Stadtkohorte oder ein besorgter Bürger versuchen würde, uns vor einen Richter zu zerren.

Ich schüttelte den Kerl ein letztes Mal und schubste ihn gegen die Mauer auf der anderen Straßenseite. Er prallte dagegen, rappelte sich auf und flitzte davon. Die meisten Schaulustigen lachten, die Männer schwangen anerkennend die Fäuste.

Cassia hatte Mühe, all ihre Pakete aufzuheben, also sammelte ich sie für sie ein und führte sie in Paulinus' Laden. Er und seine Kunden wichen zurück, während ich Cassia anwies, auf einem freien Hocker Platz zu nehmen.

„Das ist Cassia", stellte ich sie vor. „Sie wird hier auf mich warten."

Paulinus zuckte die Achseln und winkte mich zurück auf den Stuhl, damit er mit meinem halb rasierten Gesicht weitermachen konnte. Die Männer musterten Cassia verwundert und kehrten dann langsam auf ihre Bank zurück. Die Aufregung war vorbei.

Als Paulinus fertig war, fragte Cassia ihn ruhig nach dem Preis für die Rasur, als wäre sie nicht erst kurz zuvor von einem Grobian auf der Straße angegriffen worden. Sie notierte sich Paulinus' Antwort und teilte ihm gelassen mit, sie werde ihn an den Nonen des kommenden Monats bezahlen.

Ich folgte ihr nach draußen, und wir gingen Richtung Quirinal.

„Hast du dir wehgetan?", fragte ich.

„Nein." Cassia warf mir rasch einen Blick zu. „Danke."

„Du gehörst mir." Ich musste husten. Paulinus' Rasuren schabten immer auch einen Teil der Haut weg und hinterließen einen rauen Hals. „Das bedeutet, ich kümmere mich ab jetzt um dich."

Ich hatte noch nie eine Sklavin gehabt und war nicht sicher, was ich mit ihr anfangen sollte. Aber Aemil hatte sich in all den Jahren meiner Sklaverei um meine Bedürfnisse gekümmert, und ich nahm an, dass sich das so gehörte.

Cassia schaute mich mit einem schwer zu deutenden Ausdruck in den Augen an, dann senkte sie den Kopf und trat vorsichtig von Stein zu Stein. Ich würde ihr beibringen müssen, wie man sich auf den Straßen Roms fortbewegte.

Cassia hatte mir mehrere Tuniken gekauft, die sich kaum von denen unterschieden, die ich als Gladiator getragen hatte, allerdings aus besserem Stoff und etwas länger waren. Freigelassene durften keine Togen tragen, also würde ich mich damit nicht herumschlagen müssen, was mir recht war. Cassia hatte jedoch einen langen dunklen Wollumhang für mich gefunden, in den ich mich hüllen konnte, wenn es kalt wurde.

Als ich mich aus meiner schmutzigen Tunika schälte und eine neue anlegte, wandte Cassia den Blick ab, als sei ihr die nackte Haut eines Mannes peinlich. Ohne mich anzusehen, sammelte sie die alte Tunika auf und warf sie in eine Ecke. Alles andere hängte sie fein säuberlich an Kleiderhaken.

„Du wirst neue Sandalen brauchen", stellte sie fest, und ich schaute nach unten auf meine alten. Sie waren gut gearbeitet – nur das Beste für die gefeierten Gladiatoren –, aber ich hatte sie das ganze Jahr über getragen und die Riemen waren ausgefranst und schmutzig.

„Ich hoffe, der Auftrag, den du für mich gefunden hast, wird gut bezahlt", erwiderte ich und griff nach meinem Umhang. „Sonst müssen wir aus der Stadt fliehen, um nicht wegen unserer Schulden festgenommen zu werden."

„Er wird gut bezahlt sein", antwortete Cassia überzeugt.

Ihre Sorglosigkeit beruhigte mich nicht, obwohl ich zugeben musste, dass wir dank ihrer Verhandlungskünste bisher gut hatten essen können.

Die Sonne stand schon am Himmel, und es wurde langsam wärmer, als Cassia und ich am Fuß des Quirinals entlanggingen, vorbei an den Läden, zu denen Paulinus' Barbiersalon gehörte, zum Esquilin. Ein großer Brunnen am Fuße des Hügels lockte eine Anzahl von Frauen an, die Krüge mit kühlem Wasser füllten. Es handelte sich um einen großen Brunnen mit einer Mittelsäule und vier Ausläufen, die als Gesichter gestaltet waren – das Wasser spritzte aus den Mündern.

Die Frauen starrten mich mit unverhohlenem Interesse an, als wir an ihnen vorbeikamen. Eine hob sich ihren Krug auf die entblößte Schulter und stieg eine schmale, steile Gasse hinauf. Cassia wandte sich in dieselbe Richtung. Die Frau sah sich einmal um und ignorierte uns dann.

In den Erdgeschossen der fünf- und sechsstöckigen

insulae, die die Straßen am Fuß des Esquilins säumten, befanden sich Geschäfte, und die Gebäude ragten hoch über uns auf. Als die Straße weiter den Hügel hinaufführte, blieben die *insulae* hinter uns zurück und wichen ein- und zweistöckigen Häusern, den *domus* der Wohlhabenden. Auch im Erdgeschoss dieser Häuser befanden sich Läden, da die Hausbesitzer keinen Grund sahen, nicht durch die Vermietung eines Teils ihres Eigentums zusätzliche Einnahmen zu erzielen.

Ich war schon früher in den Häusern auf diesem Hügel gewesen, eingeladen von den Hochwohlgeborenen, um bei Abendessen aufzutreten oder einfach nur dabeizusitzen, damit die Bekannten des *dominus* während eines Banketts im *triclinium* die aufregende Anwesenheit eines gefährlichen Kämpfers genießen konnten.

Auch Frauen hatten mich auf diesen Hügel gebracht, wohlhabende Matronen, die sich nach etwas Neuem sehnten, obwohl ich solche Einladungen bloß selten angenommen hatte. Aemil behauptete gern, er betreibe kein Bordell und würde jeden Gladiator sofort verkaufen, der seinem *ludus* einen Skandal bescherte, aber einige, wie Regulus, schlichen sich von Zeit zu Zeit davon, um Liebesdienste zu leisten.

Die Sklavin mit dem Krug bog um eine Ecke und verschwand in einer Seitentür des Hauses, vor dem Cassia stehen geblieben war.

Die Eingangstür dieses *domus* lag fast versteckt in einer Nische zwischen einer Korbmacherei und einer Konditorei, die diejenigen, die davor warteten, um Leckereien zu erwerben, mit dem Duft von warmem Honig lockte. Die Bänke, die die Nische vor der Tür des Hauses säumten, waren leer. Hier saßen sonst Bittsteller und warteten darauf, dass der *pater familias* sie empfing, doch normalerweise waren die Termine gleich am Morgen. Wir waren spät dran.

Der Türsklave, ein junger Mann mit langem Haar, der sich

auf einer der Bänke rekelte, sprang auf, als ich den Kopf unter das niedrige Vordach der Eingangstür streckte.

Die hölzerne Tür mit ihren großen, bronzebeschlagenen Querbalken und einem Bronzeknauf in der Mitte stand offen und ließ Luft ins *domus*. Offenbar erwartete man uns, denn der Türsklave eilte nach drinnen und bedeutete uns, ihm zu folgen.

Das Haus war nicht so groß wie einige der Villen, die ich besucht hatte, aber doch recht geräumig. Im Atrium plätscherte sacht Wasser in ein quadratisches Becken, in dem sich der blaue Himmel spiegelte. Grünpflanzen säumten die Brunnenränder, und ein großes Blumengebinde in einer Vase schmückte einen einsamen Tisch in einer Ecke.

Die Wände waren nach neuester Mode weiß gestrichen und nicht mit den roten und schwarzen Blöcken gestaltet, die normalerweise Szenen in der Natur oder berühmte Schlachten umrahmten. An den weißen Wänden befanden sich verschlungene, spitzenartige Goldmuster, die um Figurengruppen drapiert waren. Bei näherem Hinsehen erkannte ich, dass es sich um Soldaten handelte, die aber keine Feinde erschlugen, sondern trainierten und exerzierten.

An einer der längeren Wände stand ein Schrein mit kleinen Statuen und mehreren Gipsmasken, von denen ich annahm, dass es sich um die Vorfahren des *pater familias* handelte.

Der Majordomus, ein hochmütiger Mann mit sorgfältig gekämmtem schwarzem Haar, mit dem er eine kahle Stelle zu verbergen versuchte, trat aus einem schattigen Saal jenseits des Atriums. Er war wahrscheinlich ein Sklave, allerdings ein hochgestellter wie Cassia.

„Ihr seid spät dran“, verkündete er.

„Verzeih, Celnus.“ Cassia senkte den Kopf. „Wir wurden unterwegs aufgehalten und mussten uns zuvor noch frisch machen.“

Sie sprach respektvoll, aber weit weniger angespannt, als ich sie im Umgang mit dem Barbier und seinen Kunden oder mit

Lucia und Florianas Damen erlebt hatte. Auch im Gespräch mit Marcianus hatte sie lockerer gewirkt. Ich erkannte, dass sie den *medicus* und diesen Majordomus als ebenbürtig betrachtete – Marcianus intellektuell und den Haushofmeister, was den gesellschaftlichen Stand anging.

Celnus gab nur einen unverbindlichen Laut von sich. „Er wartet bereits. Hier entlang." Er machte auf dem Absatz kehrt und schritt in die Halle auf der anderen Seite des Atriums.

Ich schickte mich an, ihm zu folgen, doch Cassia machte keinerlei derartige Anstalten.

„Kommst du nicht mit?", fragte ich sie leicht panisch.

„Ich habe dabei nichts zu suchen. Nein, ich werde hier auf dich warten." Sie warf einen Blick zur Tür hinaus auf die Bänke, wohin sich der Türsklave zurückgezogen hatte.

„Du musst mitkommen." Ich senkte meine Stimme zu einem Flüstern. „Woher soll ich wissen, was ich sagen muss?"

Cassias runzelte die Stirn. „Ich dachte, du hättest solche Männer schon früher beschützt, oder etwa nicht?"

„Ja, aber da hat immer Aemil die Verhandlungen geführt. Ich bin dann einfach dort erschienen, wo er mich hingeschickt hat."

„Verstehe." Cassias Gesichtsausdruck veränderte sich nicht, doch ich wurde das Gefühl nicht los, gerade in ihrer Achtung gesunken zu sein. „Nun gut. Aber nur, wenn du es mir befiehlst."

„Muss ich das?" Ich wusste es tatsächlich nicht.

„Ja. Falls jemand fragt. Beeil dich besser."

„Nun gut. Ich befehle es."

Ich folgte dem Majordomus und hörte erleichtert Cassias Schritte hinter mir.

Celnus wartete vor einer Doppeltür am Ende des Ganges recht ungeduldig auf uns. Als ich ihn erreichte, sah er mich missbilligend an, öffnete dann einen der Türflügel und führte uns auf eine Grünfläche.

Dies war der Garten des Hauses, ein privater Bereich. Ich war überrascht, dass der Majordomus uns hierherbrachte und nicht ins *tablinium*, wo der *dominus* normalerweise seine Bittsteller empfing. Ein Säulengang bildete ein Rechteck um grüne Sträucher und Bäume, und genau in der Mitte des Gartens plätscherte ein länglicher Brunnen. Der Weg war marmorgefliest, der Boden des Brunnens mit Mosaiken von Fischen und seltsamen Meeresbewohnern bedeckt.

Ein Mann in einer knielangen Tunika, die um die Körpermitte gegürtet war, beugte sich über eine dunkelgrüne Pflanze mit glänzenden Blättern und schnitt vorsichtig einen Zweig ab. Er ließ ihn in einen geflochtenen Korb fallen, der auf einer Bank neben ihm stand. Seine Tunika war zwar einfach, doch aus feinem Leinen gewebt, und sein Gürtel glänzte wie Seide. Ich wusste, dies war nicht der Gärtner.

Der Majordomus räusperte sich, und der Mann hob den Blick.

Er war einen Kopf kleiner als ich, etwa so groß wie Cassia, und versuchte im Gegensatz zu seinem Majordomus nicht, seine Glatze zu verbergen. Graues, ordentlich gestutztes Haar umrahmte seine Ohren und war im Nacken kurz geschnitten. Ein ehemaliger Soldat, vermutete ich angesichts der Wandmalereien, die ich gesehen hatte. Er hatte das Auftreten und die schlichte Kleidung eines Generals, der sein ganzes Leben auf Feldzügen verbracht hatte.

Seine Nase ragte groß aus einem Gesicht, das schmal, aber nicht verkniffen war. Seine Schlankheit rührte von Kraft her, nicht von Hunger. Dieser Mann hatte Kriege und, was noch gefährlicher war, die politische Arena unter Nero überlebt.

„Ich gärtnere gern." Der entschuldigende Tonfall des Mannes war echt, als schäme er sich, dass wir ihn so angetroffen hatten. „Pflanzen mögen Pflege. Genau wie Kinder."

Wortlos stand ich da, Cassia hatte gleich hinter mir Aufstellung genommen. Dem Majordomus war deutlich anzumerken, dass ihm ihre Anwesenheit missfiel, doch ich hatte nicht vor, ohne sie mit meinem potenziellen Auftraggeber zu sprechen.

„Decimus Laelius Priscus", verkündete der Majordomus laut. „Leonidas, der Gladiator." Bei meinem Namen wurde sein Ton verächtlich, und Cassia erwähnte er gar nicht erst.

„Danke, dass ihr mich aufsucht." Priscus bedeutete Celnus, sich zu entfernen. Celnus wollte offensichtlich nicht gehen, denn er zog sich sehr langsam zurück. Wahrscheinlich lauerte er in den Schatten des Hauses darauf, dass ich ein Schwert zückte, um seinen Herrn niederzustrecken.

„Ich habe dich in der Arena gesehen." Priscus ließ seinen scharfen Blick über mich schweifen, dem nichts zu entgehen schien. „Du kämpfst mit großem Geschick, und du führst keinen Hieb umsonst. Du schlägst erst zu, wenn du dir des Erfolgs deines Manövers sicher bist. Sag mir eins, ich bin neugierig: Warum hast du bei deinem letzten Kampf Regulus nicht getötet?"

Darüber musste ich nicht lange nachdenken. „Er ist mein Freund."

„Verstehe. Aber nach einem Sieg über ihn wäre dein Ruf gottgleich gewesen."

Ich zuckte die Achseln. Die neue Tunika spannte um meine Schultern.

„Leonidas, ich erinnere mich, dass du noch einen weiteren Freund hattest. Einen gewissen Xerxes."

Unwillkürlich erstarrte ich. Xerxes hatte mir viel nähergestanden als Regulus. Er hätte es verstanden, wenn ich ihn verschont hätte, und mich nicht dafür gehasst, egal wie sehr er hätte sterben wollen.

Xerxes hatte jedoch unbedingt leben wollen. Er hatte davon geredet, was wir tun würden, sobald wir unsere Freiheit erlangt hätten, von den Provinzen, die wir bereisen, und den Wundern, die wir sehen würden.

Er war im Kampf gegen einen anderen Gladiator gefallen. Ich hatte den Mann, der ihn getötet hatte, in der nächsten Runde erschlagen und danach lange getrauert. Aemil hatte gedroht, mich zu verkaufen, weil ich angeblich seine Zeit verschwendete.

„Ja“, lautete meine schlichte Antwort. „Ich habe Brandopfer für ihn dargebracht.“

Priscus trat vor mich hin und musterte mich. Ich schaute ihm nicht direkt in die Augen, sondern richtete den Blick auf eine ägyptische Marmorsäule rechts von ihm.

Nach einem langen Schweigen nickte Priscus mir zu. „Du eignest dich gut. Mein Majordomus ist verärgert, dass ich nicht alle Einzelheiten deiner Anwerbung ihm oder meinem Schreiber Kephalos überlasse, aber ich beurteile einen Mann gern selbst. Du kämpfst gut, doch du trauerst um die Gefallenen und verschonst Gegner, die du leicht töten könntest. Das sagt mir, dass du ein Mann bist, keine Maschine. Ich will, dass du mich nach Ostia Antica begleitest. Dort habe ich wertvolle Fracht abzuholen, die genau wie ich selbst deines Schutzes bedarf.“

Kein ungewöhnliches Ansinnen. Römer hatten oft Geschäfte, die sie nach Ostia an der Küste führten, entweder um Schiffe aus Ägypten und weiter östlich in Empfang zu nehmen oder um Probleme in ihren Lagern zu lösen, die Angestellte oder Sklaven nicht bewältigen konnten.

Der Weg nach Ostia war gefährlich, denn Straßenräuber warteten nur darauf, einem Mann alles zu rauben, was er besaß. Die meisten Reisenden schlossen sich Karawanen an oder heuerten Kämpfer wie mich zu ihrem Schutz an. Teure Waren bedurften ebenfalls der Bewachung.

Ich neigte den Kopf, um zu zeigen, dass ich verstanden hatte. Priscus′ Gründe für die Reise gingen mich nichts an. Ich würde ihn begleiten und für seine Sicherheit sorgen.

„Ich sage es dir gleich, wir werden in großer Gefahr sein.“ Priscus sprach leichthin, seine Augen funkelten. „Es gibt Leute, die wahrscheinlich versuchen werden, mich zu töten, noch bevor ich den Hafen erreiche. Wenn ihnen das gelingt, mein Freund, wirst auch du sterben.“

KAPITEL 6

„Ich hoffe, wir überleben diesen Auftrag und können den Lohn auch einstreichen“, sagte Cassia, als wir unsere Wohnung wieder erreichten. „Es ist eine ziemlich hohe Summe.“

Sie schlüpfte aus ihrem Mantel und hängte ihn ordentlich auf, dann nahm sie meinen, den ich auf einen Schemel gelegt hatte, schüttelte ihn aus und strich ihn glatt, bevor sie ihn ebenfalls an einen Haken hängte. Ich fragte mich, warum sie sich die Mühe machte, ein Kleidungsstück zu glätten, das ohnehin wieder nass und vom Wind durchgeblasen werden würde, aber ich sprach es nicht an.

Cassia wirkte selbstzufrieden. Nachdem ich Priscus mein Wort gegeben hatte, ihn auf dem Weg nach Ostia und zurück zu beschützen, hatte er uns herzlich verabschiedet und sich wieder seinen Pflanzen zugewandt. Celnus hatte uns ins Atrium geführt, wo ein anderer Mann gewartet hatte – Kephalos, ein Schreiber, der ursprünglich aus Smyrna stammte und mit Cassia um den Preis gefeilscht hatte.

Ich hatte fasziniert zugehört, wie Cassia, die, seit ich sie kennengelernt hatte, kaum mehr als ein ehrerbietiges Gemurmel von sich gegeben hatte, lautstark mit dem Schreiber über die

Gefahr für mich auf der Straße diskutierte, über die Erklärung des Senators, dass ich sterben würde, wenn er den Tod fand – nicht von seinen eigenen Leuten, hatte Priscus allerdings schnell hinzugefügt. Aber, so hatte er behauptet, die, die ihn in der Vergangenheit nicht gut bewacht hatten, hätten Unbekannte später niedergestreckt. Die Götter, mutmaßte Priscus. Das war die einzige Erklärung.

Kephalos, der Schreiber, hatte versucht, mich darauf hinzuweisen, ich sei nichts weiter als ein angeheuerter Freigelassener, kein geschätzter Gladiator mehr und daher nicht viel wert. Cassia hatte sofort erwidert, Priscus selbst hätte mir den Auftrag zugesagt und ich hätte mich als bester Gladiator meines *ludus* zurückgezogen. Sie hatte das Geschäft abgeschlossen, indem sie andeutete, ich hätte etliche andere Angebote, die lukrativer waren als dieses, und wenn Kephalos seinen Herrn nicht enttäuschen wolle, solle er meinem Preis zustimmen.

Fünfzig Sesterzen. Die würden unseren Lebensunterhalt für viele Tage sichern.

„Was hatten wir denn noch für andere Offerten?", fragte ich sie jetzt. „Wie viel haben die anderen potenziellen Auftraggeber uns geboten?"

Cassia blickte mich überrascht an und schenkte mir dann ein kleines Lächeln. „Es gab keine anderen Angebote. Das habe ich auch nicht explizit gesagt, ich habe es Kephalos lediglich glauben lassen."

Als ich ihr Gespräch mit dem Schreiber Revue passieren ließ, wurde mir klar, dass Cassia tatsächlich nie ausdrücklich gesagt hatte, ich hätte noch andere Angebote. Ich konnte nicht umhin, ihr Verhandlungsgeschick zu bewundern.

„Glaubst du, Priscus hat übertrieben, was die Gefahr betrifft?", fragte ich. „Damit ich besser auf ihn aufpasse?"

„Ich bin mir nicht sicher." Cassia stellte Schalen für das Essen bereit, das wir auf dem Heimweg gekauft hatten. „Decimus Laelius Priscus entstammt einer alten Patrizierfamilie, einer der angesehensten in Rom. Meine frühere Herrin hat in den höchsten Tönen von ihm gesprochen, und das war eine echte Ausnahme. Sie hat eigentlich niemanden gemocht.“ Cassia verzog das Gesicht, und ich stellte mir vor, dass die Herrin ihren Unmut an ihren Hausangestellten, einschließlich ihrer Schreiberin, ausgelassen hatte. „Priscus hat viel Geld, aber nicht mehr viel Einfluss. Er ist im Ruhestand und interessiert sich nur für seinen Garten, wie wir gesehen haben. Er war ein sehr guter Freund von Kaiser Claudius.“

Claudius war Neros Adoptivvater gewesen. Ich hatte mit Politik nichts am Hut, doch ich wusste, dass nicht alle Freunde und Verwandten von Claudius Neros Aufstieg zur Macht überlebt hatten. Einige hatten Rom heimlich, still und leise verlassen, während man andere wegen tatsächlicher oder erfundener Verbrechen verhaftet und hingerichtet hatte.

„Warum ist Priscus dann noch am Leben?“ Ich beobachtete, wie Cassia den Linseneintopf verteilte und das Brot in die Mitte des Tisches legte.

„Wer weiß das schon so genau? Ich habe wenig über ihn gehört, nur dass er sehr reich ist und viel Zeit mit Lesen und Gartenarbeit verbringt. Seine Stimme hatte kein großes Gewicht im Senat, aber er hatte sehr viele Freunde.“

Außerdem hat er jede Menge Geld, dachte ich. Allein dafür brachte man dem Mann Respekt entgegen, und sei es nur in der Hoffnung, ein Teil seines Reichtums möge an diejenigen fallen, die sich bei ihm einschmeichelten.

„Vielleicht hätten wir einen höheren Preis verlangen sollen“, scherzte ich halb, als ich mich setzte und meinen Löffel hob.

Cassia schenkte mir ein angedeutetes Lächeln. Es erlosch allerdings rasch wieder, und sie zog sich auf ihre Seite des Tisches zurück. Diesmal wartete sie nicht, bis ich sie aufforderte mitzuessen, sondern nahm ihren ersten Bissen, nachdem ich mir etwas Eintopf in den Mund geschoben hatte.

„Heute kein *garum*“, meinte ich, nachdem ich geschluckt hatte.

Ein weiteres kurzes Lächeln, dann klappte Cassia dienstbeflissen ihre Tafel auf. „Eine Ersparnis.“

Ich aß den Eintopf und tunkte ihn mit Brot auf. Im Brot fand ich einen Kieselstein, der größer als üblich war, und spuckte ihn aus. Der Sand der Mühlen blieb manchmal im Mehl, aus dem das Brot gebacken wurde.

„Ich schulde Floriana Geld für Lucia“, sagte ich, als die Stille zwischen uns unangenehm zu werden begann. „Für die letzten beiden Male.“

Eigentlich war das lediglich eine beiläufige Bemerkung gewesen, aber Cassia warf mir erneut einen besorgten Blick zu. „Verstehe.“

„Wobei ich die meisten Nächte nur schlafe.“

Viele glaubten, Gladiatoren würden mit jeder verfügbaren Frau oder jedem verfügbaren Mann ihren Spaß haben, doch wir verbrachten den Großteil unserer Zeit mit Training oder dem Auskurieren von Verletzungen. Fleischeslust war ein gelegentliches Vergnügen, kein Lebensstil, und die meisten von uns hatten dafür ihre Favoritinnen und Favoriten. Als ich jünger war, war ich nicht so wählerisch gewesen, aber als ich reifer wurde, hatte ich mich an die Frau gehalten, die mir gefiel. Marcianus hatte mir erklärt, man könne sich Krankheiten einfangen, wenn man zu ausschweifend bei der Wahl seiner Bettpartner war, und ich musste gesund sein, um in der Arena zu überleben. Außerdem hätte Aemil einen Mann, der zu krank zum Kämpfen war, sofort verkauft.

Ich wusste nicht, ob Cassia verstanden hatte, was ich damit sagen wollte, doch sie beugte den Kopf über ihre Schreibtafel und schwieg.

Nach dem Essen verließ ich die Wohnung und machte mich auf zu Floriana, um zu sehen, wie es ihr ging. Marcia kümmerte sich um sie, Lucia war unterwegs.

Die junge Hure erzählte mir, Florianas Zustand habe sich gebessert, aber sie sei noch schwach. Marcia verstand immer noch nicht, wie Floriana an die Rhabarberblätter gekommen war, denn im Haus hatte man keine Reste davon gefunden.

Ich schaute in Florianas Zelle, fand sie dort im Schlaf schnarchend und verabschiedete mich gleich wieder. „Sag ihr, ich bezahle sie, wenn ich aus Ostia zurück bin."

Marcia nickte und kehrte an Florianas Seite zurück.

Die Sonne versank hinter den Hügeln, und Rom bereitete sich allmählich auf die Nacht vor. Die Läden waren längst geschlossen, und selbst die Bäder leerten sich jetzt. Bald wäre es stockdunkel, und wer klug war, war dann zu Hause. Die Ladenbesitzer blieben wach und warteten auf die Lieferungen, die nur nachts erlaubt waren, und wir anderen schliefen bis zum Morgengrauen.

Als ich mich auf den Weg zu meinem neuen Zuhause machte, hörte ich Schritte hinter mir. Als sie sich meinen anpassten und im gleichen Takt fielen, wurde ich unruhig. Das war nicht einfach jemand, der zufällig in der Dämmerung den gleichen Weg wie ich nahm.

Ich bog um eine Ecke, blieb stehen und presste mich an die Wand. Mein Verfolger kam um dieselbe Ecke, blieb jedoch stehen, ehe er mir in die Falle ging.

Es war ein Mann, aber das war alles, was ich in der zunehmenden Dunkelheit erkennen konnte. Auch wenn er einen Kapuzenmantel wie ein Priester trug, bezweifelte ich, dass er einer war. Ein Priester hätte keinen Grund gehabt, mir heimlich zu folgen.

Brüllend griff ich ihn an. Wenn er ein Räuber oder Mörder war, würde ich ihn um seine Beute kämpfen lassen.

Der Mann wirbelte herum und kam mir entgegen, er bewegte sich geschickt. Ich hatte zwar keine Waffe, wusste allerdings, wie man ohne kämpfte – meine Hiebe und Tritte waren so mächtig wie jeder Schwertstreich.

Ich schwang meine Riesenfaust, doch traf nur ins Leere. Der Mann wich in den Schatten zurück, um meinem Angriff zu entgehen, und floh. Ich hörte, wie seine Stiefel auf den Steinen klackten und das Geräusch verklang.

Verwirrt schüttelte ich mir die Hand aus. Warum war er mir gefolgt und dann davongelaufen? Vielleicht hatte er gedacht, ich wäre leicht auszurauben, und dann gemerkt, dass ich ein Kämpfer war und kein schwaches Opfer. Er hatte nicht erwartet, dass ich ihn angreifen würde.

Ich setzte meinen Weg auf der nun leeren Straße fort, und mein Rücken kribbelte die ganze Zeit.

Als ich die Wohnung betrat, war das Abendessen abgeräumt, die Schüsseln, von denen ich annahm, dass sie jetzt uns gehörten, waren fein säuberlich gestapelt, und mein Hocker stand an der Wand. Cassia saß am Tisch und unterdrückte mühsam ein Gähnen, als ich eintrat.

„Du solltest schlafen", sagte ich. „Es war nicht nötig, auf mich zu warten."

Ich war hundemüde, bereit, mich auf meine Pritsche zu legen und erst wieder aufzuwachen, wenn es gar nicht mehr anders ging. Cassia erhob sich, nahm meinen Umhang, schüttelte ihn erneut aus und hängte ihn an einen Haken. Dann kehrte sie zum Tisch zurück, klappte ihre allgegenwärtige Tafel auf und machte sich rasch eine Notiz.

„Was schreibst du denn jetzt schon wieder auf?", fragte ich gereizt.

„Wann du heimgekommen bist."

„Warum das denn?" Ich fand dieses ganze Geschreibe verwirrend. Was sollte das? Machte sie sich Notizen, um sie später Hesiodos zu zeigen? Aber warum?

Cassia zuckte die Achseln. „Es könnte dir später noch nützlich sein."

„Schlaf jetzt." Ich knüpfte meine Sandalen auf, zog sie aus und ging zu meiner Pritsche im Alkoven.

Cassia huschte hinter mir her, hob die Sandalen auf und stellte sie ordentlich an die Wand.

Ich wollte sie schon ermahnen, weil sie hinter mir herräumte, befand dann jedoch, dass das sinnlos war. Außerdem hatte ich nicht das Gefühl, dass sie es tat, weil sie es für ihre Aufgabe hielt, sondern weil sie ein Schuh, der nicht an seinem Platz war, störte. Cassia hatte einen Ordnungssinn, der sich mir nicht erschloss.

„Ich werde dich vor der ersten Stunde wecken", sagte sie, als ich mich auf das Bett fallen ließ und mich auf den Rücken legte. „Wir sind bei Sonnenaufgang mit Senator Priscus an der Porta Trigemina verabredet."

Ich richtete mich auf die Ellbogen auf. „Was heißt hier ‚wir'? Du kommst nicht mit."

„Das wäre aber besser. Der Senator hat von großer Gefahr gesprochen, was bedeutet, dass wir möglicherweise nicht bezahlt werden. Es ist wichtig, dass wir unser Honorar so schnell wie möglich einkassieren und gut darauf aufpassen, bis wir unsere Rechnungen beglichen haben."

Cassia war die verwirrendste Frau, die ich je getroffen hatte. „Ich bin der beste Kämpfer Roms. Niemand wird mir meine Bezahlung wegnehmen."

„Nicht mit Gewalt."

Ich kniff fragend die Augen zusammen. „Du glaubst, Senator Priscus will mich über den Tisch ziehen?"

Cassia schüttelte den Kopf. „Er wirkt ehrlich, deshalb ist er wahrscheinlich auch in solch großer Gefahr. Seine Sklaven hingegen wissen, dass sie bei ihm ein bequemes Plätzchen haben, und werden alles tun, um sein Geld in ihrem Haus zu halten. Ich weiß, wie ich das verhindern kann."

„Priscus wird mich erst in Rom bezahlen, nicht in Ostia. Wenn ich ihn sicher wieder abgeliefert habe."

„Das wird sich noch zeigen. Was, wenn er plötzlich beschließt, in Ostia zu bleiben? Oder seine Reise woanders unterbricht? Was, wenn er dich allein nach Rom zurückschickt? Ich sollte unsere Bezahlung eintreiben, wenn er dich aus seinen Diensten entlässt, sonst kriegen wir sie vielleicht nie zu sehen."

Ich setzte mich jetzt ganz auf, und Cassia wich erschrocken einen Schritt zurück. Doch ihr trotzig gerecktes Kinn verriet mir, dass sie nicht nachgeben würde.

„Wenn du mitkommst, muss ich auf dich *und* auf Senator Priscus aufpassen." Ich hatte den Grobian nicht vergessen, der Cassia vor dem Barbiersalon belästigt hatte, und wusste noch genau, wie wütend mich der Vorfall gemacht hatte.

„Ich werde eine Sklavin unter vielen sein. Niemand wird mich auch nur bemerken."

Ja, sie bewegte sich lautlos durch die Straßen, huschte zwischen Menschen hindurch, als wolle sie sie nicht berühren. Priscus würde nicht allein reisen, sondern mit einer Karawane von Dienern, die ihm jeden Wunsch erfüllten.

Wenn ich Cassia untersagte mitzukommen, wozu ich das Recht hatte, würde sie zweifellos einen Weg finden, mir zu folgen. Ich war noch nie einer Frau mit so starkem Willen begegnet, aber vielleicht waren Schriftgelehrte ein anderer Menschenschlag.

Ich ließ mich aufs Bett zurücksinken. „Dann weck mich vor der ersten Stunde."

Mit diesen Worten deckte ich mich zu und drehte mein Gesicht zur Wand, um schnell einzuschlafen. Ich hörte, wie Cassia leise zu ihrer eigenen Bettstatt ging, und ihre Schritte klangen eindeutig zufrieden.

Am Morgen schloss ich mich Priscus' Gruppe auf der anderen Seite des Aventin an der Porta Trigemina an, dem Tor zur Via Ostiensis mit seinen drei Bögen.

Die Stadt war in Nebel gehüllt. Der nahe gelegene Fluss

verstärkte die Feuchtigkeit, die von den Hügeln heraufzog, noch, und wir standen im Dunst. Die Tore waren dunkle Flecken in der Steinmauer. Die Bögen eines Aquädukts ganz in der Nähe verloren sich im Weiß wie eine geisterhafte Ruine.

Als das Horn ertönte, das die Morgendämmerung ankündigte, durchquerten wir das Tor. Wir gehörten zu den Ersten, die hinausgingen, denn Senator Priscus war wichtig genug, um ganz vorne zu stehen.

Priscus saß entspannt im Sattel seines Pferdes. Ein von einem Maultier gezogener Karren beförderte sein Gepäck. Sein Gefolge, zu dem ich ebenfalls gehörte, kam hinter ihm, sowohl zu Fuß als auch auf Maultieren. Priscus schien verwirrt, warum ich Cassia mitnehmen wollte, aber er missgönnte mir eine Sklavin nicht.

Cassia hatte recht gehabt, als sie behauptet hatte, sie würde unter den Haussklaven gar nicht auffallen, sondern einfach ignoriert werden – niemand schaute die in ihren Mantel gehüllte Frau zweimal an, als wir die Stadt verließen. Alle Blicke richteten sich auf Priscus, einen offensichtlich wohlhabenden Mann, und auf mich, seinen Gladiatoren-Leibwächter.

Priscus führte unsere kleine Karawane an, was mir missfiel. Wenn er so viel Angst vor einem Attentat hatte, sollte er von Menschen umgeben sein und nicht die Speerspitze unserer kleinen Reisegruppe bilden.

„Gewohnheit", erklärte er mir, als ich ihn darauf ansprach. „Ich reite gern voraus, damit die anderen nicht merken, was für ein Feigling ich bin."

Priscus fand das witzig, doch ich ging ungerührt neben ihm her und behielt die Umgebung wachsam im Auge.

Die Via Ostiensis führte am Tiber entlang zum großen Hafen von Ostia. Die Straße war die Hauptverkehrsader von Rom flussabwärts zu den Schiffen, die darauf warteten, Menschen und Geld in die entlegenen Gegenden des Reiches und darüber hinaus zu bringen. Ebenso karrte man Waren aus der ganzen

Welt den Fluss und diese Straße hinauf nach Rom, wo sie in riesigen Lagern in Emporium landeten.

Die Via Ostiensis war ebenso wie die Via Appia von Begräbnisstätten und Denkmälern für die Toten gesäumt. Innerhalb Roms gab es keine Friedhöfe, aber die Wohlhabenden setzten ihre Toten so nah wie möglich an der Stadt bei. Prominente Familien errichteten große Ehrenmäler für ihre Vorfahren.

Das Problem mit den Grabmälern war, dass sie Räubern ein ideales Versteck boten, um ihren Opfern aufzulauern, besonders an einem diesigen Morgen. Nebelschleier stiegen vom Fluss zu unserer Rechten auf, trafen auf die kältere Luft der Hügel und umhüllten uns wie ein weißes Leichentuch. Die Zwischenräume zwischen den Grabmälern waren grau und düster. Räuber konnten auch auf den Dächern der Grabhäuser, hinter Statuen oder dekorativen Urnen lauern, bereit, herunterzuspringen und die Unachtsamen auszurauben.

Priscus ritt sorglos, als befände er sich in einem *ambulatorium*, einem überdachten Gang in einer Villa, sicher und privat. Ich war ständig auf der Hut, spähte in jeden nebelverhangenen Schatten und um jede Kurve und hielt unseren Zug an, bis ich mich vergewissert hatte, dass der nächste Streckenabschnitt sicher war.

Immerhin nahm Priscus meine Ermahnungen zum Abwarten mit Humor. Ich hatte in der Vergangenheit schon Männer bewacht, die mich bei jedem Schritt anschnauzten, und wusste Priscus' Bereitwilligkeit, auf mich zu hören, zu schätzen.

Nach ein paar Kilometern wurden die Gräber spärlicher, und der Nebel lichtete sich, aber die offene Landschaft war nicht sicherer. Statt Messer, die aus dem Nichts auftauchten, musste ich nun Pfeile fürchten, die jemand aus Baumgruppen oder hinter kleinen Erhebungen im Land hervor abschoss.

Die erste Hälfte des Tages verstrich dankenswerterweise ohne Zwischenfälle. Cassia ritt schweigend auf ihrem Maultier, das Gesicht zum Schutz vor Nebel und Staub verschleiert. Sie sagte kein einziges Wort.

Priscus hingegen redete wie ein Wasserfall. Möglicherweise aus Angst, auch wenn seine Körpersprache nicht so wirkte.

„Ich war schon lange nicht mehr in Ostia", sinnierte er. „Bestimmt zehn Jahre. Ach, wie die Zeit vergeht. Meine Frau hat dort Lagerhäuser besessen. *Sie* hatte das Geld, nicht ich, zumindest zum Zeitpunkt unserer Heirat. Es hat mir geschmeichelt, dass sie sich in ein altes Schlachtross wie mich verliebt hatte." Er lachte. „Als sie zu unseren Ahnen ging, hat sie mir ihr gesamtes Vermögen hinterlassen." Priscus' Lächeln erlosch, und er seufzte. „Dabei hätte ich viel lieber sie noch an meiner Seite."

Seine Traurigkeit wirkte nicht gespielt. „Mein Beileid." Ich kannte seinen Schmerz, Xerxes' Witwe war über ihren noch immer nicht hinweg.

„Ihr Tod kam leider nicht unerwartet. Sie war zuvor lange krank gewesen. Jetzt ist sie in den Elysischen Feldern wieder jung und gesund, wenn man an so etwas glaubt. Ich war früher ein ziemlicher Skeptiker, aber jetzt gefällt mir die Vorstellung, dass meine Porcia dort glücklich ist. Mit dem zunehmenden Alter ändert sich auch die Weltsicht."

Er schien mir allerdings weiter recht kräftig zu sein, er ritt geübt und ohne müde zu werden.

„Erzähl mir von Leonidas, dem Gladiator", sagte er. „Warum warst du Gladiator? Vertreib uns doch mit deiner Geschichte die Zeit."

Ich hätte es vorgezogen, meine Zeit damit zu verbringen, dafür zu sorgen, dass uns niemand angriff, aber ich hatte gelernt, mich nicht mit meinen Auftraggebern anzulegen.

„Ich war eines Verbrechens angeklagt. Eines Mordes." Meine Antwort kam unumwunden, denn es gab keinen Grund, die Wahrheit zu beschönigen. „Dafür saß ich im Tullianum. Ich war römischer Bürger, auch wenn ich ein bisschen aussehe wie ein Gallier. Man hat mir die Wahl gelassen: Hinrichtung oder die

Spiele. Ich habe mich für Letzteres entschieden, denn ich wusste, ich war ein guter Kämpfer. Vor ein paar Tagen habe ich die *rudis* bekommen." *Von einer mir unbekannten Person, und dazu Cassia und eine Heimstatt.*

„Das ist eine sehr kurze Zusammenfassung eines ganzen Lebens." Priscus beäugte mich neugierig. „Hast du den Mord begangen?"

KAPITEL 7

„Nein.“ Nach diesem einen schroffen Wort schloss ich den Mund.

Ein anderer hatte das Verbrechen begangen, dessen man mich beschuldigt hatte, aber ich wusste nicht wer und war nicht in der Lage gewesen, es herauszufinden. Ich hatte mich häufig gefragt, ob der Mörder noch irgendwo da draußen war oder ob er in der gefährlichen Welt, in der wir lebten, gestorben war.

„Was weißt du über deine Familie?“, fragte mich Priscus nach wie vor interessiert.

Ich zuckte die Achseln. „Man hat mich ausgesetzt, als ich fünf war. Ich habe gelernt, mich allein durchzuschlagen.“

„Woher weißt du dann, dass du römischer Bürger warst?“

„Es gibt da eine Geburtsurkunde.“ Ich hatte sie nicht gesehen und hätte sie auch überhaupt nicht lesen können, doch der Mann, für den ich gearbeitet hatte, hatte mir das erzählt. Er hatte sich vergewissern müssen, ehe er mich als Lehrling annahm.

„Hmm.“ Priscus zügelte sein Pferd, und ich schaute mich aufmerksam um, um herauszufinden, was ihn dazu veranlasst hatte. „Wir sollten eine Pause einlegen“, sagte er, als er meine Anspannung bemerkte. „Die anderen werden müde.“

Ich hatte das Gefühl, dass Priscus ohne Rast hätte weiterreiten können. Trotz seiner Behauptung, er fühle sich alt, war er gesund und stark. Ich erkannte, dass er sich um seiner Gefolgsleute willen ausruhte, was mir viel über ihn verriet.

Während Priscus abstieg, blieb ich an seiner Seite und ließ ihn nicht aus den Augen, selbst nicht, als er die Straße verließ, um sich zu erleichtern. Vor allem dann nicht. Wenn er Wasser ließ, war ein Mann am verwundbarsten.

So ging die Reise weiter – wir ritten ein Stück, dann rasteten wir, während Priscus' Sklaven sein Pferd und die Maultiere versorgten. Wenn wir für eine Mahlzeit anhielten, knabberten die Sklaven Brot, und Priscus ließ ihnen von seinem Leibsklaven verdünnten Wein servieren.

Ich sah nicht viel von Cassia, die immer in der Nähe der beiden weiblichen Bediensteten der Gruppe blieb. Sie hielt ihr Wort, sich nicht in Gefahr zu begeben und sich niemals von der Mitte der Karawane zu entfernen.

Wir legten die gut dreißig Kilometer bis Ostia in entspannten Etappen zurück und erreichten den Hafen um die zwölfte Stunde, unmittelbar vor Schließung der Tore.

Andere Männer, die ich nach Ostia begleitet hatte, hatten in Gasthäusern übernachtet, manchmal die Hälfte der Zimmer angemietet, aber Priscus führte uns zu einem großen Wohnblock, in dessen Mitte eine Grünfläche mit Brunnen lag. Es handelte sich nicht um eine typische *insula*, sondern um einen zweistöckigen Komplex mit Wohnungen, die so groß waren wie die *domus* der römischen Mittelschicht. Als Priscus abstieg, stieß der Türwächter einer dieser Einheiten einen Ruf aus, und ein halbes Dutzend Sklaven strömte heraus, um Pferd und Maultiere zu übernehmen und Priscus ins Innere zu geleiten.

Wie ich erfuhr, gehörte Priscus das gesamte Gebäude – eine weitere Hinterlassenschaft seiner Frau. Man bot mir eine eigene

Kammer in der geräumigen zweistöckigen Wohnung an, die ihm zur Verfügung stand, doch ich beschloss, vor der Tür zu Priscus' Zimmer zu schlafen. Jeder Möchtegern-Attentäter, der einbrach oder sich schon innen versteckt hatte, musste so über mich steigen, um ihn zu erreichen.

Priscus nahm allein eine einfache Mahlzeit zu sich und legte sich bald schlafen. Ich breitete Decken vor seiner großen Schlafkammer in der Nähe des Atriums aus und legte mich darauf, mit dem Rücken zur Tür.

Nachdem die Sklaven die wenigen Lampen gelöscht hatten, trat Cassia aus der Dunkelheit. Sie strich meine Decke glatt und tat, als sei sie gekommen, um nach mir zu sehen.

„Er zahlt viel Geld für die Fracht, die er abholt", berichtete sie mit leiser Stimme. Sie beugte sich dicht an mich heran, ihr Atem streifte mein Ohr. „So viel, dass er das Abholen nicht anderen überlassen will. Aber er hat nicht mal seinen Sklaven verraten, woraus die Lieferung besteht. Celnus und Kephalos wissen es auch nicht. Das ärgert sie ziemlich."

Gold, Gewürze, Seide. Solche Waren konnten das Vermögen eines Mannes verdoppeln, allerdings nur, wenn er sie sicher zu den Märkten brachte. Priscus war so klug, den Transport nicht in fremde Hände zu legen – ein Teil davon hätte verschwinden können, bevor es sein Lager in Rom erreichte.

Ich hatte einen weiteren Gedanken. Priscus hatte vielleicht Waren erworben, die er nicht einführen durfte, wie Gewürze oder Stoffe, die nur für die kaiserliche Familie bestimmt waren.

„Wissen die beiden, woher die Ware kommt?", fragte ich.

„Nein, aber sie vermuten, sein Sohn habe sie geschickt. Dieser Sohn, er heißt Decimus, ist Ädil in Halikarnassos und Priscus' Ein und Alles."

Patrizierfamilien schickten ihre Söhne oft in die Provinzen, damit sie sich dort einen Namen machen und den Grundstein für ihre Karriere legen konnten. Bei je mehr Menschen sie sich einschmeicheln konnten, desto größer ihre Aufstiegschancen.

Ädilen organisierten die Gladiatorenkämpfe und handelten den Preis der daran beteiligten Männer aus.

„Haben Celnus oder Kephalos Vermutungen, wer ihn umzubringen versucht? Soll Priscus so am Empfang der Lieferung gehindert werden?"

„Das scheint niemand zu wissen", berichtete Cassia. „In den letzten Tagen hat es mehrere Attentate gegeben, doch Priscus hat sie alle überlebt. Celnus hat ihn schließlich davon überzeugt, diesmal dich als Schutz anzuheuern. So habe ich davon gehört. Ein Sklave einer mir bekannten Familie hat mir erzählt, Kephalos, der Schreiber, habe auf dem Forum nach einem Leibwächter gesucht. Also habe ich bei ihm nachgefragt. Es ist seltsam ... Kephalos war froh, als ich ihn angesprochen habe. Als er und Celnus Priscus zu der Einsicht gebracht hatten, dass er eine Wache braucht, hat er wohl sofort an dich gedacht. Kephalos hat mir erzählt, Priscus habe gesagt: ‚Dieser Gladiator, der gerade freigekauft worden ist. Er sieht robust aus.'"

Das war nicht überraschend. Viele, die mich als Leibwächter anheuerten, fragten explizit nach mir. Die, die viel zu verlieren hatten, wollten, dass die besten Gladiatoren sie verteidigten.

„Er hat mir nur wenig über die Attentate erzählt." Ich war irritiert. Manche Männer waren bei wichtigen Dingen zu zurückhaltend.

„Zu Hause ist nie etwas passiert. Bloß wenn er ausgeht. Ein Messer auf der Straße. Ein vom Dach einer hohen *insula* herunterfallender Steinblock. Der hätte fast eine Frau getötet, Priscus hat sie gerade noch aus dem Weg ziehen können."

„Sehr gut." Ich meinte, dass es sich um körperliche Angriffe gehandelt hatte und nicht um Gift, wie bei Floriana. Es war viel einfacher für mich, einen messerschwingenden Attentäter zu packen und festzuhalten, als herauszufinden, wer wie und wann Wein oder Essen vergiftet hatte.

„Priscus' Sklaven mögen ihn. Er ist ein vernünftiger Mann." Aus Cassias Stimme klang Bewunderung.

Dann war er natürlich dem Tod geweiht. Männer, die sich wie Monster gebärdeten, waren gerissen und vorsichtig, was es erschwerte, sie aus dem Weg zu räumen. Nette Männer waren zu vertrauensselig.

„Priscus hat keine Liktoren", bemerkte ich. Keine Männer, deren Aufgabe es war, ein jetzt nur noch symbolisches Rutenbündel zu tragen, um zu signalisieren, dass der Mann, den sie begleiteten, Macht hatte.

„Er sagt, dafür sei er nicht wichtig genug, und er hält Liktoren für nutzlos." Cassia lächelte. „Ich mag ihn."

Ich hatte schon früher vernünftige und freundliche Männer getroffen, die sich wohlwollend verhielten, solange in ihrer Welt alles in Ordnung war. Aber wenn die Dinge schiefliefen, konnten sie sich in die besagten Monster verwandeln.

Cassia machte weiter keine Anstalten zu gehen, sondern zupfte erneut den Zipfel meiner Decke zurecht. Sie wartete darauf, dass ich sie fortschickte, wurde mir klar. Daran musste ich mich erst noch gewöhnen.

„Danke", erwiderte ich. „Leg dich jetzt schlafen."

Cassia warf mir einen schwer zu deutenden Blick zu, dann senkte sie den Kopf und zog sich zurück. Ich lehnte mich an Priscus' Schlafzimmertür, verschränkte die Arme und dachte über das nach, was Cassia mir erzählt hatte. Als ich damit fertig war, wandte ich meine Gedanken den Veränderungen in meinem eigenen Leben zu.

Von einem Atemzug zum nächsten war ich ein anderer geworden. Ich konnte mich kaum noch an den jungen Mann erinnern, der ich vor meiner Verhaftung wegen Mordes und meiner Verurteilung zu den Spielen gewesen war.

Dieser junge Mann war ich nicht mehr. Aber ich war auch nicht mehr Leonidas, der Spartaner, der beste Kämpfer der Welt.

Ich hatte keine Ahnung, wer ich jetzt war. Ratlos starrte ich in den dunklen Durchgang zum Atrium und hoffte, ich würde es bald herausfinden.

Wir warteten drei Tage lang in Priscus' großer Wohnung auf die Ankunft seiner Waren. Cassia ging jeden Morgen mit den anderen Sklaven zum Hafen, um nach dem Schiff Ausschau zu halten, das sie von Antiochia herbringen sollte. Derweil füllten Kephalos und Priscus mithilfe des Schreibers zwei Schatullen mit Goldmünzen, um die Ladung zu bezahlen.

Cassia hatte mir erklärt, der übliche Weg, eine Fracht zu kaufen, bestünde darin, sie zu bestellen und vorab zu bezahlen. Wenn die Bestellung eintraf, luden die Hafenarbeiter sie aus und brachten sie ins Lagerhaus des Käufers oder wohin auch immer er sie geliefert haben wollte. Cassia fragte sich, warum Priscus nicht wie üblich einen Agenten eingeschaltet oder seinen Sohn mit der gesamten Transaktion einschließlich der Bezahlung beauftragt hatte. Vielleicht, so spekulierte sie, war sie so wertvoll, dass der Sohn in Halikarnassos nicht genügend Geld dafür hatte. Der Wert dieser Lieferung beunruhigte mich langsam.

Auch die verschlossenen Truhen, die im *tablinium* standen, bereiteten mir Unbehagen – sie waren ein verlockendes Ziel für einen Raub. Andererseits waren die Truhen schwer, sodass ein Räuber viel Hilfe hätte mitbringen müssen, um sie wegzuschleppen. Wenn eine Bande in das Haus einbrach und alle Bewohner tötete, konnte sie sich natürlich alles nehmen, was sie wollte.

Priscus wurde immer unruhiger. Bei unserer Ankunft war er entspannt gewesen, aber als seine Diener jeden Nachmittag zurückkehrten und ihm mitteilten, das Schiff sei noch nicht eingelaufen, schritt er im Atrium oder im Garten auf und ab oder kletterte in den zweiten Stock, um aus dem Bogenfenster auf die Hafengebäude zu starren, die in der Dezembersonne leuchteten.

Am dritten Tag schüttete es. Wolken und Nebel verdeckten die Aussicht, und es war kalt in der Wohnung. Die Feuerschalen, in deren Nähe sich Priscus nicht begeben wollte, verbreiteten kaum Wärme.

Priscus drehte sich vom Fenster im Obergeschoss zu mir um. Ich hatte aufgepasst, dass ihm niemand einen Pfeil in den Kopf schoss.

„Hältst du mich für verrückt?"

Das war keine Frage, die man beantworten wollte, wenn man noch nicht bezahlt worden war. Priscus beobachtete mich aufmerksam mit seinen braunen Augen, während er wartete.

„Ich kenne dich noch nicht lange genug, um das zu beurteilen", sagte ich.

Priscus' angedeutetes Lächeln konnte die Sorge nicht aus seinen Augen vertreiben. „Früher habe ich mich nie so aufgeführt, aber jetzt kann ich nicht anders. Ein großes Vermögen ist eine Bürde, mein Freund. Jeder will es und tut alles, um es zu bekommen."

Da ich nie mehr besessen hatte als das, was ich als Preisgeld gewonnen hatte, das immer sehr schnell wieder weg gewesen war – das meiste davon war an Aemil gegangen –, konnte ich seinen Blick nur ausdruckslos erwidern.

„Am besten ist es, wenn man hat, was man braucht, und nicht mehr", fuhr Priscus fort. „Geld im Übermaß ist ein schwacher Trost, wenn man die Menschen, die man liebt, verloren hat."

Er sprach von seiner Frau. Priscus musste sie sehr geliebt haben. Ich fragte mich, ob er sie mit einer langen Inschrift auf ihrem Grabstein geehrt hatte.

„Du bist doch sicher neugierig, warum ich persönlich nach Ostia gereist bin, um diese Fracht in Empfang zu nehmen." Priscus wandte sich dem Fenster zu, die Hände hinter dem geraden Rücken verschränkt. Wie immer trug er im Haus nur eine Tunika, die sich, abgesehen von der besseren Stoffqualität, nicht sehr von meiner unterschied.

Er schien eine Antwort von mir zu wollen, also sagte ich: „Ja."

„Ich würde mein Leben für das geben, worauf ich warte, auch wenn ich das natürlich lieber nicht täte." Er verzog das Gesicht. „Deshalb habe ich mich von Celnus überreden lassen, eine Leibwache anzuheuern. Wie ich höre, war deine Sklavin eine harte Verhandlungspartnerin. Gegen Kephalos zu gewinnen ist beeindruckend."

Ich erinnerte mich daran, wie Cassia nach bester Geldverleihermanier mit Priscus' Schreiber gefeilscht hatte.

„Sie ist eine außergewöhnliche Dienerin für einen ehemaligen Gladiator", fuhr Priscus fort.

„Man hat mir Cassia geschenkt." Ich zögerte. Die meisten Männer interessierten sich nicht für die Gedanken ihrer Leibwächter, doch ich fuhr fort: „Ich weiß nicht genau, was ich mit ihr anfangen soll."

Priscus schmunzelte, und um seine Augen bildeten sich Lachfältchen. „Das freut mich zu hören. Du bist kein Rohling, deshalb habe ich deinen Werdegang auch so genau verfolgt. Du kämpfst, um zu gewinnen, aber nicht erbarmungslos. Du bist geschickt, nicht grausam."

Ich nickte erneut. Ja, ich hatte gelernt, ohne Leidenschaft zu kämpfen. Regulus ließ sich von seiner Wut leiten, weshalb ich ihn immer besiegt hatte.

Priscus widmete sich wieder der Betrachtung des Hafens im Regen. Er war voller innerer Unruhe und wippte auf den Zehenspitzen.

Unwillkürlich fragte ich mich ... Er war sehr wohlhabend, hatte meinen Werdegang verfolgt, schien viel über mich zu wissen und war an meiner Vergangenheit interessiert.

War er der Gönner, der mir die Freiheit geschenkt hatte? Er

hatte explizit nach mir verlangt, als sein Majordomus darauf beharrt hatte, dass er einen Leibwächter anheuerte. Ein Mann, der glaubte, dass ein Mensch nur das brauchte, was seine Grundbedürfnisse befriedigte, hätte Cassia vielleicht ausgewählt, weil sie gut mit Geld umgehen und mir helfen konnte, mit geringen finanziellen Mitteln anständig zu leben.

Ich betrachtete den Mann, einen muskulösen ehemaligen Soldaten, der so freundlich war, seine körperlich weniger leistungsfähigen Sklaven auf einem Weg, den er ohne Weiteres ohne Pause hätte zurücklegen können, zwischendurch ausruhen zu lassen. Ein Mann, der um seine Frau trauerte und sie mehr liebte als die Reichtümer, die sie ihm nach ihrem Tod hinterlassen hatte.

Es war gut möglich, dass Priscus beschlossen hatte, einem Gladiator, der dazu verdammt war, zu kämpfen, bis er eines Tages nicht schnell genug sein und den Tod finden würde, stillschweigend Gnade zu gewähren.

Ich musste das mit Cassia besprechen, hielt es aber durchaus für möglich.

Am Morgen kam der Türsklave aufgeregt in das Zimmer gerannt, in dem Priscus sein bescheidenes Frühstück mit Feigen und Käse einnahm, um zu verkünden, dass das Schiff eingetroffen sei.

Priscus' Gesichtsausdruck veränderte sich. Während er am Morgen noch ruhig, wenn auch entschlossen gewirkt hatte, blitzte jetzt kurz Erschrecken in seinen Zügen auf, bevor sich seine Miene in die eines strengen Generals verwandelte.

„Ich werde an deiner Stelle gehen", sagte ich und lockerte das Kurzschwert, das Priscus mir gegeben hatte, in der Scheide. „Du bist hier besser aufgehoben."

„Kommt nicht infrage.“ Seine Antwort klang abrupt. „Wenn ich nicht dabei bin, wird alles schiefgehen.“

„Im Hafen gibt es zu viele Freiflächen“, widersprach ich. „Lass mich zumindest die Lage auskundschaften. Ich rufe dich, wenn es sicher ist.“

Priscus warf mir einen harten Blick zu. Der liebenswürdige Mann, der so vertraulich mit mir gesprochen hatte, war verschwunden. „Du wirst tun, was ich dir befehle, Gladiator.“

Ich hatte hier nichts zu sagen, und das wusste er genau. Also senkte ich den Kopf, aber Unterwürfigkeit war einfach nicht meine Sache. „Ob du lebst oder stirbst, mein Honorar bleibt gleich.“

Priscus' Hand schoss zu dem Dolch an seiner Seite, als wolle er mich in seinem Frühstücksraum niederstechen. Wenn ich mich wehrte und ihn verletzte, würde man mich zum Tode verurteilen, ohne Hoffnung auf Begnadigung. Ich wartete und ließ dem Schicksal seinen Lauf.

Priscus löste seine Finger vom Heft des Dolches und atmete tief aus. „Du hast recht, es ist ein großes Risiko. Dennoch muss ich es auf mich nehmen.“

„Nenn mir den Grund.“ Es ging mich nichts an, aber immerhin würde ich vielleicht an diesem Tag für diesen Mann sterben.

„Ich wünsche, das könnte ich. Es lastet wirklich schwer auf mir. Überall lauern Spione, und ich bin zur Verschwiegenheit verpflichtet. Ich habe nichts dagegen, dass du mein Leben verteidigst, doch manche Dinge sind wichtiger als meine Existenz.“

Priscus entfernte sich von mir und straffte die Schultern, und ich konnte ihm nur folgen.

Er erklärte, er wolle allein mit mir als Begleitung seine Lieferung persönlich bezahlen und abholen, aber ich konnte ihn dazu bewegen, ein paar weitere Sklaven als Geleit hinzuzuziehen. Es war normal für ihn, ein Gefolge zu haben, und außerdem hatte er dann Zeugen, falls das Geschäft scheitern sollte.

Priscus funkelte mich finster an, befahl jedoch seinem Leibdiener und seinem Pferdeknecht – seinen treuesten Männern, wie er sagte –, sich zu uns zu gesellen. Die beiden wirkten erleichtert, dass ich ihn überredet hatte, sie mitzunehmen. Ich konnte Priscus davon überzeugen, noch drei weitere seiner stärksten Sklaven als Verstärkung dabeizuhaben, und so machten wir uns alle auf den Weg zum Hafen, die Kisten mit den Münzen auf den Rücken eines Esels geschnallt.

Auf halber Strecke hörte ich rasche Schritte hinter uns.

Ein Blick über die Schulter zeigte mir Cassia, die mit einem Korb auf dem Arm auf mich zukam, als wolle sie einkaufen gehen. Ich sah sie stirnrunzelnd an, aber sie ignorierte mich.

„Sollten Sklavinnen nicht gehorsam sein?“, fragte ich Priscus im Versuch, die Anspannung zu lindern.

Priscus lächelte mich angespannt an. „Theoretisch schon. Doch wenn man besiegte Völker unterjocht, bleibt ihr Trotz bestehen. Selbst nach Generationen sind sie noch vom Geist ihrer Ahnen beseelt. Es ist nicht das beste System, aber ohne Sklavenarbeit würde Rom gar nicht funktionieren.“

Ich fragte mich, was Cassia dazu gesagt hätte. Sie war auf jeden Fall wie kein anderer Sklave und keine andere Sklavin, denen ich begegnet war, mich selbst eingeschlossen.

Der Hafen von Ostia erstreckte sich von der Tibermündung bis zum Meer. Nach dem Regen des Vortags hatte der Himmel aufgeklart, und Wolken hoch am Himmel warfen Schatten auf das tiefblaue Wasser.

An einem im Bau befindlichen Gebäude an der Hafenmündung stand ein hoher Kran, in dem mehrere Männer in einer riesigen Tretmühle liefen, um einen großen Steinblock in die Luft zu hieven. Ein kleiner Mann mit einem Beutel mit Schriftrollen über der Schulter überwachte, wie der Block sich hob und über das Dach schwang, wo weitere Männer darauf warteten, ihn an seinen Platz zu bugsieren.

An den Kais waren mehr Kräne im Einsatz, die Waren in die dort angedockten Schiffe verluden und diese löschten.

Die Anzahl der Schiffe im Hafen erstaunte mich. Auf den Decks wimmelte es von Männern, und die Ruder, die im Sonnenlicht aufblitzten, hoben und senkten sich mit großer Präzision.

Ich wäre gerne noch einmal allein hierhergekommen, um die Schiffe zu bestaunen und ihnen beim Manövrieren zuzusehen. Der Gedanke, dass ich genau das tun konnte, wann immer ich es wünschte, war wie ein Schock. Es fiel mir schwer, mich an die Freiheit zu gewöhnen.

Wir nahmen eine Straße, die von hohen Gebäuden gesäumt war, die die Sicht auf den Hafen versperrten. Säulengänge bildeten schattige Gehwege, doch wir hielten uns mit Priscus' Pferd und dem Esel in der Mitte der Straße. In Ostia gab es tagsüber keine Beschränkung für private Fahrzeuge wie in Rom, und so mussten wir Wagen und Kutschen ausweichen. Priscus trug seine Toga mit dem Purpurstreifen, die ihn als Mann von hohem Stand auswies, aber er beharrte nicht darauf, dass alle für ihn Platz machten.

Er lenkte sein Pferd jäh in eine Seitengasse, und ich hatte Mühe, mit ihm Schritt zu halten. Wir waren noch nicht weit gekommen, als er abstieg und auf eine dunkle Tür zueilte.

Ich wagte es, mich ihm in den Weg zu stellen und ihm die Hand auf die Brust zu legen, um ihn davon abzuhalten, in das Haus zu stürmen. Geflissentlich ignorierte ich seinen Blick, sagte ihm, er solle stehen bleiben, und duckte mich durch die Tür, wobei ich schnell aus dem einfallenden Licht trat, damit sich meine Augen an die Dunkelheit gewöhnen konnten.

Sechs Männer warteten in einem großen, leeren Raum. Die Bruchsteinwände waren schmucklos, nur das Sonnenlicht, das durch winzige Fenster hoch oben einfiel, erhellte sie. Eine Taube flatterte in einer der Fensteröffnungen, unsicher, ob sie sich an diesen staubigen, kalten Ort wagen wollte.

Alle Männer waren bewaffnet. Schwerter blitzten an ihren Seiten, Messer steckten in ihren Gürteln. Es waren keine Soldaten – gewöhnliche Matrosen, hätte ich gesagt, bis auf den Anführer. Er hatte den kräftigen Körper und die Haltung eines Kämpfers.

„Du hättest doch allein kommen sollen." Sein Akzent verriet, dass er nicht aus Rom stammte.

„Mein Leibwächter hat darauf beharrt, das sei zu gefährlich", entschuldigte sich Priscus. Er war eingetreten, ohne auf mein Zeichen zu warten, und führte den mit den Truhen beladenen Esel an seinem Seil. „Ich habe das Geld. Wo ist meine Lieferung?"

Der Mann runzelte die Stirn ob seiner Direktheit. „Wir sollen dich hinbringen. Allein." Sein finsterer Blick fiel auf die Männer, die Priscus und mich flankierten.

„Ich begleite ihn", entgegnete ich, bevor Priscus etwas sagen konnte.

Der Befehlshaber der Männer starrte mich an, trat einen Schritt vor und musterte mich im Halbdunkel des Raumes. Dann riss er die Augen auf. „Beim Jupiter. Du bist Leonidas, der Spartaner."

„Der war ich." Meine Hand umfasste mein Schwert. „Ich begleite Priscus. Er wird bezahlen, du wirst ihm die Fracht geben, und wir werden wieder gehen."

Der Anführer wirkte nicht glücklich, aber er zuckte die Achseln. „Also gut", sagte er zu mir. „Du und Decimus Laelius Priscus. Niemand sonst."

Priscus nickte. „So sei es."

Er war ein Narr. Diese Männer würden ihn töten, sobald sie ihn allein in die Enge treiben konnten, das Geld nehmen und fliehen. Oder sie würden ihn entführen und ein hohes Lösegeld für ihn fordern, um noch mehr Profit aus ihm zu schlagen.

Priscus schien beides nicht zu beunruhigen. Er wies seine restlichen Begleiter leise an, zurückzubleiben, und wartete darauf, dass die Matrosen uns hinausführten.

Sie gingen zu einer Tür in der Rückwand des Raums, ich direkt hinter ihnen, dann Priscus mit dem Esel. Der Anführer schritt schweigend neben mir her.

Die kleine Tür im hinteren Teil des leeren Lagerhauses öffnete sich auf eine geschäftige Gasse, ein ausgezeichneter Ort für einen Hinterhalt oder ein Attentat. Beides blieb aus. Die Matrosen eilten dem Tageslicht am Ende der Gasse entgegen, als befürchteten sie, hier selbst überfallen zu werden.

Wir traten auf eine stark befahrene Hauptstraße. Der Anführer nahm das Zaumzeug des Esels und führte uns im Gänsemarsch in Richtung Hafen.

Eine Gestalt in einem Mantel mit einem Korb huschte hinter uns her, verschmolz mit der Menge, konnte aber mühelos mit uns Schritt halten. Weder die Matrosen noch Priscus bemerkten sie.

Der Anführer trat auf einen langen Steg, der bis ins Wasser reichte. Dieser Pier war von alten Holzgebäuden gesäumt, die alle leer zu stehen schienen. Sie waren ungenutzt, wahrscheinlich würde man sie bald abreißen und ersetzen. Außer uns war niemand zu entdecken.

Die Matrosen erwarteten, dass Priscus ihnen dorthin folgte, ohne Fluchtmöglichkeit, mit seinem Geld und nur mit mir als Leibwächter.

Ich trat vor den Anführer. „Nein. Bringt uns jetzt die Lieferung."

Bei meinem letzten Wort erklang vom Steg her ein schriller Schrei. Aus einem der vielen Eingänge sprang ein Mann mit schlanken Gliedern in einer Sklaventunika, der mit einem Messer in der Hand auf uns zustürmte, gefolgt von mehreren anderen Bewaffneten.

Ich drängte mich an den Matrosen vorbei und zog mein Schwert, bereit, den Mann abzufangen.

„Nein." Eine Berührung am Arm ließ mich innehalten. Cassia war neben mir aufgetaucht und hielt meinen Schwertarm mit ihren zarten Fingern fest, die Augen weit aufgerissen. „Nein, töte ihn nicht."

KAPITEL 8

Der junge Mann warf sich auf uns. Seine Augen waren weit aufgerissen, seine Tunika war beschmutzt und zerfleddert. Cassia versuchte, mich aus dem Weg zu ziehen, aber ich stand so unverrückbar fest wie die Steinquader am anderen Ende des Hafens.

Priscus zog seine Waffe, als die Seeleute uns umzingelten. Ich schob Cassia in Richtung eines der leeren Gebäude, in dem sie in Sicherheit sein würde, und wandte mich um, um Priscus zu verteidigen.

Der drehte sich zum Esel um, durchtrennte mit seinem Schwert das Geschirr, und die Truhen mit den goldenen *aurei* fielen zu Boden. Dann drängte er sich an mir vorbei und stieß mir geschickt einen Ellbogen in die Rippen, als ich nach ihm griff, sodass ich ihn nicht zu fassen bekam.

Die Seeleute umringten den verrückten jungen Mann und versuchten, ihn zu erreichen und zu entwaffnen. Priscus drängte sich zwischen ihnen hindurch, ohne sich um die mögliche Gefahr zu kümmern.

Der Heranstürmende verstummte verwirrt, als er Priscus sah, dann warf er sein Messer weg und brach in Tränen aus.

Ein ausgefranstes Seil baumelte von seinem schmalen Handgelenk.

Priscus umarmte den jungen Mann und drückte ihn verzweifelt an sich, küsste sein Haar und sein Gesicht. Tränen liefen ihm über die Wangen.

„Mein Sohn", flüsterte er heiser. „Mein geliebter Sohn."

Ich blieb erstaunt stehen, und die Ereignisse der letzten Tage fügten sich zu einem Bild zusammen. Dies war kein Kauf teurer Waren durch einen vorsichtigen Patrizier – dies war eine Lösegeldübergabe. Die kostbare Fracht war Priscus' Sohn, der jetzt in den Armen seines Vaters weinte. Priscus' Aussage, dass Geld nichts bedeutete, wenn man allein war, erhielt eine ganz neue Dimension.

Ich trat mit klopfendem Herzen zurück, all meine Sinne waren angespannt. Es war noch nicht vorbei. Die Lösegeldübergabe konnte noch schiefgehen, Priscus und sein Sohn waren keineswegs in Sicherheit.

Die Männer, die hinter Priscus' Sohn hergelaufen waren, gehörten zu seinen Entführern. Sie gesellten sich jetzt zu den Matrosen, die uns hierhergebracht hatten.

Ich trat zu Priscus und dem jungen Mann, die in Wiedersehensfreude verharrten, und richtete mein Schwert auf den Bauch des Anführers.

Cassia spähte angsterfüllt aus dem Schatten der Türöffnung, in die ich sie geschoben hatte. Keiner der Matrosen hatte sie bemerkt, doch das konnte sich jederzeit ändern.

„Er hat euch bezahlt", sagte ich zu dem Anführer. „Wir werden jetzt gehen."

Ein Dutzend Männer, die durch ihren Beruf abgehärtet waren und keine Angst davor hatten, gegen einen wütenden Gladiator zu kämpfen, starrten mich aus harten Gesichtern an. Sie wussten, ich war in der Unterzahl, und hielten mich für leicht zu besiegen.

Ich würde sie eines Besseren belehren.

Die Kämpfe bei den Legionen, so hatte man mir gesagt, waren brutal, aber präzise. Jeder Mann erledigte genau eine Aufgabe, sodass die Gruppe wie eine Einheit kämpfte. Zu einer Maschine verschmolzen, die eine feindliche Armee niedermähen konnte, egal wie mächtig dieser Feind auch war. So hatte Rom die Welt erobert.

Der Gladiatorenkampf war anders. Wir kämpften allein, und zwar um zu gewinnen, ohne Gnade. Wir gaben keinen Deut auf Präzision, wenn wir eine andere Möglichkeit zu siegen sahen. Deshalb waren frei gekaufte Gladiatoren schlechte Soldaten. Wir setzten auf das Unerwartete, um zu überleben.

Ich demonstrierte dies, indem ich dem Anführer mit dem Fuß einen schnellen Tritt gegen das Kinn versetzte und mich gleichzeitig drehte, um mein Schwert in den Mann zu meiner Rechten zu rammen.

Ersterer stolperte zurück und stöhnte vor Schmerz. Der zweite Mann brüllte auf und wich aus, wobei er einen Schnitt am Unterleib davontrug. Die anderen warfen sich auf mich.

Ich hörte Cassia schreien, dann duckten sich die Matrosen und fluchten, als Steine auf sie einprasselten, die Cassia warf.

Priscus hob den Kopf. In seinen Augen flammte Zorn auf, die entschlossene Wut, die einst Armeen in fernen Ländern in Angst und Schrecken versetzt hatte.

Sanft schob er seinen Sohn in Richtung der Straße am Ende des Kais. Der Esel, den er von seiner Last befreit hatte, trabte bereits in diese Richtung.

„Töte sie alle, Leonidas“, befahl Priscus mit harter Stimme und hob sein Schwert. „Lass ihre Leichen liegen, als Warnung für andere, damit sie sehen, was passiert, wenn sie Hand an meine Familie legen.“

Ich konnte sie unmöglich alle töten. Natürlich würde ich sie abwehren und sie teuer bezahlen lassen, dass sie uns angegriffen hatten. Doch wenn die Matrosen mich umzingelten und attackierten, bestand durchaus die Chance, dass sie mich abstachen und meinen Körper ins trübe Wasser warfen.

Aber Priscus' Befehl ließ sie innehalten und gab mir eine Chance.

Ich schlug zu, trat zu, stach zu und wirbelte herum. Mein Training ließ mich zu einer hirnlosen, mordenden Bestie werden.

Wieder hörte ich das Gebrüll der Menge, die meinen Namen rief, spürte den heißen Sand unter meinen Füßen. *Gewinne, bleib am Leben und liefere ihnen erstklassige Unterhaltung.* Das Blut eines Gladiators hatte angeblich Heilkräfte, doch solange es in meinem Körper floss, verlieh es mir Kraft.

Die Seeleute, die wieder auf die Beine kamen, hinkten den Steg entlang, andere krochen, so schnell sie konnten, vor meinem Zorn davon. *Kein Tod mehr*, hatte ich geschworen. Aber ich würde dafür sorgen, dass sie sich an mich erinnerten.

Zwei der Klügeren schnappten sich eine Schatulle mit Gold und eilten davon, wobei sie die Kiste zwischen sich balancierten. Die anderen, die laufen konnten, flohen einfach. Am Ende des Piers sprangen sie über die Kante und verschwanden außer Sichtweite, wahrscheinlich auf wartende Boote.

Als ich dem letzten Mann, dem Anführer, gegenüberstand, vollführte ich mit meinem Schwert eine Finte, und als er das seine hob, um sich zu verteidigen, versetzte ich ihm einen harten Tritt in die Rippen. Er stürzte zu Boden, den Arm über dem Bauch, und rang nach Luft. Ich wischte mein blutiges Schwert an seiner Tunika ab und steckte es weg.

„Verlass Rom“, riet ich ihm. „Dein Leben ist nichts mehr wert.“

Sobald Priscus, wenn sein Sohn in Sicherheit war, die Entführung meldete, würde man diese Seemänner, die sich für die Piraterie entschieden hatten, gnadenlos jagen. Piraten waren gefürchtet und verhasst, und die Mächtigen von Rom würden keinerlei Gnade zeigen.

Ohne die Antwort des Mannes abzuwarten, drehte ich mich um und ging.

„Leonidas.“

Es war Cassias Stimme. Sie war zu der verbliebenen Truhe geeilt und versuchte vergeblich, sie über den Steg zu schieben. Quietschend bewegte sie sich wenige Zentimeter voran. Cassia keuchte vor Anstrengung.

Einen Augenblick lang betrachtete ich sie verblüfft. Dann begab ich mich zu ihr, nahm die schwere Kiste unter den Arm, packte Cassia an der Schulter und führte sie auf die Straße.

„WOHER HAST DU ES GEWUSST?“, FRAGTE ICH CASSIA.

Wir saßen im Garten im Hof von Priscus' Wohnblock, während die Sonne langsam am hellblauen Himmel unterging.

Priscus war mit seinem Sohn, Decimus Laelius dem Jüngeren, im Haus. Er hatte sich höchstpersönlich darum gekümmert, dass die Sklaven Decimus badeten, rasierten und fein einkleideten. Die Sklaven, die über Decimus' Rettung erstaunt in Tränen ausgebrochen waren, scharten sich um ihn und versorgten ihn mit Essen und Trinken. Tatsächlich waren viele Bewohner des Komplexes herbeigeströmt, um ihm ihr Mitgefühl auszudrücken und ihre Hilfe anzubieten. Der junge Mann war erschöpft, hatte Prellungen und tiefe Schatten unter seinen Augen, aber er ertrug die allgemeine Aufmerksamkeit mit guter Laune.

Cassia und mir, den Außenseitern, hatte Priscus gestattet, dass wir uns mit einer kleinen Mahlzeit in den Garten setzten. Der Rest des Haushalts vergaß uns schnell.

„Ich habe es nicht gewusst.“ Cassia, die auf einem niedrigen Schemel unter dem Portikus saß, stellte ihre Füße gerade. „Erst, als ich gesehen habe, wie Decimus zu Senator Priscus hingerannt ist. Ich hatte es vermutet, war mir allerdings nicht sicher.“

„Die Sklaven wussten nicht, dass jemand seinen Sohn

entführt hatte?" Das überraschte mich. Sklaven wussten in der Regel alles, was in einem Haushalt geschah.

„Decimus ist eigentlich sein Stiefenkel. Priscus hat Decimus an Sohnes statt angenommen und als seinen Erben eingesetzt, doch er ist ein Enkel seiner Frau aus erster Ehe, der Einzige aus der Familie seiner Frau, der noch lebt. Priscus und seine Frau haben Decimus vom Säuglingsalter an aufgezogen, nachdem Plünderer Decimus' Eltern getötet hatten."

Decimus musste davon ausgegangen sein, dass er das Schicksal seiner Eltern teilen würde. Ich lehnte mich mit dem Rücken an die Marmorsäule und streckte die Beine aus. Meine Muskeln waren nach dem Kampf verkrampft – kein *medicus* und keine Massage für mich heute.

„Das haben sie alles gewusst, aber nicht, dass Decimus als Geisel genommen worden war?"

„Der Haushalt ist genauso bestürzt wie du. Decimus ist unlängst von Halikarnassos nach Antiochia gereist. Jetzt, da in Parthien Frieden herrscht, will Decimus das Geschäft in den östlichen Städten ausbauen, mit Antiochia als Stützpunkt. Soweit die Sklaven wussten, war Decimus noch dort und schickte pflichtbewusst Briefe nach Hause."

„Wie bist du darauf gekommen?" Ich war völlig ahnungslos gewesen, während Cassia den wahren Zweck unserer Reise schnell erraten hatte.

Sie beendete ihre Mahlzeit, Weintrauben, die sie vom Stiel zupfte und kaute, wobei sie die Kerne sorgfältig in ein kleines, dafür vorgesehenes Gefäß spuckte.

„Ich habe über Priscus' Verhalten nachgedacht. Wenn ein Mann um teure Güter besorgt ist und den Ruin fürchtet, wenn diesen etwas zustößt, ist er natürlich nervös und angespannt. Aber wenn er um einen Menschen besorgt ist, vor allem um einen, den er sehr liebt, ist das anders. Seine Angst ist größer, und er wird versuchen, sie zu verbergen. Römische Männer, besonders die Adligen, möchten auf keinen Fall sentimental erscheinen." Cassia legte den leeren Stängel ordentlich auf ihren Teller und wischte sich die Finger an einem Tuch ab. „Ich habe mein ganzes Leben lang in einer Villa gelebt, in einer sehr reichen und mächtigen Familie. Dabei habe ich viel darüber gelernt, wie Menschen sind und wie sie sich wirklich fühlen, auch wenn sie es anderen nicht zeigen wollen."

Ich hatte die Vision einer sehr jungen Cassia, die mit ihren ernsten Augen alles beobachtete, was um sie herum geschah, und es auf ihrer Klapptafel notierte.

„Wer hat dich schreiben gelehrt?", fragte ich aus einem Impuls heraus.

Kummer huschte über ihr Gesicht. „Mein Vater. Er war der Schreiber meines Herrn und hat die Haushaltsbücher geführt. Er hat mir alles beigebracht, was er wusste."

Ihr Vater war tot, wie ich ihrem Gesichtsausdruck entnahm. Sogar ich verstand manchmal, was ein Mensch fühlte.

Ich wollte ihr mehr Fragen über ihn stellen und darüber, wie sie nach Rom gekommen war, doch ich schwieg. Dafür würde später noch Zeit sein, und ich wollte nicht, dass heimliche Lauscher in diesem Haus unser privates Gespräch mithörten.

„Ich weiß nicht, wer den armen Jungen entführt hat", sagte Cassia. „Die Männer, die uns zu dem Kai gebracht und ihn dort festgehalten haben, sind eher keine Piraten. Ich glaube, der Entführer hat sie angeheuert, um Decimus aus Antiochia herzuschaffen und das Geld zu kassieren. Was passiert wohl mit ihnen, wenn sie ihrem Auftraggeber berichten, dass sie nur die Hälfte des Lösegelds erbeutet haben? Sie haben nicht mit dir gerechnet."

Ein Schimmer von Genugtuung funkelte in ihren Augen. Ich war nicht sicher, ob er davon herrührte, dass ich die Männer vertrieben hatte, oder davon, dass wir eine Schatulle mit Münzen gerettet hatten.

„Sie werden vielleicht versuchen, die zweite Hälfte einzutreiben", warnte ich. „Oder den jungen Mann erneut zu entführen."

Cassia nickte. „Dann werden wir unser Honorar erhöhen müssen. Priscus hat dich angeheuert, um ihn zu beschützen, während er seine Lieferung abholt, nicht um Piraten und Entführer abzuwehren."

„Priscus hat sein Geheimnis gut gehütet."

„Es ist möglich, dass in der Lösegeldforderung stand, dass sie Decimus töten würden, wenn er es jemandem erzählt. Priscus wäre dieses Risiko niemals eingegangen."

Mir fiel wieder ein, wie Priscus seinen Sohn an sich gedrückt und geweint hatte und wie schroff er geworden war, als ich vorher zu viele Fragen gestellt hatte.

Ich hatte Männer gesehen, die zum Tode verurteilt gewesen waren und sich vor dem gefürchtet hatten, was sie erwartete, aber ich hatte selten Angst um einen anderen Menschen erlebt. Nur ein einziges Mal hatte ich sie selbst verspürt, und dann war die Angst viel zu schnell verflogen. Mein bester Freund auf der ganzen Welt war von einem Herzschlag zum nächsten aus meinem Leben verschwunden.

Cassia, so vermutete ich, hatte ebenfalls schon Furcht und Trauer empfunden. Ich hatte Nachwehen davon bei ihr wahrgenommen, als sie von ihrem Vater gesprochen hatte.

Der Garten lag ruhig da, der Haushalt kümmerte sich um Decimus und Priscus. Ich fragte mich, ob wir sofort nach Rom zurückkehren würden oder ob Priscus hier bei seinem Sohn bleiben würde. Würde Priscus wollen, dass ich weiter für ihn arbeitete, oder würde er mich entlassen?

Es war seltsam, nicht zu wissen, was ich am nächsten Tag tun würde. Im *ludus* hatte ich es immer gewusst. Aemil hatte uns eine feststehende Routine auferlegt.

Cassia musste das ähnlich empfinden. Wenn sie ihr ganzes Leben lang als Sklavin im selben Haus gelebt hatte, war ihr Alltag vorgezeichnet, ihre Pflichten und Einschränkungen in Stein gemeißelt gewesen.

Wir beide bahnten uns einen Weg ins Unbekannte wie

Reisende einen Pfad in die Wildnis. Keine Straßen, keine Karten, an denen wir uns orientieren konnten. Ich war nicht sicher, ob ich mich freuen oder in Panik verfallen sollte.

Momentan wollte ich nur schlafen, die übliche Folge eines Kampfes und einer guten Mahlzeit. Meine Augen waren schwer, meine Glieder warm vor Müdigkeit.

Ich murmelte Cassia etwas zu, stand auf und schlurfte ins Haus, um mich im Atrium neben dem stillen Brunnen hinzulegen. Cassia blieb im Garten zurück. Als ich mich niederließ und die Arme um mich schlang, um mich zu wärmen, sah ich, wie sie ihr Gesicht ruhig dem mondbeschienenen Himmel entgegenhob, obgleich auf ihren Wangen Tränen glitzerten.

Am nächsten Morgen rief mich Priscus zu sich. Er und sein Adoptivsohn frühstückten in einem großen Wohnbereich neben dem Atrium, dessen Wandgemälde in Rot und Gelb gehalten waren. Satyrn vergnügten sich mit Jungfrauen, und eine andere Wand zierte eine Jagdszene.

Priscus und Decimus saßen auf Schemeln an einem Tisch aus schlichtem Holz in der Mitte des Raumes. Während der Jahre, in denen ich in großen *domus* verkehrte, hatte ich gelernt, dass Speisesofas nur bei üppigen Banketten zum Einsatz kamen, bei denen die Gäste zu Tisch lagen. Alltägliche Mahlzeiten nahm man an einem Tisch ein, so wie Cassia und ich es in unserem viel kleineren Raum taten.

Priscus lächelte freundlich, als ich eintrat und auf seine Anweisungen wartete. Sein Sohn musterte mich neugierig. Decimus wirkte erschöpft, und ich erkannte eine innere Unruhe, die ihn wohl nie mehr verlassen würde. Der junge Mann hatte dunkles, volles, gewelltes Haar und tiefbraune Augen. Er war vielleicht ein paar Jahre jünger als ich, aber alt genug, um weit von zu Hause entfernt einen Geschäftszweig zu leiten.

„Ich hatte noch keine Gelegenheit, dir zu danken“, begann Priscus, „und um mich dafür zu entschuldigen, dass ich dir nicht genauer gesagt habe, womit ich mich herumschlage.“

Ich senkte respektvoll den Kopf. „Dafür habe ich Verständnis. Cassia hat mir erklärt, wie gefährlich die Lage war.“

„Sie ist eine kluge junge Frau“, stellte Priscus fest. „Bitte danke ihr für ihre Geistesgegenwart, das Geld zu retten. Ich hätte die Münzen zurückgelassen. An sie habe ich in diesem Moment keinen Gedanken verschwendet.“

„Deshalb hat Mutter auch mir die Verantwortung für unsere Interessen im östlichen Meer übertragen.“ Decimus warf seinem Vater einen liebevollen, aber tadelnden Blick zu.

„Das war wirklich weise von ihr. Gut gemacht, Leonidas. Ihr könnt nach Rom zurückkehren. Ich bleibe eine Weile hier – wir haben einiges zu klären. Schick daheim deine Cassia zu meinem Schreiber, er soll euer Honorar auszahlen.“

Ich zögerte. Einerseits war ich froh, dass diese Aufgabe erledigt war und ich die Schulden würde begleichen können, die Cassia bei den Händlern gemacht hatte, doch andererseits nagte Unbehagen an mir.

„Bist du hier denn sicher? Was ist mit dem Meuchelmörder, der versucht hat, dich zu töten? Wollte er verhindern, dass du Decimus rettest?“

Priscus lächelte leicht. „Den Meuchelmörder habe ich erfunden. Ein plausibler Grund, dachte ich, um einen früheren Gladiator zu meinem Schutz zu engagieren. Den wahren Grund konnte ich niemandem anvertrauen. Selbst meine Sklaven wussten nur, dass ich besorgt war.“

Ich ließ die Reise in meinem Kopf Revue passieren und verstand nun, warum Priscus sich nicht in der Öffentlichkeit hatte zeigen wollen. Trotzdem hatte ich die ganze Zeit über ein Kribbeln zwischen den Schulterblättern gespürt, das mir sagte, dass ich beobachtet wurde, und in Rom hatte mich definitiv jemand angegriffen.

Ehe ich antworten konnte, stürmte der junge Mann, der Türdienst hatte, herein.

„Herr“, sprudelte er hervor.

Ich hatte schon mehr als einen *dominus* erlebt, der einen Sklaven schlug, weil der es gewagt hatte, ihn zu stören oder gar ungebeten einen Raum zu betreten, aber Priscus wartete nur darauf, dass der Junge weitersprach.

„Ich habe Nachricht aus dem Hafen erhalten, Herr“, fuhr der Junge mit weit aufgerissenen Augen fort. „Die Seeleute, die deinen Sohn festgehalten haben, sind alle tot, Herr. Bis auf den letzten Mann.“

KAPITEL 9

Priscus erhob sich bei der Ankündigung halb, und Decimus starrte den Jungen schockiert an. „Wie konnte das geschehen?“, verlangte er zu wissen.

„Ich weiß es nicht“, sagte der Türsklave. „Man hat sie auf dem Steg gefunden, alle mit durchgeschnittener Kehle.“

Wie bei einer Hinrichtung, dachte ich.

Decimus schluckte und wurde blass. „Einige von ihnen waren freundlich zu mir.“

Priscus sank auf seinen Sitz zurück und legte seinem Sohn eine Hand auf den Arm. „Ich habe am Ende mehr als ein Dutzend gezählt. Alle ermordet?“

Der Türbursche nickte. „Scheint so.“

Priscus drehte sich zu mir um, als könne ich ihm das Geschehene erklären. „Wie konnte jemand so viele Männer auf einem verlassenen Hafenkai töten?“

„Mit doppelt so vielen Bewaffneten wie die Seeleute“, antwortete ich. „Gut organisiert. Militärisch.“

„Hmm. Ich habe das Schiff bei der Hafenbehörde gemeldet. Die hätte die Besatzung allerdings verhaftet und nicht einfach an Ort und Stelle hingerichtet.“ Priscus schien weniger beunruhigt als sein Sohn, doch er trommelte mit den Fingern leicht auf den Tisch, den Blick in die Ferne gerichtet. „Ich hatte mit dem Gedanken gespielt, eine Weile hier zu verweilen, aber ich glaube, wir sollten nach Rom zurückkehren. Leonidas, würdest du so freundlich sein, uns unterwegs zu bewachen?"

Die Reise von Ostia nach Rom, die wir am Morgen nach der Nachricht von der Ermordung der Seeleute durch den Sklaven antraten, dauerte kürzer als die Hinreise. Priscus wollte schneller vorankommen und rastete seltener.

Decimus war eindeutig noch erschöpft, doch er saß souverän auf seinem Pferd und beschwerte sich nicht. Ein zäher junger Mann. Priscus' Dienerschaft war ganz vernarrt in ihn, das wurde auf der Reise klar. Er brauchte kaum zu erwähnen, dass er durstig war, schon bot ihm jemand dienstbeflissen einen Weinschlauch an.

Wir erreichten Rom und Priscus' großes Haus auf dem Esquilin ein paar Stunden vor Anbruch der Nacht. Priscus' Schreiber Kephalos händigte Cassia einen Beutel mit Münzen aus, den sie in ihrem Gewand verschwinden ließ.

Auf dem Heimweg wirkte Cassias Schritt beschwingter. Wir drückten uns an eine Mauer, als eine Prozession vorbeizog und der blecherne Klang von Glöckchen die Luft zerriss. Eine Priesterin der Isis, die eine Kobra um ihren Arm geschlungen trug, schritt ruhig dahin, die Augen auf die Schlange gerichtet, während die Menge ihr eilig Platz machte.

Als wir die Wohnung erreichten, legte Cassia ihren Mantel ab und schüttelte den Staub von ihren Schuhen, bevor sie das Geld zählte, das wir erhalten hatten.

Ich strich mir über mein kurz geschnittenes Haar und stellte fest, dass es staubbedeckt war. Trotz der Dezemberkälte roch ich nach Schweiß und der Straße.

„Ich brauche ein Bad“, sagte ich zu Cassia, während sie Zahlen vor sich hinmurmelte. Ihr Griffel flog nur so hin und her, ebenso wie die Perlen des Abakus, den sie anscheinend erworben hatte.

Cassia nickte, ohne ihre Aufmerksamkeit von den Zahlen abzuwenden. Seit sie in mein Leben getreten war, hatte ich sie noch nie so glücklich gesehen.

Ich musste ein Viertel-As bezahlen, die kleinste Kupfermünze, die Cassia mir in die Hand gedrückt hatte, bevor ich ging, um ein Badehaus am Quirinal betreten zu dürfen, nicht weit von unserer Wohnung entfernt. Es handelte sich nicht um einen großen Komplex wie die von Agrippa errichteten Bäder oder die, die Nero gerade bauen ließ. Dieses Badehaus hatte ein bescheidenes Tepidarium, ein etwas größeres Caldarium und ein noch größeres Frigidarium. Ich benutzte ein weiteres Geldstück, um ein Schabeisen zu kaufen – das, das ich in den letzten Jahren benutzt hatte, lag im *ludus*, zusammen mit dem Rest meiner spärlichen Habseligkeiten, die ich nicht mitgenommen hatte.

Das Schabeisen war billig und dünn, aber es würde genügen. Ich zog mich aus, bezahlte einen Sklaven dafür, auf meine Kleidung aufzupassen, und ging in den kleinen Hof, um vor dem Bad etwas zu trainieren.

Männer und Frauen drängten sich, um mich zu beobachten, neugierig, was für Übungen ein Gladiator machen würde. Ich hob verschiedene beschwerte Steine hoch, die so behauen waren, dass sie leicht zu greifen waren. Es folgten Tritte und Ausfallschritte sowie Armschwünge, mit denen ich mich früher immer vor dem Schwerttraining aufgewärmt hatte. Jüngere Männer beobachteten mich aufmerksam und begannen, meine Bewegungen zu kopieren, als ich den Hof verließ.

Ich reichte mein Schabeisen einem weiteren Bediensteten, der damit Schweiß und Sand von meinem Körper kratzte, dann tauchte ich direkt in das kalte Wasser, ohne mich um das heiße oder lauwarme zu kümmern. In diesem Badehaus gab es einen

Raum, der sogar heißer war als das Caldarium, wo die Leute noch mehr schwitzten, um ihren Körper zu reinigen, doch das machte mich zu müde.

Das kalte Bad hingegen belebte mich. Aus einer Fontäne in der Wand in Form eines Fischmauls plätscherte ständig frisches Wasser in das große Becken. Das überschüssige Wasser floss an den Seiten über und in die Abläufe, die in das große Kanalisationssystem unter der Stadt mündeten.

Als ich aus dem Bad stieg, stellte ich fest, dass ich auch dort eine Menschenmenge angezogen hatte. Ich gab vor, die dürren Männer, die mich beobachteten, zu ignorieren, trocknete mich ab, zog mich an und verließ das Badehaus.

Ich hatte einmal eine Nische für meine Kleidung benutzt, anstatt einen Sklaven zu bezahlen, um sie zu bewachen, und ein geschäftstüchtiger Dieb hatte alles gestohlen, weil er wusste, dass er für die gebrauchte Kleidung eines Gladiators einen hohen Preis verlangen konnte. Mein Freund Xerxes hatte mich gerettet, indem er mir auf meine Aufforderung hin eine Tunika gebracht hatte, damit ich nicht nackt durch die kalte Stadt stapfen musste. Er hatte so gelacht, dass er kaum laufen konnte, als wir uns auf den Weg zurück zum *ludus* gemacht hatten.

Ich vermisste Xerxes so sehr, dass es mir einen Stich ins Herz versetzte.

Als ich auf die Straße trat, lief mir eine Frau in die Arme. Sie war in einen Mantel gehüllt, der sie vor dem kalten Wind schützte, und klammerte sich atemlos an mich. Eine Falte ihres Umhangs verrutschte und gab den Blick auf grellrotes Haar frei.

„Lucia", sagte ich überrascht.

„Leonidas. Ich suche dich schon seit Tagen. Du warst nicht zu Hause."

„Ich musste nach Ostia. Beruflich." Das war nicht außergewöhnlich für mich.

Lucia unterdrückte ein Schluchzen. „Floriana. Sie ist tot."

Tot? Ich packte Lucia am Arm, zog sie mit mir den Hügel

hinunter und durch die Seitenstraße zu meinem neuen Domizil. Dort schob ich sie ins Haus.

„Was ist passiert?“, verlangte ich zu wissen, während wir die Treppe hochstiegen. „Ich dachte, Marcianus hätte Florianas Vergiftung kuriert.“

Marcianus konnte Wunder wirken. Wenn er gesagt hatte, dass die Frau durchkommen würde, dann war dem so.

„Hat er auch. Sie hatte sich gut erholt.“ Wir erreichten meine Wohnung, die leer war. Cassia war nirgends zu entdecken. „Sie hat sich wieder wohl genug gefühlt, um sich auf die Straße zu wagen. Es war neblig, sehr neblig – so vor fünf Tagen. Jemand hat sie mit einem Messer niedergestochen. Leonidas, ich habe so furchtbare Angst.“

Ich ließ mich auf einen Schemel sinken. An dem Morgen, an dem wir Rom verlassen hatten, sechs Tage zuvor, war der Nebel dicht gewesen, man hatte kaum etwas sehen können, typisch für Rom. „Was ist geschehen? Wer hat das getan?“

Lucia hatte sich nicht die Mühe gemacht, sich zu schminken, und ihr Gesicht war fleckig. Ihre normalerweise dunkel umrandeten Augen waren gerötet. „Die werden mich als Nächstes töten. Wo kann ich mich verstecken? Du bist doch jetzt frei. Schaff mich weg von hier.“ Ihre Panik war nicht gespielt.

Ich nahm Lucias Handgelenk und versuchte, sie zu beruhigen. „Wer sind die, und warum sollte dich jemand umbringen wollen?“

„Alle Huren kennen Geheimnisse.“ Lucia verzog die Lippen. „Zumindest glauben das die Leute.“

„Was denn für Geheimnisse?“

Lucia löste sich aus meinem Griff. „Ich weiß es nicht. Aber sie werden denken, Floriana hätte sie mir erzählt. Alle Mädchen sind geflohen. Marcia ist losgelaufen, um deinen *medicus* zu finden – ich weiß nicht, was ihr das noch hätte bringen sollen. Mir bist du eingefallen, doch du warst nicht da.“

Sie weinte, und Schluchzer erschütterten ihren Körper.

Bebend verschränkte sie die Arme vor dem Bauch und zitterte in ihrem zerschlissenen Leinenkleid.

Ich erhob mich und nahm sie in die Arme. Lucia erwiderte die Umarmung nicht, lehnte sich allerdings an mich, als empfände sie meine Stärke als Trost.

So fand uns Cassia. Ich streichelte gerade Lucia übers Haar und versuchte, sie zu beruhigen. Cassia stellte den Brotkorb und die nach Eintopf duftende Tonschüssel ab und blickte mich fragend an.

„Das ist Lucia", sagte ich zu ihr.

„Aha." Das Wort klang leise, aber verstehend.

Lucia zuckte erschrocken zurück. Als sie Cassia sah, entspannte sie sich, als tue sie sie als harmlos ab.

„Gib Lucia etwas Geld", wies ich Cassia an. „Sie muss Rom auf der Stelle verlassen. Floriana ist tot."

Cassia machte keine Anstalten, mir zu gehorchen. „Tot? Aber ..."

„Erstochen. Am Morgen unseres Aufbruchs. Lucia hat Angst. Sie muss verschwinden."

Cassia musterte Lucia skeptisch, und diese runzelte die Stirn. „Steh nicht so da und glotz deinen Herrn an, Mädchen", schnauzte Lucia. „Tu, was er sagt."

Sie hätte auch eine Fliege sein können, die im Raum herumschwirrte, so wenig beachtete Cassia sie. Meine Sklavin richtete ihre Worte an mich. „Wenn Floriana tot ist, sind ihre Frauen dann frei? Oder gehören sie jemand anderem?"

„Floriana hat uns alle schon vor ein paar Jahren freigelassen." Auch Lucia sprach zu mir, als wäre ich allein mit ihr im Raum. „Sie war einst selbst Sklavin, doch ihr Gatte oder ein Mann, den sie zumindest so bezeichnet hat, hat sie freigelassen. Zu viel mehr war er auch nicht gut. Heute ist er irgendwo in Etrurien. Er weiß wahrscheinlich nicht mal, dass sie tot ist."

„Jemand wird ihn informieren", versicherte ihr Cassia. „Er

wird kommen, um ihren Nachlass zu regeln, oder einen Beauftragten schicken, um es zu tun.“

„Das ist alles unwichtig. Ich muss hier weg.“ Lucia wandte sich an Cassia. „Hol das Geld.“

Cassia sah mich fragend an, und ich nickte ihr zu. „Genug, damit sie reisen kann ... wo auch immer sie hinwill.“

Ich hatte keine Ahnung, wo im Römischen Reich Lucia sicher sein würde. Wenn jemand Floriana aus einem Impuls heraus ermordet hatte – ein Räuber, der sie im Nebel entdeckt hatte –, mochte Lucia ein paar Kilometer außerhalb der Stadt in Sicherheit sein. Aber wenn Floriana das Opfer wichtiger Männer war, die befürchteten, dass sie und ihre Frauen etwas wussten, was sie nicht wissen durften, würde man Lucia vielleicht hartnäckig jagen. Ich würde Marcianus bitten müssen, Marcia zu verstecken.

Cassia ging ohne Eile zu einer Stelle in der Nähe meines Bettes und kauerte sich hin, um eine der Bodenfliesen anzuheben. Aus einer Nische darunter holte sie den klirrenden Beutel, den Kephalos ihr gegeben hatte. Lucia und ich schauten interessiert zu. Ich hatte keine Ahnung gehabt, wo Cassia das Geld versteckt hatte.

Cassia trug den Beutel zum Tisch, nahm eine Handvoll Münzen heraus und reihte sie sorgfältig auf. Die unvermeidliche Tafel kam zum Vorschein, und sie machte Striche, während sie die Münzen stapelte.

„Was tust du da?“, verlangte Lucia zu wissen. „Bist du jetzt eine Geldverleiherin? Gib mir die Münzen einfach.“

Sie wollte sie sich einfach nehmen, doch ich umklammerte ihre Arme mit festem Griff. „Lass sie. Sie kann einschätzen, wie viel du brauchst.“

Lucia starrte mich an, leistete aber keinen weiteren Widerstand.

„Ich weiß, wo man sich vor bösen Männern verstecken

kann“, sagte Cassia. „Es ist nicht gerade in der Nähe, doch dort solltest du sicher sein.“

„Leonidas kann mich geleiten.“

Cassia schüttelte bereits den Kopf. „Zu viele werden ihn erkennen und wissen, dass du seine Geliebte bist. Du musst auch etwas Unauffälligeres anziehen. Ich kann dir ein Gewand geben.“

Cassia wandte sich einer großen Holzkiste zu, die am Nachmittag noch nicht in der Wohnung gewesen war. Sie kramte darin herum und holte eine schlichte Tunika hervor, die sie ausschüttelte. Das einfache Leinen stand in scharfem Kontrast zu Lucias abgetragenem, aber auffallendem Gewand. Dies war die Kleidung einer achtbaren Frau.

Ohne zu zögern, schlüpfte Lucia aus ihrem Kleid, woraufhin ihre nackte Haut nur noch von einem Stoffstreifen um die Hüften bedeckt war. Cassia wandte den Blick von Lucias Körper ab, half ihr jedoch beim Anziehen der Tunika und drapierte sie ihr um die Schultern. Als Nächstes zog sie einen braunen Mantel aus der Kiste, ebenfalls einfach und ein wenig abgenutzt.

Cassia kleidete sich immer so ordentlich, dass ich überrascht war, dass sie einen verschlissenen Mantel gekauft hatte, aber ich erkannte, dass er Lucia gut tarnte. Cassia band Lucias rot gefärbtes Haar zu einem kleinen Knoten zusammen, der völlig verschwand, als Cassia ihr die Falten des Umhangs über den Kopf legte.

Cassia lehnte sich zurück und bewunderte ihr Werk. Lucia sah jetzt aus wie jede andere Frau aus der Unterschicht, die Wasser holte oder eine Besorgung für ihre Herrin machte.

„Es gibt ein Haus an der Via Appia, am Fuße der Albaner Berge, in der Nähe des Sees“, erklärte Cassia. „Es heißt *Domus Ceres*. Man wird dich aufnehmen und dir Schutz gewähren. Sag, dass ich dich geschickt habe.“

„Was für ein Haus?“, fragte Lucia argwöhnisch.

„Eins, in dem du Zuflucht finden wirst. Du kannst dortbleiben, bis es sicher ist, nach Rom zurückzukehren.“

„Woher weiß ich, wann das der Fall sein wird?“

„Leonidas wird sich bei dir melden.“ Cassia nahm ein paar harte Brötchen und in eine Serviette gewickelte getrocknete Feigen aus dem Korb. Sie legte beides in einen kleineren Korb und schob alles Lucia hin. „Du solltest dich beeilen.“

Lucia sah mich fragend an, und ich nickte. Sosehr ich Lucia auch vermissen würde, Florianas Tod beunruhigte mich mehr, als ich zugeben wollte. Lucia verließ die Stadt mit gutem Grund.

Ich begleitete sie die Treppe hinunter, öffnete ihr unten aber nicht die Tür. Je weniger Leute die Frau in der schlichten Kleidung mit mir in Verbindung brachten, desto besser.

„Leb wohl“, flüsterte ich und küsste sie flüchtig auf den Mund. „Ich werde ein Brandopfer für dich darbringen.“

Lucia erwiderte meinen Kuss ohne Wärme und schaute hinter mir die Treppe hinauf. „Dieses blasse Ding wird dir im Bett keinen Spaß bereiten, denke ich.“

„Ich werde sie nicht in mein Bett holen“, sagte ich geduldig. „Dafür ist sie nicht da.“

Lucia musterte mich skeptisch. „Vertraust du darauf, dass sie mich an einen guten Ort verwiesen hat?“

„Ja.“ Bisher hatte Cassia mir keinen Grund gegeben, an ihr zu zweifeln. „Wenn sie sagt, dieses Haus sei sicher, glaube ich ihr.“

„Hmm.“ Lucia musterte mich eine Zeit lang, dann wurde ihr Blick weicher, und sie küsste mich mit mehr Herzlichkeit. „Leb wohl, Leonidas. Ich hoffe, dich diesseits des Styx wiederzusehen.“

„Ich werde nach dir schicken, sobald es sicher ist“, versprach ich.

Sie glaubte mir kein Wort, doch das spielte keine Rolle. Lucia berührte meine Wange, dann öffnete sie die Tür und schlüpfte hinaus in den Strom der Menschen, die sich durch die Nacht nach Hause drängten. Ich folgte dem braunen Mantel mit den Augen durch die Menge, dann war sie weg.

Als ich wieder nach oben kam, bereitete Cassia gerade unser

Abendessen vor. Ich beobachtete ihre exakten, kompetenten Bewegungen, während sie Schüsseln, Löffel und Teller in geraden Linien anordnete und ihren Stuhl genau in die Mitte ihrer Seite des Tisches stellte.

„Du hast neue Kleidung gekauft." Ich ließ mich auf meinen Schemel fallen und griff nach dem Brot.

Cassia legte mir vor. Sie hatte Salat mit Fruchtstücken, Öl und Käse gekauft, dazu einen Linsen- und Bohneneintopf und eine Flasche Wein.

„Ich dachte, die kämen uns vielleicht zupass." Cassia setzte sich und nahm einen Löffel. „Mir war allerdings nicht klar, dass wir sie so bald brauchen würden."

„Der Mantel war zerschlissen." Ich war nicht ganz sicher, wie ich mein Erstaunen ausdrücken sollte.

„Wenn ich mich unauffällig durch die Straßen bewegen muss, ist ein alter Mantel besser als ein feines Festkleid. Niemand beachtet eine arme Frau oder eine Sklavin aus einem bescheidenen Haushalt."

„Niemand hat bemerkt, dass du uns in Ostia gefolgt bist", räumte ich ein. „Außer mir, meine ich."

„Du kennst mich und bist aufmerksamer als die meisten anderen Menschen, wie mir langsam klar wird."

Ich löffelte mir Eintopf in den Mund und spülte ihn mit Wein hinunter. Es war ein milderer Jahrgang als der, den wir zuvor getrunken hatten – Cassia hatte Priscus' Münzen gut genutzt.

„Ich bin Gladiator." Ich klopfte mir an die Schläfe. „Ein Hohlkopf."

„Du bist ein Gladiator, der dreißig Kämpfe gewonnen und nur acht Unentschieden und zwei Niederlagen erlitten hat. Ich habe die Plakate auf den Straßen gesehen. Man muss ein sehr aufmerksamer Mann sein und ein schneller Denker, um das zu schaffen."

Ich hatte gewonnen, weil ich unablässig trainiert hatte, aber es stimmte, dass ich nie gewusst hatte, was in der Arena passieren würde. Ich hatte auf die kleinsten Bewegungen meines Gegners reagieren müssen – oder mich entscheiden, nicht zu reagieren. Ich hatte mich von meinem Instinkt leiten lassen, und obschon der nicht immer richtig gewesen war, hatte ich das durch Erfahrung wettgemacht.

„Einen Kampf zu gewinnen hat mit dem Alltag wenig zu tun“, sagte ich.

„Vielleicht doch.“ Cassia zeichnete mit dem Finger das glasierte Muster auf ihrem Weinbecher nach. „Es tut mir leid, dass Lucia die Stadt verlassen musste. Ich weiß, du schätzt sie sehr.“

Ich zuckte die Achseln. Ich mochte Lucia, aber ich gab mich nicht irgendwelchen Illusionen darüber hin, was sie war oder mit wie vielen anderen Männern sie schlief. „Sie ist nicht meine Geliebte, wie du behauptet hast. Wird es ihr gut gehen in diesem Haus, in das du sie geschickt hast?“

„Ja, auf alle Fälle. Meine Herrin hat dort mehrmals übernachtet, wenn sie von Campania nach Rom gereist ist, und ich kenne es gut. Priesterinnen der Ceres leiten das *domus*, und kein Mann darf seine Tür durchschreiten. Lucia muss vielleicht für ihren Unterhalt arbeiten, doch sie werden sie beschützen.“

Sah ich ein Glitzern der Genugtuung in ihren Augen, als sie erwähnte, dass Lucia würde arbeiten müssen? Ich fragte mich, ob Lucia bleiben würde, wenn man ihr sagte, dass sie Böden scheuern oder Wasser schleppen müsste. Sogar in Florianas Bordell gab es Sklaven, die die niederen Arbeiten für sie erledigten.

„Wer war deine Herrin?“, fragte ich neugierig. Cassia wusste viel über mich – der größte Teil meiner Karriere als Gladiator hatte für alle sichtbar an den Mauern Roms gehangen –, aber ich so wenig über sie.

„Glaucia Rufina.“ Cassia erwartete eine Reaktion von mir, doch ich hatte den Namen noch nie gehört. „Ihr Mann Gaius

Petinus war vor ein paar Jahren Konsul, ein sehr reicher Mann. Nach dem Ende seiner Amtszeit ist er in eine Villa in Campania gezogen, um Wein anzubauen. Die Villa ist schön, sie hat Meerblick."

„Dein Vater war der Schreiber von diesem Petinus?"

„Schreiber, Sekretär, Buchhalter." Wie zuvor wurde Cassias Stimme traurig, als sie von ihrem Vater sprach, und sie beugte sich schnell über ihr Essen.

„Tut mir leid." Ich legte meinen Löffel weg und wischte mir den Mund mit einer Serviette ab, die sie ebenfalls erstanden hatte. „Ich hatte einen Freund namens Xerxes. Er war für mich wie der Bruder, den ich nie hatte. Aber er starb in der Arena."

Cassia sah auf, die Lippen leicht geöffnet. „Oh."

„Danach wollte ich eigentlich nicht mehr weiterleben", schloss ich.

„Ja." Das Wort klang leise. „Auch mein Leben hat sich nach dem Tod meines Vaters verändert. Mir war gar nicht klar, wie sehr er mich beschützt hat."

„Man hat dich verkauft?"

Cassias Blick flackerte. „Ja, meine Herrin. Hier in Rom auf dem Sklavenmarkt. Hesiodos hat mich erworben. Ich dachte, ich würde für ihn arbeiten und ihm bei seinen Schreibarbeiten helfen, doch dann sagte er, ich würde gut zu dir passen. Den Grund dafür verstehe ich immer noch nicht."

Ich stellte mir Cassia vor, wie sie ängstlich und allein auf dem Sklavenmarkt stand, mit einem Schild um den Hals, das verkündete, was sie konnte. Vielleicht hatte man sie eine Tunika tragen lassen, oder sie war nur mit einem Lendenschurz bekleidet oder nackt gewesen, damit diejenigen, die eine neue Sklavin suchten, einen Blick darauf werfen konnten, was sie erwarben.

Mein Zorn richtete sich gegen ihre ehemalige Herrin, gegen die Sklavenhändler und sogar gegen ihren Vater, der gestorben war und sie alleingelassen hatte.

Ich leerte meinen Weinbecher, nahm die Flasche und

schenkte nach. Auch Cassias Becher füllte ich erneut. Mit ruhiger Stimme antwortete ich ihr: „Ich auch nicht."

Cassia hob ihren Becher, die Schatten der Demütigung verblassten in ihren Augen. Sie war jetzt bei mir in Sicherheit.

„Dann werden wir es einfach herausfinden müssen", sagte sie.

In dieser Nacht schlief ich tief und fest, ohne den Lärm auf der Straße zu hören, als Fuhrwerke und Karren Waren, darunter auch Wein für den Händler im Erdgeschoss, lieferten. Meine Träume huschten wie Gespenster durch meinen Kopf. In einem erschien Xerxes, der mich von den Elysischen Feldern aus auslachte und sein Weinglas auf mich erhob, wie Cassia es beim Abendessen getan hatte.

Ein Stoß in meine Seite, und Xerxes löste sich in Luft auf, sein Grinsen verschwand.

Ich riss die Augen auf und sah Cassia mit einem dünnen Stock in der Hand. Sie lernte dazu.

Das Haar fiel ihr über die Schulter, eine schwarze Strähne lag auf ihrer hellen Tunika. Ihr Blick war sorgenvoll.

„Hesiodos ist hier", flüsterte sie mit rauer Stimme. „Er sagt, er soll dich zum Palatin bringen. Nero will dich kennenlernen."

KAPITEL 10

Hesiodos wartete auf der Straße. Er warf mir einen ungeduldigen Blick zu, als wir auftauchten. Ich hatte aufstehen und mich anziehen müssen und hatte keine Zeit gehabt, zum Barbier zu laufen, um mich rasieren zu lassen.

Cassia war ordentlich frisiert, hatte ihre Sandalen gebunden und ihren Mantel gekonnt über die makellose Tunika drapiert. Hesiodos hatte deutlich gemacht, sagte sie, dass auch sie geladen sei.

Es war keine Seltenheit, dass ein römischer *princeps* einen Gladiator zu sich bestellte. Nero interessierte sich sehr für Gladiatorenspiele und Wagenrennen, mehr als viele normale Bürger. Früher hatte ich mit anderen Gladiatoren in Neros riesengroßen Gärten Schaukämpfe veranstaltet. Ich hoffte, dass er mich an diesem Morgen nicht dazu auffordern würde, doch wenn er es tat, würde ich ihm gehorchen müssen.

Cassia versuchte ihre Besorgnis zu verbergen, aber sie war nicht zu übersehen. Nero konnte ihr alles befehlen, und sie würde noch weniger eine Wahl haben als ich. Weshalb Hesiodos darauf bestand, dass Cassia uns begleitete, wusste ich nicht. Als ich danach fragte, warf er mir nur einen ausdruckslosen Blick zu und drehte sich um, um uns weiterzuführen.

Wir schritten das Argiletum entlang vorbei an der Curia zum Forum Romanum. Hier bog Hesiodos ab, um an der langen, eleganten Basilica Aemilia vorbeizugehen, unter deren Säulengängen sich Geschäfte befanden, in denen reger Betrieb herrschte, während die Menschen in die Hallen ein- und ausströmten. Vorbei am Tempel der Vestalinnen verließen wir die Sacra Via und stiegen den steilen Weg zum Palatin hinauf.

Mir fiel die Stille auf dem Mons Palatinus auf. Wir ließen das Geschrei und den Gestank der gewöhnlichen Straßen Roms hinter uns und gelangten zu offenen Plätzen und grünen Gärten.

Seit der Herrschaft von Augustus durfte nur noch der *princeps* auf dem Palatin bauen, und so war er zu einem riesigen Komplex für die obersten Herrscher Roms geworden.

Nero bewohnte derzeit das *domus*, das Tiberius begonnen und Gaius während seiner kurzen Regierungszeit erweitert hatte, aber der derzeitige Kaiser hatte mit dem Bau einer Anlage begonnen, die alle Paläste miteinander verbinden sollte, mit Gehwegen und luftigen, lichterfüllten Höfen. Ein Teil des Hügels war für die Terrasse, auf der das Haus stehen sollte, eingeebnet worden. *Domus transitoria* hatte Marcianus es genannt.

Männer arbeiteten dort. Einige wuchteten mit Kränen ähnlich denen, die wir in Ostia gesehen hatten, Steinblöcke herum, andere bauten Holzgerüste, die Gewölbedecken aus Beton stützen sollten, bis sie getrocknet und ausgehärtet waren. Ich schaute in ihre Richtung, und mein Interesse wuchs. Die Normalität der Bauarbeiter, die Blöcke auf die Mauerkronen schoben, die Geräusche von Hämmern und die gerufenen Anweisungen und Fragen milderten meine Besorgnis etwas.

Ein streng dreinblickender Mann empfing Hesiodos und führte uns von den Bauarbeiten weg durch ein Tor in ein großes Atrium.

Die Mosaike unter meinen Füßen zeigten schöne Göttinnen, die Besuchern Teller mit üppigen Speisen darreichten, und Krieger aus alter Zeit, die ihre Muskeln stählten. Der Eingang, der von kunstvoll behauenen Friesen gesäumt war, führte in einen Innenhof mit einem großen Brunnen, der vier Bögen und an jeder Ecke Statuen aufwies.

Wir gingen daran vorbei durch die vom Wasser gekühlte Luft und traten durch einen Säulengang in einen weitläufigen, ruhigen Raum mit einem weiteren Brunnen. Gewölbte Wände ragten über uns empor und ließen das Flüstern von Sandalen auf Marmor widerhallen, während Würdenträger ihre Pflichten erfüllten.

Der Mann mit dem strengen Gesicht bedeutete uns zu warten und verschwand durch einen der Bögen. Hesiodos entfernte sich ein Stück von uns, als wolle er nicht mit einem grobschlächtigen Gladiator und der Frau, die für ihn arbeitete, gesehen werden.

Cassia betrachtete interessiert die Mosaiken und gemeißelten Säulen. Den hohen Marmorbrunnen in der Mitte des Raums zierte eine Nymphe, die Wasser aus einer Urne in eine Schale goss. Cassias Nervosität war fast mit Händen greifbar, aber trotzdem hielt sie inne, um das Kunstwerk zu bewundern.

Der strenge Mann kehrte zurück und winkte uns schweigend zu sich. Statt sich zu uns zu gesellen, blieb Hesiodos zurück und bedeutete uns, den Palastdiener zu begleiten. Cassia und ich gehorchten, und als ich mich nach Hesiodos umdrehte, war er dabei, in Richtung des offenen Hofes zu schlendern.

Cassia und ich tauschten einen angespannten Blick aus, während wir dem anderen Mann schweigend folgten.

Wir stiegen hinter ihm eine kurze Treppe hinauf und gelangten in einen Säulengarten, dessen Wege von Pilastern aus gelbem, grauem und rotem Marmor gesäumt waren. Ein offenes Ende des Gartens bot ein Panorama des westlichen Kamms des Palatins, wahrscheinlich mit Blick auf den Circus Maximus, obwohl ich das von meinem Standort aus nicht erkennen konnte.

Ein junger Mann mit dichten dunklen Locken saß elegant auf einer Bank zwischen zwei Säulen an den Pfeiler hinter ihm gelehnt, einen Fuß auf der Sitzfläche. Er hielt eine Lyra in der Hand, auf der er leise klimperte.

Der Diener, der uns hergeführt hatte, drehte sich wortlos um und ging hinaus. Ich bemerkte Wachen in den Schatten des Ganges, mit Schwertern mit dicken Heften an der Seite, eine davon am Ende des Gartens in der Nähe des Aussichtspunktes.

Der junge Mann auf der Bank begann zu singen.

Das Lied in lateinischer Sprache handelte von einer schönen Frau, die einen Mann liebte, und der Trennung der Liebenden. Es gelang ihnen, denen zu entkommen, die ihnen das Zusammensein verboten hatten, und sie erlebten eine Nacht des Glücks, ehe sie auf tragische Weise starben. Für mich war es eine langweilige und unoriginelle Geschichte, aber Cassia hörte mit leuchtenden Augen zu.

Das Stück endete, und der junge Mann seufzte und legte die Lyra weg. Er erhob sich und streckte sich ausgiebig, ehe er sich herabließ, zu uns zu sprechen.

„Es hat dir gefallen“, sagte er erfreut zu Cassia.

Cassia sank augenblicklich auf die Knie und wandte ihr Gesicht gen Boden. Sie, eine Sklavin, durfte den höchsten Bürger des Reiches nicht ansehen. Ich ließ mich ebenfalls zu Boden fallen, nur falls der *princeps* die Beherrschung verlor und einer der Wachen befahl, mich auf der Stelle zu enthaupten. Mein rechtes Knie pochte, als ich damit auf dem Boden aufkam – es war seit dem Kampf, der mir die Freiheit gebracht hatte, noch nicht ganz verheilt.

„Erhebt euch, Freunde“, befahl Nero. Seine Stimme war melodisch, geschmeidig und tief. „In diesem Raum *sind* wir Freunde. Euch hat mein Lied gefallen.“

Ich half Cassia auf, während Nero wartete. Sie nickte und

richtete die Falten ihres Mantels. „Wunderschön. Wie Limenius."

„Ah, du kennst dich aus. Du bist Griechin, sagt Hesiodos. Von einem Gladiator dürfen wir nicht erwarten, so zu empfinden wie wir."

Ich hielt mein Gesicht ausdruckslos, ganz der dumme Kämpfer, den er in mir vermutete.

„Wie wäre es mit einem weiteren?" Nero nahm seine Lyra wieder auf, setzte sich und begann erneut zu spielen.

Ich zwang mich, nicht ungeduldig von einem Fuß auf den anderen zu treten. Ich hatte das schon einmal ertragen – Nero hatte das Bedürfnis, andere zu unterhalten, ehe man ihn unterhalten durfte. Viele verspotteten ihn dafür, aber natürlich nicht in seiner Gegenwart.

Cassia genoss das Lied, das dieses Mal auf Griechisch war, sodass ich nichts verstand. Ich nahm an, es war gut. Cassia wirkte auf mich nicht wie eine Frau, die unaufrichtig schmeichelte.

„Ausgezeichnet." Sie applaudierte leise, als Nero geendet hatte. Er strahlte sie an, ein breites, echtes Lächeln, erleichtert, dass er jemanden gefunden hatte, der sein Talent zu schätzen wusste.

„Nun, Freunde." Er legte die Lyra beiseite und rieb sich die Hände, als schmerzten sie vom Spielen. „Ihr seid sicher neugierig, warum ich nach euch geschickt habe. Ganz einfach. Ihr habt einen Mann – Decimus Laelius Priscus – auf seinem Weg nach Ostia und zurück bewacht und habt geholfen, seinen Sohn vor Entführern zu retten."

Ich war nicht überrascht, dass die Geschichte den Palatin erreicht hatte. Priscus hatte das Delikt gemeldet, und die sensationelle Geschichte musste inzwischen das Hauptthema bei den Mahlzeiten in ganz Rom sein.

Cassia und ich nickten stumm. Keiner von uns war so töricht, ohne Erlaubnis zu sprechen.

„Ich möchte, dass ihr ihn auch weiterhin beschützt", befahl Nero. „Ich fürchte nämlich um sein Leben. Ein so alter Mann, der sich im Laufe seines Lebens viele Feinde gemacht hat."

Priscus wirkte kräftig für sein Alter. Aber Nero war jünger als ich, und ihm musste Priscus uralt vorkommen.

Cassia hatte mir erzählt, dass Priscus ein Freund von Claudius gewesen war. Nicht alle von Claudius' Anhängern hatten Nero unterstützt – Nero war der Adoptivsohn des Mannes und hatte Britannicus, Claudius' rechtmäßigen Erben, ausgebootet und später ermordet.

Jetzt klang Nero, als hege er Sympathien für Priscus, sei regelrecht besorgt um ihn, was seltsam war. Ich wusste jedoch, dass persönliche Überlegungen manchmal mehr Gewicht hatten als politische. Manchmal ...

„Gebt gut auf ihn acht", fuhr Nero fort. „Priscus darf nichts zustoßen, absolut gar nichts. Ich habe euch rufen lassen, um das zu betonen. Ich hätte euch natürlich auch einfach eine Nachricht schicken können."

Darüber hatte ich mich auch schon gewundert. Ich vermutete, dass Nero uns nicht nur als Publikum für seine Musik wollte oder für eine Ermahnung, die er uns ebenso gut per Boten hätte übermitteln können.

Der Kaiser blickte mich prüfend an. „Ich muss dir gratulieren, Leonidas. Als Gladiator die Freiheit zu erringen ist eine große Leistung. Ich vertraue allerdings darauf, dass du dein Talent von Zeit zu Zeit für mich unter Beweis stellen wirst, wenn ich es verlange."

Ich senkte den Kopf und murmelte: „Gewiss, Herr."

„Nachdem du für mich auf Priscus aufgepasst hast, natürlich. Sieh zu, dass er in den nächsten Tagen sein Haus nicht verlässt."

Ich schaute besorgt auf. „Ist er in Gefahr? Obwohl sein Sohn jetzt in Sicherheit ist?"

Nero warf mir einen Blick zu, der weise wirken sollte, aber er hatte nicht das Gesicht dafür. „In Rom ist man immer in Gefahr.

Das weiß ich aus eigener Erfahrung." Er erschauerte leicht. „Lasst uns nicht darüber sprechen und weiter Musik hören. Leonidas, bitte geh nach Hause. Cassia soll bei mir bleiben. Sie hat ein gutes Ohr."

Mir gefror das Blut in den Adern. Cassia hatte keine Möglichkeit, sich zu wehren. Nero konnte mit ihr machen, was er wollte. Er konnte ihr einfach ein paar Stunden lang seine Lieder auf der Lyra vorspielen, doch er konnte genauso gut beschließen, seine Gelüste an ihr zu stillen, und in dem Fall, wäre sie ihm vollkommen ausgeliefert gewesen. Seine sexuellen Vorlieben sollten ... exotisch sein.

Ich räusperte mich. „Herr, ich brauche Cassia."

Nero hob eine sorgsam gezupfte Braue. „Wozu? Fort mit dir. Ich schicke sie heim, wenn ich mit ihr fertig bin."

Ich warf Cassia einen Blick zu, den sie ausdruckslos erwiderte. Mir blieb nichts anderes übrig, ich musste sie hier zurücklassen. Es fraß mich innerlich auf, durch die Tür zu treten, und ich ging mit langsamen Schritten.

In dem prunkvollen Raum außerhalb des Peristyls hielt ich inne, während die Wachen die Türen hinter mir schlossen und Cassia mit dem *princeps* des Römischen Reiches einsperrten. Ich wartete, bis ich die gezupften Saiten der Lyra hörte und Neros Stimme sich zu einem Lied erhob, ehe ich mich auf den Weg nach draußen machte.

Ich konnte nicht nach Hause gehen. Ein Diener führte mich entschlossen aus dem *domus*, aber ich ließ mich im Vorhof nieder und sagte, ich wolle auf Cassia warten.

Einer der Prätorianer verließ seinen Posten an der Mauer und kam auf mich zu. „Leonidas, der Spartaner", verkündete er.

„Der bin ich."

Der Mann nahm den Helm ab, grinste mich an und wirkte

dadurch sofort deutlich menschlicher. „Ich habe dich häufig siegen sehen. Durch dich habe ich eine Menge Geld gewonnen, muss ich sagen."

„Sehr gut."

Es schreckte ihn nicht ab, dass ich so kurz angebunden antwortete. „Ich bin Severus Tullius. In mir hast du einen Freund auf dem Palatin."

Ich war mir nicht sicher, was er damit meinte, fragte jedoch weder nach, noch widersprach ich. Da ich zum Plaudern zu abgelenkt war, nickte ich ihm lediglich höflich zu.

„Du kriegst deine Sklavin wieder, dafür sorge ich", versicherte er mir freundlich.

„Ich werde warten." Ich lehnte mich an eine aus Steinblöcken bestehende Wand und verschränkte die Arme. Die Blöcke passten genau zusammen. Der junge Mann, der ich einmal gewesen war, wusste genau, wie man so etwas baute.

Tullius hätte mich leicht vertreiben können, aber er grinste nur noch breiter. „Gute Sklavinnen sind rar. Die verliert man nicht gerne."

„Stimmt."

Tullius schienen meine lakonischen Antworten zu gefallen. Er salutierte und schlenderte davon, um seinen Dienst fortzusetzen, wobei er leise lachte.

Die Sonne sank bereits zum Horizont, als Cassia gemächlich an der Außenmauer entlang auf mich zukam. Sie war nicht durch das Haupttor herausgetreten, das ich angestarrt hatte, sondern durch eine Seitentür, die ihr wahrscheinlich irgendwelche Haussklaven gezeigt hatten.

Ich stieß mich von der Mauer ab und ging auf sie zu, was mir einen überraschten Blick einbrachte.

„Ich dachte, du wärst schon daheim", sagte Cassia, als wir den Palatin hinunterwanderten. „Oder würdest dich überzeugen, dass bei Priscus alles in Ordnung ist."

„Nein, ich wollte sicher sein, dass er dich unversehrt ziehen lässt." Ich war erleichtert, als ich sah, dass ihr Mantel so ordentlich drapiert war wie immer und ihr Gesicht gelassen wirkte. „Was ist passiert?"

„Nichts. Er hat mir mehrere seiner Balladen vorgetragen, und wir haben uns darüber unterhalten. Als ihm langweilig wurde, hat er nach einem Sklaven geläutet und mich hinausbringen lassen."

Ich atmete auf. Wir liefen den Hügel hinunter und mieden dabei das Forum Romanum und seine Menschenmassen. Auf dem Weg zum Fuße des Quirinals kamen wir an fliegenden Händlern und Geschäften vorbei, doch als Cassia verweilen wollte, um sich die Waren anzuschauen, zog ich sie weiter.

Erst als wir zu unserer kleinen Wohnung hinaufgestiegen waren und ich die Tür geschlossen hatte, fühlte ich mich wieder ruhiger.

Nach Neros erhabenem *domus* schien die Wohnung winzig und eng, aber das gefiel mir. Ein kleiner Raum, den ich mein Eigen nennen und in dem ich die Welt ausblenden konnte, passte besser zu mir als große Höfe und riesige Brunnen.

Cassia schälte sich aus ihrem Mantel, hängte ihn auf und richtete sich die Tunika an den Schultern. „Falls du dich sorgst, dass Nero verlangt hat, ich ... solle ihm zu Diensten sein, das hat er nicht." Sie räusperte sich, vermutlich weil ihr dieses Gespräch unangenehm war. „Ich glaube, er war froh, ein Publikum zu haben, das nicht mit Ungeduld auf seine Darbietung reagierte, und er ist ziemlich gut."

„Ach, tatsächlich?" Die Erleichterung darüber, wieder zu Hause zu sein und Cassia in Sicherheit zu wissen, machte mich in Kombination mit dem Schock über Florianas Tod und Neros seltsamer Bitte, auf Priscus aufzupassen, wieder schläfrig. Das war bei mir eine häufige Reaktion, wenn ich zu viele Sorgen auf einmal hatte. „Ich fand die Balladen zu lang und langweilig. Die auf Griechisch habe ich überhaupt nicht verstanden."

„Er ist talentiert und hatte gute Lehrer. Ich glaube, er wäre als Musiker sehr viel glücklicher als als *princeps*. Seine Lieder sind komplex, und um sie zu verstehen, braucht es ein geübtes Ohr."

Erschöpft ließ ich mich auf einen Schemel sinken und zog meine Sandalen aus, die voll mit Sand waren. Ich brauchte ein weiteres Bad.

„Hast du denn ein geübtes Ohr?"

„Als ich noch sehr jung war, hat mir meine Herrin einen Lehrer geschickt, damit ich spielen und die Familie unterhalten konnte. Das hat die Kosten für Musiker gespart. Er hat mir nicht nur das Spielen beigebracht, sondern mir auch Unterricht in Musikgeschichte und -theorie gegeben. Pythagoras, Aristoteles und so. Ich fand das spannend."

Bei ihren Worten kam ich mir vor wie ein Straßenköter, den man mit einem reinrassigen Jagdhund oder einer geschmeidigen exotischen Katze in einen Zwinger gesteckt hatte. Ich fragte mich, ob unser Gönner, wer auch immer er sein mochte, dies geplant hatte und sich darüber amüsierte.

STATT ZU BADEN ODER ZU SCHLAFEN, BEGAB ICH MICH MIT Cassia auf den Esquilin, um nach Priscus zu sehen. Er sei zu Hause, informierte uns Celnus, der nach draußen kam, um mit uns zu sprechen, und kümmere sich um Decimus. Weder Vater noch Sohn hatten seit unserer Rückkehr aus Ostia die Villa verlassen.

Celnus weigerte sich, uns einzulassen, doch er stimmte mit uns überein, dass Priscus und Decimus daheim in Sicherheit bleiben sollten. Priscus wollte Decimus' Leben nicht ein weiteres Mal aufs Spiel setzen, sagte Celnus, und behalte seinen Sohn deshalb nahe bei sich.

Wenn ich nicht mit Gewalt eindringen wollte, musste ich mich damit zufriedengeben. Ich forderte Celnus auf, sie auf keinen Fall aus dem Haus zu lassen oder mich zu ihrer Bewachung zu holen, falls sie darauf bestehen sollten. Celnus antwortete, indem er die Lippen schürzte, aber ich sah, dass er besorgt genug war, um meiner Aufforderung vermutlich nachzukommen.

Kaum wieder in unserer Wohnung angelangt, übermannte mich die Müdigkeit, und ich suchte mein Bett auf. Als ich mich hinlegte, bemerkte ich, dass mein Lager bequemer geworden war. Ich hatte eine wärmere Decke, ein Kopfkissen und ein Tischchen, auf dem ich einen Becher Wein abstellen konnte.

Ein ängstlicher Schrei Cassias riss mich aus tiefem Schlaf.

Ich kam von meiner Pritsche hoch, als sich gerade ein Eindringling durch die Tür hereindrängte, und packte ihn ohne viel Federlesens am Hals. Er erwischte mich mit einem Kurzschwert an den Rippen – nur ein Kratzer, der jedoch brannte.

Im nächsten Augenblick krachte er gegen die Wand, und ich presste ihm die Spitze meines Schwerts an die Kehle.

KAPITEL 11

„Lass mich los!“, schrie der Mann entsetzt auf. „Ich erfülle nur meine Pflicht.“

„Als Attentäter?“, verlangte ich zu wissen.

Er riss die dunklen Augen weit auf. „Nein! Ich überprüfe, ob es brennt.“

Endlich wachte ich vollends auf. Der junge Mann in meinem Griff war kein thrakischer Gladiator, der mir ein Schwert ins Herz rammen wollte, und auch kein *provocator*, der mit mir auf Leben und Tod kämpfte.

Er war einer der *vigiles*, die nachts in Rom unterwegs waren, um nach Bränden Ausschau zu halten, die immer eine große Gefahr darstellten. Sie nutzten ihre Befugnisse, um in Häuser einzudringen, so wie er offenbar in meins.

„Hier gibt es kein Feuer“, erklärte ich mit harscher Stimme. Die einzige Flamme war die einer Öllampe, die Cassia gerade entzündet hatte.

Der *vigil* schluckte. „Na ja, ich habe einen Lichtschein bemerkt und dachte, ich überprüfe das lieber mal. Also habe ich den Weinhändler unten dazu gebracht, mir die Tür zu öffnen.“

„Aha. Und dann nachgesehen und festgestellt, dass alles in Ordnung ist.“

„Ja.“

Ich ließ ihn los und musterte ihn eingehend. „Du warst bei Floriana. Vor ihrem Haus, als sie krank war.“

Der junge Mann zuckte zusammen und erbleichte. „Ja und? Das liegt in meinem Bezirk.“

Ein großer Bezirk, wenn er sich von der Subura bis zu den unteren Hängen des Quirinals erstreckte. Allerdings wusste ich nicht genau, wie die *vigiles* ihre Einsatzbereiche aufteilten, also sagte er möglicherweise die Wahrheit. Trotzdem blieb ich skeptisch.

Ich schüttelte ihn. „Ich habe dich am Vormittag gesehen.“

„Da war ich auf dem Heimweg. Ich war nur einer von vielen Schaulustigen.“

Seine Stimme klang trotzig, doch seine Furcht war echt. Ich war nicht sicher, ob sie Schuldgefühlen wegen der Vergiftung von Floriana und ihrem Tod entsprang oder der Tatsache, dass ihn ein großer Mann an der Kehle gepackt hatte.

Ich lockerte meinen Griff und ließ zu, dass seine Füße den Boden berührten, aber ich behielt das Schwert in der Hand und schob ihn in Richtung der offenen Tür.

„Wenn wir einen Brand befürchten, werden wir dich rufen.“

Am Kopf der Treppe ließ ich ihn los. Er stolperte, fand dann sein Gleichgewicht wieder und hastete nach unten.

„Warte.“

Er erwiderte meinen Blick besorgt. Ich reichte ihm das Schwert mit dem Heft voran.

Der *vigil* nahm es entgegen. Ich sah, dass er mit dem Gedanken spielte, mich damit anzugreifen, und dann beschloss, dass es besser war, das Weite zu suchen. Er eilte die Treppe hinunter, seine Stiefel laut auf den Holzdielen, dann war er weg. Die Außentür schlug zu, und ein Luftzug wehte die Treppe herauf.

Ich öffnete einen Balkonladen und trat hinaus in die kalte Nacht. Die Gasse war still, außer den sich schnell entfernenden Schritten des *vigils* war kein Geräusch zu hören. Auf dem nahe gelegenen Vicus Longus ratterten Wagen vorbei, doch unsere Straße lag verlassen da.

„Er hat hier nie im Leben Licht gesehen." Cassia trat neben mich. „Ich habe es schon vor Stunden gelöscht."

Ich nickte grimmig. „Er war hier, um herauszufinden, was wir tun."

„Aus Neugier?" Cassia ließ die Frage im Raum stehen.

„Vielleicht." Ich fuhr mir mit der Hand über den Kopf. „Morgen werde ich noch einmal Priscus aufsuchen." Ich ging zurück nach drinnen und schloss den Balkonladen wieder, nachdem Cassia mir gefolgt war.

„Gut." Sie nickte zustimmend. „Ich mache mir Sorgen um ihn. Priscus ist für einen *pater familias* ein sehr netter Mann. Wenn auch nicht besonders ... scharfsinnig."

„Ich mag ihn", sagte ich.

„Ja, ich auch. Die Sklaven haben mir auf der Rückreise erzählt, dass niemand weiß, wer hinter Decimus' Entführung steckt, auch nicht er selbst, und was der Grund dafür war. Man nimmt an, die Matrosen seien arbeitslose Söldner gewesen, die jemand angeheuert hat, um ihn zu entführen. Falls Priscus eine Ahnung hat, wer das war, verrät er es nicht."

„Hat er Angst, dass jemand es erneut versucht, wenn er Namen nennt?" Ich schloss den letzten Laden. Unsere winzige Lampe in Form einer Frau, die eine Schale in der Hand hielt, flackerte in der Dunkelheit, und das Licht fiel auf Cassias Gesicht.

„Möglich", meinte sie. „Ich frage mich, warum er Decimus nicht in eine Villa aufs Land geschafft hat, wo seine Wachen auf ihn aufpassen können. Priscus hat eigentlich wenig Grund, in Rom zu bleiben. Er hat Verwalter, die sich um den Nachlass seiner verstorbenen Frau kümmern. Ich denke, er würde sich auf einem Landgut mit großem Garten deutlich wohler fühlen."

Wenn ich eine eigene Villa besäße, hätte ich jeden Tag in der Sonne gesessen oder wäre auf schattigen Wegen spazieren gegangen und hätte gelernt, wie man gärtnerte. Ich hätte Cassia mitgenommen, und sie hätte ihre komplexen alten Balladen neben einem plätschernden Brunnen singen können.

Diese Vorstellung fand ich überaus verlockend, doch völlig unmöglich für einen Freigelassenen und eine Sklavin, die zusätzliche Decken für die Betten als Luxus ansahen.

Ich legte mich in dieses Bett, nachdem ich die Tür wieder verriegelt und „Gute Nacht" gemurmelt hatte, und träumte von einem abgeschiedenen Zuhause, wo mich außer den Vögeln niemand anstarrte.

DIE TRÄUME BLIEBEN AUS, MICH UMGAB NUR DUNKELHEIT. AM Morgen wurde ich von einer dröhnenden Stimme auf der Treppe geweckt. Cassia zog sich eilig auf den Balkon zurück, als ein großer Mann durch die Tür gestürmt kam. Zwar hatte ich sie verschlossen, nachdem der *vigil* gegangen war, aber der Holzriegel war zu schwach. Ich würde ihn ersetzen müssen.

„Leonidas!"

Der Schrei erfüllte den Raum. Früher einmal hätte ich aus voller Kehle „Regulus!" erwidert, doch er klang unfreundlich. Es war noch früh, vielleicht die zweite Stunde, und von der schmalen Straße draußen drang kaum Sonnenlicht herein.

Ich erhob mich von meiner Pritsche, zog meine Tunika an und schlüpfte in meine Sandalen, die vor dem Bett auf mich warteten.

Schweigend trat ich ihm aus der Nische entgegen. Regulus hatte gedroht, er würde mich umbringen, und vielleicht war er gekommen, um genau das zu versuchen.

Regulus war aus Latium und ein bisschen kleiner als ich. Sein dunkles Haar war kurz geschoren, seine braunen Augen waren hart und durchdringend.

„Das also ist die große Freiheit." Er sah sich in dem kleinen Raum um, und sein Blick blieb an dem hellen Fleck hängen, den die vom Balkon hereinfallende Sonne auf den Boden malte. „Auch nicht viel größer als meine Zelle."

Die früher einmal die meine gewesen war.

„Mir reicht es."

„Ja, Leonidas war immer zufrieden mit dem, was er hatte, und wollte niemals mehr. Er war bereit, in der Arena zu sterben. Genau wie ich. Weißt du noch?"

Er schien mich mit den Augen durchbohren zu wollen. Regulus und ich waren Freunde gewesen, keine so engen wie Xerxes und ich, aber nach dessen Tod hatte ich Trost im Geplänkel mit Regulus gefunden. Wir hatten Triumphe geteilt, zusammen getrunken, einander Geschichten erzählt und gelacht.

Nichts von alldem sah ich in dem Mann, der mir gegenüberstand und seine Wut hinter einer Mauer aus Verachtung versteckte.

„Jetzt bist du die Nummer eins, Regulus", sagte ich. „Bleib am Leben und erringe deine Freiheit."

„Nicht, wenn Freiheit das bedeutet." Regulus ließ den Blick durch den kargen Raum schweifen, die Hocker am Tisch, die Kleider an den Haken, die hölzerne *rudis* auf ihrem Regal. „Ich dachte, du hättest mindestens siebzehn Frauen hier drin. Wo sind sie?"

Er schaute unter den Tisch, als erwarte er, dass sich dort eine Gruppe spärlich bekleideter Tänzerinnen versteckte.

„Ich ziehe Lucia vor. Aber sie hat Rom überstürzt verlassen müssen."

„Hm." Regulus richtete die Augen auf mich, der Ausdruck darin war zu wissend. „Nach Florianas brutaler Ermordung. Manche behaupten, das warst du."

Ich sah ihn überrascht an. „Warum bitte sollte ich Floriana töten?“

„Jeder weiß, dass du ihr Geld geschuldet hast und nicht bezahlen konntest. Der arrogante *primus palus,* von einer Puffmutter abgewiesen. Du warst im *lupanar*, als sie krank wurde. Als sie nicht gestorben ist, hast du eine direktere Methode gewählt.“

Meine Beunruhigung schlug in Gereiztheit um. „Ich habe Marcianus geholt, um ihr zu helfen. Warum hätte ich das tun sollen, wenn ich ihren Tod wollte?“

Regulus zuckte die Achseln. „Ein Ablenkungsmanöver. Du konntest nicht wissen, ob Marcianus sie retten kann. Du hättest hoffen können, dass das Gift zu stark oder schon zu lange in ihrem Körper wäre.“

„Ich war zum Zeitpunkt ihrer Ermordung gar nicht in Rom“, erklärte ich, „sondern in Ostia.“

„Wie willst du das bitte beweisen? Sie wurde vor etwa acht Tagen im Morgennebel getötet. Die Leiche wurde erst gefunden, als sich der Nebel lichtete.“

Der hölzerne Fensterladen klappte auf, und Cassia trat vom Balkon herein.

Regulus erschrak, dann grinste er. „Siehst du? Ich wusste, dass irgendwo Frauen sein müssen.“

Wenn er Cassia für eine Bordellsklavin hielt, wurde er enttäuscht. Sie glich eher einer *domina*, das Haar ordentlich geflochten, das Kleid bescheiden, so wenig Haut wie möglich entblößend.

Cassia öffnete eine große Holzkiste und entnahm ihr einen Stapel Tafeln und mehrere Schriftrollen. Sie klappte die erste Tafel auf und überflog den Text darauf.

„Leonidas hat Rom vor sieben Tagen zur ersten Stunde verlassen.“ Sie zeigte auf eine Textzeile, die sie geschrieben hatte, und berührte dann eine Papyrusrolle. „Ich habe hier den Vertrag zwischen ihm und einem Senator im Ruhestand, den er nach Ostia begleiten sollte. Leonidas hat dieses Haus noch vor der ersten Stunde verlassen und sich direkt zu den Toren begeben, wo er den Senator getroffen hat. Von dieser Stunde an haben weder ich noch der Senator oder dessen Sklaven ihn aus den Augen gelassen. Vier Tage danach sind wir nach Rom zurückgekehrt."

Regulus hörte mit halb offenem Mund zu, sein verdatterter Gesichtsausdruck war fast schon komisch. „Wer ist die Frau?", fragte er. „Dein Rechtsbeistand?"

„Das ist Cassia. Sie führt für mich Buch."

„Sie führt Buch?" Regulus starrte mich entgeistert an. „Warum bitte hast du dir eine Sklavin gekauft, die Buch führt? Ich fürchte, du hast den Verstand verloren, alter Freund. Kein Wunder, dass du dich in der Arena geweigert hast, mich zu töten. Die Götter haben dir den Verstand geraubt. Wahrscheinlich sollte ich Mitleid mit dir haben."

Ich wollte ihm das nicht erklären. Die Geschichte von einem anonymen Gönner, der mir Cassia und diese Wohnung überlassen, aber kein Geld zur Verfügung gestellt hatte, hätte so verrückt geklungen, wie Regulus mich einschätzte. Sollte er doch spekulieren.

Er schenkte mir ein Lächeln, das an unsere alte Freundschaft erinnerte. „Oder schlägst du zwei Fliegen mit einer Klappe? Eine Frau, die sowohl über die Ausgaben Buch führt als auch dein Bett wärmt?"

Regulus wirbelte herum und ging zu Cassia. Er musterte sie von Kopf bis Fuß, dann zog er sie jäh an sich und legte ihr eine große Hand auf die Brust.

Im nächsten Moment hing er in meinem Griff, mein Holzschwert gegen seine Rippen gepresst. Es war die erstbeste Waffe gewesen, aber wenn ich hart genug zustieß, konnte ich ihn bis auf die Knochen durchbohren.

Regulus starrte mich ungläubig an, dann kehrte seine Wut zurück. „Mach schon. Tu es, Leonidas. Töte mich, wie ich es von dir verlangt habe." Seine Verachtung war unüberhörbar. „In der

Arena wäre es gnädig gewesen. Man hätte dich für deinen Sieg gefeiert. Jetzt wird man es Mord nennen.“ Sein Gesicht kam meinem ganz nahe. „Dafür wird man dich hinrichten. In Stücke reißen.“

Der Zorn in mir drängte mich zuzustoßen. Regulus mochte einst mein Freund gewesen sein, doch ich sah, dass er ein gefährlicher Feind sein konnte. Die Freundschaft zu mir hatte den Funken der Grausamkeit verborgen, den ich jetzt in ihm entdeckte und der für diejenigen, gegen die er kämpfte, den Tod bedeutete.

Ich zog das Schwert zurück und stieß ihn gleichzeitig von mir. „Raus.“

Regulus’ Lippen kräuselten sich. Er warf Cassia einen finsteren Blick zu, dann wich er vor mir zurück, ohne mich aus den Augen zu lassen, bis er sich schließlich umdrehte und zur Tür hinaus und die Treppe hinunter hastete.

Es befriedigte mich, dass ich Angst in ihm erkannt hatte, weil es mir bestätigte, dass ich ihn in einem Kampf immer noch schlagen konnte.

Cassia atmete tief durch, während ich ihr auf der anderen Seite des Tisches gegenüberstand, hinter den sie sich geflüchtet hatte. Die *rudis* drückte sich erneut in meine Handfläche.

Es war das zweite Mal, dass ich Cassia vor einem Angreifer gerettet hatte, und ich bereute keins der beiden Ereignisse. Sie war mein Eigentum, es war meine Pflicht, sie zu verteidigen. Sie war mein gesamter Haushalt, und ich als dessen Oberhaupt beschützte sie.

Ihre Finger zitterten, als sie die Tafeln zuklappte und sie zusammen mit den Schriftrollen wieder in die Holzkiste legte. „Vielleicht sollten wir herausfinden, was mit Floriana geschehen ist. Für den Fall, dass noch andere dich beschuldigen wollen.“

„Du hast doch aufgeschrieben, dass ich es nicht getan habe.“ Ich deutete auf die Schatulle. Zunächst hatte ich nicht verstanden, was sie meinte, als sie gesagt hatte, sie würde

Aufzeichnungen führen, jetzt bewunderte ich allerdings ihre Effizienz.

„Ja, nur ist das Wort einer Sklavin vor Gericht nichts wert. Priscus müsste schwören, dass du bei ihm warst, aber wir können ihn nicht dazu zwingen. Er ist ein ehemaliger Senator und ein reicher Mann, und wir haben keine Macht über ihn."

Priscus, ein Mann, der sich als gütig erwiesen hatte, würde vielleicht für mich sprechen, doch im Moment war er mit seinem Sohn beschäftigt und selbst in Gefahr, wenn man Nero glauben konnte.

Meine Sorge wuchs wieder. Wenn Regulus anderen von seinem Verdacht erzählte, konnte es gut sein, dass man mich wegen des Mordes an Floriana verhaftete. Warum nicht den Gladiator im Ruhestand nehmen, der ihr Geld geschuldet hatte und dabei gewesen war, als sie vergiftet wurde? Das wäre einfacher, als einen Mörder zu jagen, der höchstwahrscheinlich schon vor Tagen aus der Stadt geflohen war.

Sie würden mich zurück in den *ludus* schicken, wo ich erneut um mein Leben kämpfen müsste, wenn man mich nicht einfach hinrichtete.

„Wie kann ich beweisen, wer Floriana getötet hat?", fragte ich. „Ich war nicht dabei. Lucia weiß es, aber sie ist aus der Stadt geflohen." Ich erinnerte mich, wie viel Angst sie gehabt hatte, weil sie befürchtete, der Mörder könnte auch hinter ihr her sein.

„Sie *könnte* es wissen." Cassia hatte ihren Korb geholt und legte sich nun ihren Mantel um, um uns Frühstück zu besorgen. „Sie könnte Floriana das Gift auch selbst verabreicht haben, aus welchem Grund auch immer. Du schläfst sehr fest. Du hättest sie nicht aufstehen hören." Ihre Wangen röteten sich, als sie dies sagte, weil sie über diesen Aspekt des Lebens nicht gerne sprach.

Ich zwang mich, die *rudis* wieder ins Regal zu legen. „Ja, sie könnte Floriana vergiftet haben, doch ich weiß nicht, warum sie das hätte tun sollen. Floriana hat alle Einnahmen unter ihren Frauen aufgeteilt und sie beschützt."

„Es gibt vielleicht keinen erkennbaren Grund“, sagte Cassia. „Also müssen wir eine andere mögliche Erklärung finden – wenn es eine gibt. Wir müssen herausbekommen, wer Floriana ermordet hat, und die Informationen an jemanden weitergeben, der uns helfen kann. Priscus oder Nonus Marcianus, der *medicus*. Er scheint aufrichtig und klug zu sein.“

Ich stimmte ihr zu. Marcianus war ein angesehener Bürger, selbst wenn er sich dazu herabließ, Gladiatoren zu behandeln. Er tat dies nicht nur, weil Aemil gut bezahlte, sondern weil er, wie er sagte, durch das häufige Zusammenflicken von Verletzten viel über den Körper lernte und darüber, wie man ihn heilen konnte.

Danach verließ Cassia das Haus und ließ mich schmoren. Bald darauf brachte sie Brot und Käse, Rosinen und Feigen mit nach Hause. Mit dem Jahresende war es kälter geworden, und jetzt regnete es. Die ersten Tropfen trommelten auf den Balkon, als Cassia zurückkam, und wurden zu einem Wolkenbruch, während wir aßen. Kalter Wind pfiff durch die Fensterläden in unser ungeheiztes Zimmer.

Ich beendete meine Mahlzeit schnell und machte mich bereit auszugehen, denn meine Sorgen und die Kälte zwangen mich, mich zu bewegen.

„Wie kann ich erfahren, was an einem Tag passiert ist, an dem ich nicht in Rom war?“, fragte ich. Ich hatte mir eine saubere Tunika übergestreift, während Cassia einkaufen gewesen war, und jetzt zog ich wegen des Regens die Stiefel an, die sie am Vortag besorgt hatte. Ich steckte mir ein Messer in den Gürtel, das ich nicht griffbereit gehabt hatte, als Regulus hereingestürmt war. Das war ein Fehler gewesen.

Cassia räumte bereits den Tisch ab. „Geh zu Florianas Haus. Frag ihre Nachbarn nach ungewöhnlichen Besuchern oder Personen, die sie möglicherweise bedroht haben. Finde heraus, wo genau man sie umgebracht hat, und such dann nach Augenzeugen.“

„In Rom?“ Ich lachte auf. „Wer hier etwas beobachtet, wird

plötzlich blind und taub. Niemand will vor Gericht erscheinen oder selbst als Mörder abgestempelt werden."

„Dann müssen wir eben subtil fragen."

„Ich bin Gladiator, kein Ermittler. Subtilität ist nicht gerade meine starke Seite."

Cassia musterte mich prüfend. „Ich denke, du kannst das besser, als du glaubst. Du musst in einem Kampf viele Entscheidungen treffen, oder? Ich habe dich jetzt ein paar Mal kämpfen sehen, wenn auch bloß in Handgemengen, aber du schlägst nicht einfach um dich. Du berechnest deine Aktionen genau und greifst an, um zu gewinnen."

Natürlich tat ich das – darauf war ich trainiert.

„Ermittler tun das Gleiche", fuhr Cassia fort. „Nur verbal."

„Ich kenne die erforderlichen Worte nicht. Es sei denn, du meinst, ich soll Zeugen schütteln, bis sie mir sagen, was ich wissen will."

Das war eigentlich scherzhaft gemeint gewesen, doch Cassia dachte tatsächlich über meinen Vorschlag nach, bevor sie ihn verwarf. „Lieber nicht. Die Menschen würden alles beteuern, damit du aufhörst. Unterhalte dich mit den Leuten, als ob du nur plaudern wolltest. Merk dir alles, was jemand erzählt, und gib es mir dann genau weiter."

Sie musste verrückt sein, aber sie betrachtete mich voller Ernsthaftigkeit.

Den Mantel, den Cassia mir hinhielt, lehnte ich ab. Er würde mich behindern, und der Regen würde meinen Körper säubern, bis ich die Bäder aufsuchen konnte.

Während Cassia ihre Tafeln sortierte, lief ich die Treppe hinunter auf die Straße. Ich würde tun, was sie vorgeschlagen hatte – zu Florianas Bordell gehen und dann ein weiteres Mal nach Priscus sehen. Sein Haus hatte hoffentlich bessere Türschlösser als meins.

Der Regen hatte nachgelassen, doch es schüttete immer noch so heftig, dass die meisten Menschen drinnen blieben oder von Gebäude zu Gebäude huschten. Die Straßen waren wie reißende Flüsse, und das gewölbte Pflaster leitete das Wasser in die Rinnsteine, die in die Kanalisation unter unseren Füßen mündeten.

Ich überquerte die Straßen auf Steinen, die zu diesem Zweck höher aufragten, und musste mich dazu in eine Schlange von Fußgängern einreihen. Es gab nicht viele Übergänge, und wir mussten uns anstellen.

In der Subura herrschte nach wie vor rege Betriebsamkeit, ihre Bewohner hatten nicht den Luxus, zu warten, bis der Regen aufhörte. Sie arbeiteten oder litten Hunger.

Die Tür zu Florianas *lupanar* stand offen. Ich zog den Kopf ein und ging hinein, froh, dass mir der Regen nun nicht mehr auf den Kopf prasselte, und wartete, bis sich meine Augen an die Dämmerung gewöhnt hatten.

In der Luft lag ein modriger Geruch. Die Fensterläden waren geschlossen, und es roch zusätzlich nach verbranntem Öl und nicht entleerten Fäkalieneimern.

Ich hörte ein Geräusch auf der Rückseite des Hauses. Nicht von einem Tier oder einem eingesperrten Vogel – ein Mensch hatte dieses Geräusch verursacht. Es hatte geklungen wie das Schlagen einer Faust gegen eine Wand.

Vorsichtig schlich ich den Flur entlang, die Finger um das Messer gelegt, das ich in meiner Gürteltasche verstaut hatte. Ich sprang geräuschlos in den letzten Raum, den von Floriana, das Messer kampfbereit.

Ein kleiner Mann mit dunklem, grau meliertem Haar und einer Toga, die er nachlässig um den Körper gewickelt trug, drehte sich um und schrie erschreckt auf.

KAPITEL 12

Ich senkte das Messer und starrte den mir völlig unbekannten Mann an.

Er richtete sich die Toga und schaute hektisch an mir vorbei, als wäge er ab, ob er an mir vorbei zur Tür und ins Freie entkommen könnte. In der linken Hand, die halb in der Toga verheddert war, hielt er eine Schnur, an der ein Bleigewicht befestigt war. Ein winziges Ding, keine potenzielle Waffe.

„Wer bist du?“, verlangte ich zu wissen.

„Dasselbe könnte ich dich fragen, junger Mann!“ Er musterte mich von Kopf bis Fuß, ohne mich zu erkennen. „Du bist hier der Eindringling.“

„Ich bin Leonidas.“ Warum hätte ich ihn belügen sollen? „Ich war ein ... Freund von Floriana.“

„Du meinst einer ihrer Kunden.“ Trotz seiner Angst funkelten seine Augen wissend. „Genauer gesagt, einer ihrer früheren Kunden. Jemand hat die arme Frau brutal ermordet.“

„Ich weiß. Genau diese Person versuche ich dingfest zu machen.“

Mir war klar, dass Cassia ob meiner Offenheit enttäuscht

gewesen wäre, aber ich hatte sie gewarnt, dass ich nicht subtil war.

Der Mann hob seine buschigen Augenbrauen. „Ach ja? Na dann viel Glück. Wahrscheinlich war es ein Raubüberfall. Des Nachts oder im Morgennebel ist niemand auf den Straßen sicher."

Ich zeigte auf das Bleigewicht in seiner Hand. „Das ist ein Senklot."

Seine Überraschung wuchs noch. „In der Tat. Bist du Baumeister? Du siehst mehr aus wie ein Gladiator."

„Gehst du nie in die Arena?"

Er zuckte die Achseln. „Das ist mir zu brutal. Mir ist klar, dass mich das verweichlicht wirken lässt, aber ich erfinde Ausreden, wenn meine Freunde mich drängen, sie zu begleiten. Ich bevorzuge Gebäude. Sie sind auf ihre Art auch gefährlich, doch wenn man richtig mit ihnen umgeht, sind sie absolut friedlich."

Ich nickte. „Misst du das Haus aus?"

„Ja. Ich bin *architectus*. Gnaeus Gallus. Vielleicht hast du schon von mir gehört?" Er schaute mich hoffnungsvoll an.

„Nein."

Gallus' Miene verriet seine Enttäuschung. „Nun ja. Ich strebe nach Ruhm, aber ich bin noch kein Vitruvius. Vielleicht würde ich mir einen Namen machen, wenn ich an großen öffentlichen Gebäuden arbeiten würde und nicht an früheren *lupanaria* in der Subura. Doch es sind das Mauerwerk und der Mörtel unter dem Marmor, die die Gebäude zum Klingen bringen."

„Ich weiß." Ich fuhr mit der Hand über die Ziegel, die sich unter den abblätternden Wandmalereien abzeichneten. „Ich habe früher mal für einen Baumeister gearbeitet."

Gallus musterte mich skeptisch. „Als Steinhauer? Stark genug scheinst du zu sein."

„Nein, als Lehrling." Das war so lange her, dass ich jene Tage in der endlosen Abfolge von Training, Schlafen, Kämpfen und Überleben fast vergessen hatte.

Ich erinnerte mich an die klangvolle Stimme meines Meisters, mit der er mir erklärt hatte, wie man Bolzen einfügt und Blöcke präzise einpasst und dass die Griechen die Stufen des Parthenon mit einer leichten Wölbung versehen hatten, sodass das gesamte Bauwerk dem Auge gerade erschien. Wie man Wände mit einer Lippe an der Oberseite entwarf, die eine hölzerne Deckenkonstruktion tragen konnten, sodass man den Korridor auch benutzen konnte, während der Beton für das darüber liegende Tonnengewölbe gegossen wurde.

Lange verschüttete Erinnerungen kehrten schnell zu mir zurück. Nach meiner Verhaftung hatte ich alles getan, um sie zu verdrängen. Die Erinnerungen an glücklichere Tage hätten meine Zeit in dem dunklen Gefängnis nur noch schrecklicher gemacht.

„Faszinierend", sagte Gallus und holte mich damit ins Hier und Jetzt zurück. „Dann wirst du verstehen, was für ein Chaos dieses Haus ist." Er hob das Senklot in eine Ecke und schnitt eine Grimasse, als es schief ausschwang. „Ich inspiziere das Haus, um zu sehen, was man damit anstellen kann."

„Warum?", fragte ich verblüfft.

„Weil man mich damit beauftragt hat. Wenn du schon im Weg herumstehst, steckst du dann bitte dein Messer weg und trägst ein paar Dinge für mich? Der Junge, der mir normalerweise assistiert, ist heute krank."

Gallus bückte sich in eine Ecke, hob eine Kiste auf, die Werkzeuge, ein Lineal und Wachstafeln enthielt, wie sie Cassia benutzte, und hielt sie mir hin.

„Ich meine, warum bist du persönlich hier?", hakte ich nach, ohne Anstalten zu machen, sie entgegenzunehmen. „Warum hast du nicht deine Lehrlinge oder Arbeiter geschickt?" *Architecti* waren normalerweise nicht geneigt, sich selbst die Hände schmutzig zu machen.

„Weil ich mir Häuser gerne selbst anschaue. Ich muss sehen, was für Schwingungen davon ausgehen." Gallus drückte die

Hand an die Wand, sein Daumen landete neben einem obszönen Gemälde, das zwei Frauen bei der Fellatio eines Mannes zeigte. Gallus schien es nicht zu merken. „Diese Wand jammert ein wenig vor sich hin. Wenn wir sie nicht einreißen wollen, werden wir sie abstützen müssen."

Ich steckte mein Messer weg und nahm die Kiste, die für ihre Größe schwer war. „Hat jemand das Haus geerbt?" Ich war nicht sicher, wem das Gebäude gehörte, Floriana oder ihrem Mann in Etrurien, oder ob Floriana es gemietet und für den Besitzer oder Mieter gearbeitet hatte. Ich wusste so vieles nicht.

„Jemand hat es erworben. Er hatte schon lange ein Auge darauf geworfen. Scheint eine hervorragende Lage für Läden zu sein. Eines Tages wird das Glück mir hold sein, und ich werde den Auftrag bekommen, einen richtigen Tempel zu errichten. Mein Meisterstück aus behauenem Marmor."

„Hast du nicht gerade gesagt, das Mauerwerk und der Mörtel seien wichtig?"

„Ha. Du bist ganz schön vorlaut, was? Man kann sich doch trotzdem einen Namen machen wollen, und Tempel und öffentliche Gebäude sind das Mittel dazu." Er seufzte. „Ich nehme an, ich werde mich wohl mit Gnaeus Gallus, Ladenbauer, bescheiden müssen."

„Wer hat das Haus gekauft?", fragte ich. Das würde Cassia interessieren.

„Der neue Besitzer heißt Sextus Livius. Ich habe ihn bisher nicht getroffen, er hat nur über seinen Schreiber mit mir kommuniziert."

Ich hatte noch nie von dem Mann gehört, aber ich merkte mir den Namen.

In Gallus' Schlepptau wanderte ich von Raum zu Raum, während er die Wände begutachtete, die Risse in der Decke studierte und missbilligend mit der Zunge schnalzte. Die Stille, die hier im Moment herrschte, war irritierend. Ich war an Lachen gewöhnt, an echte oder vorgetäuschte Lustschreie, an

Stimmen, die sich stritten, scherzten oder sich einfach unterhielten.

Das Haus war leer, das Bettzeug weg, alles Hab und Gut verschwunden. Jemand hatte es Hals über Kopf geräumt. Ich dachte an Lucia, die verängstigt und mit wenig Gepäck aus der Stadt geflohen war. Was war mit Florianas Besitztümern und ihrem Geld geschehen?

Diese Fragen gingen mir durch den Kopf, während ich Gallus folgte. Die Kiste zu tragen und dem *architectus* dabei zuzusehen, wie er die Stabilität eines Türrahmens prüfte oder Risse in der Decke untersuchte, transportierte mich in eine längst vergessene Zeit zurück. Ich war wieder ein junger Mann und hörte meinen Meister knurren: „Gib mir das Richtscheit, und zwar schnell."

Er war ungeduldig, schroff, hart und brillant gewesen. Jetzt war er tot, begraben unter einem seiner Werke, und mich hatte man dafür zu den Spielen verurteilt.

Gallus beendete seinen Rundgang durch Florianas Haus und schaute von der Eingangstür aus den Flur entlang. „Es gibt viel zu tun, doch das ist alles machbar. Livius möchte vielleicht das ganze Haus abreißen, aber ich denke, die Wände sind in Ordnung."

Ich sah das genauso. Wenn man die Balken verstärkte, war auch das Dach zu retten.

„Danke für deine Unterstützung, Leonidas." Gallus nahm die Kiste aus meinen großen Händen. „Hatte ich recht damit, dass du Gladiator bist?"

„Ich war zumindest einer."

„Ah. Was machst du jetzt, wo du nicht mehr anderen Gladiatoren den Schädel einschlagen kannst?"

„Leibwächter", sagte ich sofort.

„Schade. Wenn dich ein Baumeister ausgebildet hat, habe ich vielleicht Arbeit für dich, je nachdem, was du bei ihm gelernt hast. Du hast mir heute gut geholfen, und du kennst dich in unserem Metier aus. Denk einmal darüber nach."

Ich konnte ihn bloß anstarren. Da war kein Falsch in Gallus' Blick, und er hatte den Vorschlag in einem beiläufigen Ton gemacht. Nur wenige redeten mit mir so wie er, über gewöhnliche Dinge, über Dinge aus dem Bauhandwerk. Wir waren ganz natürlich ins Gespräch gekommen, als er mich nach meiner Meinung über die Lotrechtheit einer Wand oder über Risse im Boden gefragt hatte.

Vielleicht wollte er nur, dass ich einfache Handlangerdienste für ihn verrichtete, doch der Gedanke, wieder auf einer Baustelle zu arbeiten, war nicht ohne Reiz. Einerseits sehnte ich mich danach, andererseits hatte ich Angst davor.

Gallus wartete auf eine Antwort, also nickte ich. „Ich werde es mir überlegen."

„Hervorragend. Schönen Tag noch, Leonidas. Du findest meinen Laden an der Clivus Pullius."

Winkend eilte er von dannen und ließ mich allein und in Sorge zurück.

ICH DACHTE ÜBER MEINE NÄCHSTEN SCHRITTE NACH. Ich hatte Celnus angewiesen, Priscus und seinen Sohn nicht aus dem Haus zu lassen, ohne mich zu rufen. Celnus mochte mich nicht, das war deutlich, doch er sah ein, dass ich nützlich war, wenn es darum ging, seinen Herrn zu beschützen.

Aber ich würde ihn nicht beschützen können, wenn Regulus das Gerücht in die Welt setzte, ich hätte Floriana ermordet. Ich musste meine Unschuld zweifelsfrei beweisen.

Diese Gedanken kreisten in meinem Kopf, doch es drängte sich mir keine Lösung auf. Regulus hatte sich über mein neues Leben lustig gemacht – *Das also ist die große Freiheit?*, hatte er gesagt.

Im *ludus* waren die Dinge einfach gewesen. Ich hatte trainiert, gegessen, geschlafen, getan, was man mir aufgetragen hatte, und bloß in begrenztem Umfang Freigang gehabt, und auch nur, nachdem ich zuvor meine Zuverlässigkeit bewiesen hatte.

Jetzt musste ich mich um zu viele Dinge gleichzeitig kümmern: Wer hatte Floriana getötet, und würde man mich dafür verantwortlich machen? Wer hatte Priscus angegriffen, und würde es weitere dahin gehende Versuche geben? Wie konnte ich, ein einzelner Mann, ihn schützen? Wenn Nero so besorgt war, warum schickte er dann nicht ein Kontingent Prätorianer, um jeden seiner Schritte zu überwachen?

Cassia hatte gesagt, ich solle Fragen stellen, aber wem? Ich wollte den *vigil*, der in unser Haus eingedrungen war, aufspüren und von ihm verlangen, mir zu erzählen, was er wusste. Er musste sich an jenem Morgen aus einem bestimmten Grund in der Nähe von Florianas Haus aufgehalten haben.

Ich erinnerte mich auch an den Prätorianer, mit dem ich auf dem Palatin geredet hatte – Severus Tullius. Er war zugänglich gewesen und wusste vielleicht Details über den Mord an Floriana oder wäre in der Lage, etwas herauszufinden. Die Prätorianer behielten alles, was in Rom geschah, genau im Auge, um die Kaiserfamilie beschützen zu können.

Nach dieser inneren Debatte, die zu keinem Ergebnis führte, beschloss ich, durch den Regen zum Aventin zu laufen, wobei ich Straßen nahm, die an den Hügeln Oppius und Caelius vorbeiführten, am großen Tal des Circus Maximus und zu den engen Gassen am Fuße des Aventins. Ich bedauerte, auf den Mantel verzichtet zu haben, da ich mir ständig den Regen aus den Augen wischen musste.

Als ich einen Brunnen mit drei bronzenen Fischen erreichte, die Wasser in ein breites Becken spien, bog ich in eine winzige Gasse ein und entdeckte das Zeichen der sich windenden Schlangen, das auf den Arzt Nonus Marcianus hinwies.

Marcianus hatte dem bequemen Leben den Rücken gekehrt, um Gladiatoren zu behandeln, was seiner Meinung nach viel interessanter war, und sich eine kleine Praxis auf dem Aventin eingerichtet, wo die meisten seiner Patienten kein Geld hatten. Aemil bezahlte ihn, doch als Gladiatorenarzt verdiente Marcianus nicht so viel, wie er für die Behandlung von Krankheiten und Verdauungsbeschwerden von Menschen seiner eigenen Klasse hätte verlangen können.

Ich hatte keine Ahnung, ob Marcianus zu Hause oder in Aemils *ludus* war, aber seine Praxis war offen, und so ging ich hinein und duckte mich unter einer Markise hindurch.

Als sie mich entdeckte, ließ Marcia von Schreck die Schüssel fallen, die sie trug, und das Gefäß zerbrach, sodass eine Welle von Wasser über meine Stiefel lief.

„Sieh nur, was du angerichtet hast." Marcia, die früher immer schüchtern gewesen war, stemmte die Fäuste in die Hüften und funkelte mich wütend an. „Du bist ein Flegel."

„Nicht so schlimm." Marcianus kam aus einem Kabuff im hinteren Teil des Raums hervor, seine Miene war freundlich. „Ich habe noch eine weitere ... Irgendwo."

„Ich weiß, wo sie ist." Marcia warf mir einen finsteren Blick zu und erklomm eine schmale Treppe in der Ecke.

„Sie ist mir eine große Hilfe", erklärte Marcianus.

Ich war mir nicht sicher, ob er das als Entschuldigung oder zu ihrer Verteidigung vorbrachte. „Tatsächlich wollte ich eigentlich zu Marcia", sagte ich.

Marcianus' gute Laune schwand. „Warum? Sie ist jetzt meine Assistentin, keine Bettsklavin mehr."

„Darum geht es nicht." Seit ich am Tag von Florianas Krankheit aufgewacht war, hatte ich kein großes Interesse mehr daran gehabt, meine körperlichen Bedürfnisse zu stillen. Nicht einmal in meinen Träumen. „Ich wollte mit ihr über Floriana reden."

„Oh." Marcianus musterte mich jetzt weniger angriffslustig. „Warum?"

„Damit man mir ihren Tod nicht zum Vorwurf macht."

„Verstehe." Marcianus fuhr sich mit der Hand durchs dünne Haar. „Aber du hast mich geholt, als Floriana krank war."

„Ich hätte es so einrichten können, dass du zu spät gekommen wärst. Leider hatte ich das Pech, mich zu verrechnen."

Seine Mundwinkel zuckten. „Das ist Cassias Idee gewesen, oder?"

Eigentlich stammte sie von Regulus, doch den wollte ich nicht erwähnen, also antwortete ich nur mit einem leichten Achselzucken.

„Cassia ist sehr klug, besonders für ein so junges Mädchen", bemerkte Marcianus. „Behandle sie gut, Leonidas."

Ich hatte keinen Grund, es nicht zu tun, aber ich war zu erschöpft, um zu widersprechen. „Wenn andere glauben oder zu beweisen versuchen, dass ich Floriana getötet habe, bevor ich nach Ostia aufgebrochen bin ..." Mit zusammengepressten Lippen fügte ich hinzu: „Ich kehre nicht in die Arena zurück."

Marcianus nickte mir zu. „Ich verstehe. Du bist ein guter Kämpfer, mein Freund, doch ich weiß, dass du nie Freude daran gefunden hast."

Aemil hatte von mir erwartet, dass ich Männer tötete, die ich mit ausgebildet hatte, Kämpfer, die ich gemocht und respektiert hatte. Gelegentlich hatte ich es mit einem verhassten Rivalen zu tun gehabt, aber meist waren meine Gegner Männer gewesen, mit denen ich nur wenige Tage zuvor noch gezecht hatte.

Ich war nicht in der Lage, meine Gedanken in Worte zu fassen. „Ich gehe nicht zurück."

Marcianus rief die Treppe hoch: „Marcia!"

Gleich darauf kam sie mit einer sauberen Schüssel in der Hand wieder herunter. Ich hatte nie mit Marcia geschlafen, da Frauen, die kaum mehr als Mädchen waren, nicht nach meinem Geschmack waren. Anders als das hauchdünne Stück Stoff, das sie im *lupanar* über eine Schulter drapiert getragen hatte, bedeckte die Tunika, die sie jetzt anhatte, deutlich mehr. Sie war aus dickem Leinen und reichte ihr vom Hals bis zu den Knöcheln.

Ihr volles braunes Haar hatte sie im Nacken zu einem Zopf zusammengebunden, der ein fein geschnittenes, hübsches, ungeschminktes Gesicht enthüllte. Marcia sah jetzt aus wie die Tochter aus einem einfachen, aber achtbaren Haushalt und nicht mehr wie das jüngste angebotene Mädchen in einem Bordell.

„Leonidas will mit dir reden", sagte Marcianus.

Marcia stellte die Schüssel ab, ihre Feindseligkeit war verschwunden. Sie hatte die Veränderung der Umstände gut verkraftet, wie ich feststellen konnte, und betrachtete mich gelassen.

„Hat am Tag ihres Todes jemand Floriana besucht?", fragte ich sie. „Warum ist sie ausgegangen? Hast du sie begleitet?"

Marcia dachte ohne Angst über meine Fragen nach, wobei ich spürte, dass Marcianus ganz in der Nähe blieb, bereit einzugreifen, falls ich sie zu sehr bedrängte.

„An diesem Tag war nichts los", berichtete Marcia. „Floriana ist wie üblich aufgestanden. Nachdem sie sich von dem Giftanschlag erholt hatte, ging es ihr besser, doch sie war sehr schlecht gelaunt. Ich glaube, jemand hatte sie in der Nacht zuvor besucht. Ich hatte selbst Kunden und habe nicht gesehen, wer es war, lediglich gehört, wie sie sich gestritten hat. Sie war manchmal unfreundlich zu Stammkunden, vor allem wenn sie nicht gezahlt haben, aber das war anders, als wenn sie sonst von jemandem verlangt hat, seine Schulden zu begleichen. Sie hat geschrien und klang wütend."

„Oder ängstlich?", fragte Marcianus. „Manchmal werden Leute, die Furcht empfinden, aggressiv."

Marcia schürzte die Lippen. „Schon möglich. Floriana hat von etwas geredet, das sie eigentlich hätte tun sollen, aber nicht getan hatte, weil sie krank gewesen war. Wie schon gesagt, ich habe nicht gesehen, mit wem sie zusammen war. Ich habe allerdings Bruchstücke von dem gehört, was sie geschrien hat: ‚Ich hab dir doch gesagt, das war's'." Marcia imitierte Florianas dünne, kreischende Stimme gut. „Und: ‚Es ist zu spät. Wir haben ihn verpasst.'"

„Ihn?", wiederholte Marcianus. „Interessant."

„Hast du sonst noch etwas gehört?" Ohne einen Namen zu nennen oder zu wissen, mit wem Floriana gestritten hatte, würde mir diese Information nicht viel helfen.

„Ich fürchte nein. Als ich fertig war, war sie allein und hat sich darum gekümmert, dass die Kunden schnell bedient wurden."

Bei Floriana hatte oft ein reges Kommen und Gehen geherrscht – die Männer gönnten sich ein kurzes Vergnügen und waren wieder weg. Ich war insofern ungewöhnlich, als ich immer fast die ganze Nacht geblieben war, und zwar bei derselben Frau. Dafür hatte Aemil extra bezahlt. Ich fragte mich, ob Florianas Erben, wer auch immer sie sein mochten, versuchen würden, von mir das Geld für meine letzten beiden Nächte mit Lucia einzufordern. Das Recht dazu hatten sie, und es wäre ungewöhnlich gewesen, wenn sie nicht versucht hätten, alle Schulden einzutreiben.

„Am Morgen von Florianas Tod", fuhr ich fort. „Was hat sie da getan?"

„Sie ist aufgestanden und ausgegangen, weil sie etwas zu erledigen hatte", antwortete Marcia ruhig. „Lucia hat sie begleitet."

„Ach ja?" Das hatte mir Lucia nicht erzählt. „Dann muss sie doch den Mörder gesehen haben ..." Kein Wunder, dass sie solche Angst gehabt hatte und unbedingt hatte fliehen wollen.

Marcia schüttelte den Kopf. „Lucia ist allein nach Hause zurückgekommen. Sie hatte sich zum Einkaufen von Floriana getrennt. Später überbrachte uns ein *vigil* die Nachricht, dass man Floriana gefunden habe, nachdem sich der Nebel gelichtet hatte."

Ihre Heiterkeit verflog. Floriana war eine harte Frau gewesen, aber dennoch die einzige Person, die für Marcia so etwas wie eine Familie gewesen war.

Marcianus legte ihr tröstend die Hand auf die Schulter. „Schon gut. Du bist hier sicher."

„Jetzt sind alle weg", seufzte Marcia traurig. „Lucia hat angefangen zu schreien, als der *vigil* uns Florianas Tod gemeldet hat. Sie hat gesagt, wir wären alle in Gefahr und müssten verschwinden. Die anderen haben sich in alle Himmelsrichtungen zerstreut. Ich wusste nicht, wo ich hinsollte, also bin ich hierher geflohen."

„Du bist hier herzlich willkommen", versicherte ihr Marcianus. „Schließlich bist du eine begabte junge Frau und mir eine große Hilfe."

Marcia entspannte sich ein wenig, doch eine einstige Sklavin, die wie sie benutzt worden war, würde nie ganz frei von Angst sein.

„Ich werde Marcia als meine Assistentin behalten", verkündete Marcianus stolz. „Ich kann ihr nicht viel zahlen, aber ich kann dem armen Mädchen wenigstens Brot und eine Unterkunft geben."

„Das reicht mir", sagte Marcia zuversichtlich.

„Du nimmst sie doch nicht etwa mit in den *ludus*, wenn du die Gladiatoren behandelst, oder?" Die Männer dort würden sie von Floriana wiedererkennen und sie zur Seite nehmen, ob sie wollte oder nicht.

„Natürlich nicht", erwiderte Marcianus sofort. „Sie wird hierbleiben, Arzneien mischen und sich um die Patienten kümmern, die in meiner Abwesenheit kommen. Ich brauche schon seit einiger Zeit eine Assistentin."

Marcia schwierig, aber ich spürte ihre Erleichterung.

„Weißt du, wo man Floriana gefunden hat?", fragte ich sie.

„Nein, doch ich glaube, sie hat sich von Lucia getrennt, weil sie jemanden treffen wollte. Nicht an ihren üblichen Orten. Die *vigiles*, die ihre Leiche nach Hause gebracht haben, haben uns nicht viel erzählt.“

Ich dachte wieder an den jungen *vigil*, der in unser Haus eingedrungen war und behauptet hatte, er halte nach Bränden Ausschau. Er war absichtlich zu uns gekommen und hatte zugegeben, dass er an dem Morgen von Florianas Vergiftung um das Haus herumgeschlichen war. Ich würde ihn finden und ihn ein wenig schütteln, um herauszufinden, ob er etwas wusste.

„Was ist mit Lucia?“ Ich musterte Marcia, um ihre Reaktion abzuschätzen. „Sie hat vermutet, sie sei in Gefahr, und zwar durch denselben Mörder wie ihr alle. Deshalb hast du ja auch hier Zuflucht gesucht.“

„Das habe ich getan, weil ich nirgends anders hinkonnte“, entgegnete Marcia, ohne zu zögern. „Ich hatte Marcianus gerne geholfen und wollte fragen, ob er mich unterrichten würde.“

Marcianus verzog besorgt das Gesicht. „Marcia ist in Gefahr? Von wem geht sie aus?“

Frustriert trat ich von einem Fuß auf den anderen. „Das versuche ich gerade herauszufinden. Marcia, hast du eine Ahnung, warum jemand Floriana getötet hat?“

Marcia zuckte die Achseln. „Ich dachte, sie hat vielleicht jemandem Geld geschuldet oder etwas nicht getan, wofür jemand sie bezahlt hatte. Sie hat immer mal wieder irgendwelche Aufträge angenommen, um mehr Geld zu verdienen. Floriana war eine harte Geschäftsfrau. Sie hat dafür gesorgt, dass wir genug zu essen und ausreichend Ruhezeiten hatten, aber nur damit wir für ihre Kunden frisch und kräftig waren.“

Marcia sprach ohne Groll, doch Marcianus' Abscheu war offensichtlich. „Nun, davor brauchst du jetzt keine Angst mehr zu haben, meine Liebe. Dieses Leben liegt hinter dir.“

Ich sah, dass Marcia ihm das nicht ganz glaubte. Ich hatte als Junge allein auf der Straße gelebt, und ich wusste genau, was sie durchgemacht hatte. Ich kannte das Misstrauen gegenüber den

Menschen, denen ich begegnet war, einschließlich des Baumeisters, der mich schließlich eingestellt hatte. Es hatte lange gedauert, bis ich in seiner Gegenwart meinen Argwohn hatte ablegen können.

„Marcianus ist ein guter Mann“, versicherte ich ihr. „Bei ihm wird es dir gut ergehen.“

„Leonidas schmeichelt mir.“ Marcianus verschränkte mit schiefem Lächeln die Arme. „Aber er ist auch klüger, als er weiß.“

Ich war nicht sicher, was ich darauf antworten sollte, also verabschiedete ich mich von den beiden und kümmerte mich weiter um meine eigenen Angelegenheiten.

Es war die vierte Stunde, die Zeit nach dem Frühstück. Die Geschäfte waren voller Kundinnen und Kunden, Rom war trotz des Regens so lebendig wie immer.

Die Saturnalien waren vorüber, und das neue Jahr hatte begonnen. Janus, der zweigesichtige Gott, der sowohl nach vorne als auch nach hinten schaute, läutete einen neuen Monat ein. Ich erinnerte mich, dass Marcianus mir erzählt hatte, der Senat habe einmal vorgeschlagen, den Dezember zum ersten Monat des Jahres zu machen, da er Neros Geburtsmonat war, aber der Kaiser hatte diese Ehre abgelehnt.

Ich dachte an den hochmütigen jungen Mann, der sich über Cassias Beifall gefreut hatte. Viele glaubten, Nero kümmere sich nicht um die Führung Roms, sondern nur um seine Steckenpferde Musik und Theater. Es ging das Gerücht, er habe seine Mutter Agrippina töten lassen, weil sie ihn bei seinen musikalischen Aktivitäten gestört habe. Andere spekulierten, seine neue Frau Poppaea habe ihn dazu ermutigt, Agrippina loszuwerden, damit die beiden heiraten konnten.

Die Eigenheiten des *princeps* interessierten mich im Moment nicht, abgesehen von seiner Ermahnung, Priscus zu schützen.

Ich war nicht so dumm, mich in die Angelegenheiten derer auf dem Palatin einzumischen. Mein Alltag war schon kompliziert genug.

Ich kam am Circus Maximus vorbei, wo das Donnern von Hufschlägen mir verriet, dass drinnen Pferdegespanne trainierten. Nero liebte Wagenrennen, was ihn bei den meisten Römern beliebt machte. Er trotzte langweiligen Senatoren und schenkte dem Rest von Rom Spiele und Rennen.

Das Haus, in dem die *vigiles* der Subura tagsüber schliefen und von dem aus sie nachts Übeltäter jagten, lag in der Nähe des Clivus Pullius, der den Oppius hinaufführt.

Ich kannte den Namen des Mannes, den ich suchte, nicht, aber ich hatte keine Skrupel, in das Haus zu stürmen und es zu durchsuchen, bis ich ihn fand. Der *vigil* war ja auch in meines eingedrungen.

Wie sich herausstellte, war das gar nicht nötig. Als ich mich dem Haus näherte, trat der Gesuchte gerade heraus, erblickte mich und floh in die entgegengesetzte Richtung.

KAPITEL 13

Ich verfolgte den Mann durch den Regen, eilte über Steine, von denen das Wasser hochspritzte, drängte mich durch Menschentrauben und an lautstark ihre Waren anpreisenden Verkäufern vorbei. Der *vigil* flüchtete am Orpheus-Brunnen vorbei, umrundete Grüppchen von Passanten und floh weiter in Richtung Porta Esquilina. Ich jagte ihm nach.

Durch die drei gewölbten Torbögen der Porta Esquilina schoben sich Menschenmassen auf dem Weg zu den wichtigsten Märkten Roms und wieder zurück. Eine von muskulösen Männern getragene Sänfte schwebte vorbei. Der *vigil* wich ihr geschickt aus und lief in ein Wäldchen, das die Straße den Esquilin hinauf säumte.

Priscus wohnte nicht weit von hier, und mein Herz setzte einen Schlag aus. Hatte dieser *vigil* etwas mit den Leuten zu tun, die es auf Priscus abgesehen hatten?

Die Baumgruppe, in die ich stürzte, umgab einen Schrein der Libitina, die den Bestattern heilig war, deren Geschäfte in dieser Gegend angesiedelt waren. Mir schauderte innerlich, denn ich hatte keine Lust, Kaufleuten zu begegnen, die mit dem Tod zu tun hatten.

Ich erreichte eine kleine Lichtung, in deren Mitte ein sehr alter quadratischer Tempel stand, dessen Säulen in den Regen ragten. Mein *vigil* war nirgends zu entdecken.

Mein Atem kondensierte im kalten Nebel, und ich verlangsamte meine Schritte. Der Tempel schien an diesem Morgen leer zu sein, auf den Stufen fanden keine Rituale statt, keine Priester fegten den Eingang. Die Welt ignorierte Libitina an diesem Tag.

Ich hörte nichts und sah auch keine Tunika zwischen den kahlen Ästen der Bäume aufblitzen. Der Hain bot nach den belebten Straßen jäh Ruhe – ein Platz des Atemholens und der Besinnung.

Der einzige Ort, an dem sich der *vigil* hier verstecken konnte, war das Innere des Tempels, wobei sich eigentlich niemand außer den Priestern der Göttin dort aufhalten durfte. Die Schändung eines Tempels stand unter Strafe und wurde je nach den Regeln des jeweiligen heiligen Hauses mit Sanktionen von der bloßen Auspeitschung bis hin zum grausamen Tod geahndet. Niemand hätte so etwas riskiert.

Ich tat, als würde ich mich umdrehen und weggehen, als hätte ich aufgegeben. Unter den Bäumen hindurch schritt ich zurück zur Straße, schlüpfte jedoch im letzten Moment in den Schatten und wartete.

Es begann, heftiger zu regnen. Wasser tropfte von den Ästen und verdunkelte die Bögen des Aquädukts, das sich an der Seite des Hügels erhob. Römer tranken stets frisches, klares Quellwasser.

Ich wartete umsonst. Der *vigil* tauchte nicht auf, obwohl ich dort stand, bis ein Ausrufer in der Stadt hinter mir die fünfte Stunde verkündete. Entweder hatte der *vigil* tatsächlich im Tempel Zuflucht gesucht, oder er kannte einen anderen Ausweg, den ich nicht gesehen hatte.

Verärgert zog ich mich zurück. Ich würde ihn später ausfindig machen. Irgendwann musste er ja mal zu seinem Wachhaus zurückkehren.

Ich beschloss, den Esquilin zu erklimmen und Priscus zu besuchen, und erreichte nach einem kurzen Spaziergang sein Haus. Auf den Bänken vor der Tür saßen drei Besucher, die durch ein Dach über dem Vorraum geschützt waren. Es waren Bittsteller – Männer, die Priscus in irgendeiner Angelegenheit um Hilfe ersuchen wollten. Im Gegenzug würden sie ihn mit Gefallen oder Stimmen unterstützen oder ihm einfach zur Seite stehen, wenn er sie brauchte. Es war mitten am Vormittag, und ein *pater familias* empfing seine Bittsteller in der Regel als Erstes, also mussten sie schon einige Zeit warten. Priscus, so hatte ich festgestellt, hielt sich allerdings an seine eigenen Regeln.

Ich setzte mich, nachdem ich dem Pförtner meinen Namen genannt hatte, und tat, als sei ich ebenfalls ein Bittsteller.

Zwei der wartenden Männer waren Freigelassene, der dritte trug eine Toga des zweiten Standes, der *equites*. Letzterer sprach mit niemandem und hörte nur verächtlich zu, als die beiden anderen mir von Kämpfen erzählten, bei denen sie mich in der Arena gesehen hatten. Sie konnten sich an jeden einzelnen Schlag erinnern, besser als ich selbst.

Das Gesicht des *eques* wurde noch verdrießlicher, als der Pförtner auftauchte und mich hereinbat. Die beiden Freigelassenen hielten es für mein gutes Recht, den Vorrang vor ihnen zu erhalten, und bedeuteten mir fröhlich, ruhig hineinzugehen.

Priscus hatte sich trotz des Regens in seinen Garten zurückgezogen. Er schlenderte über die Wege zwischen den Sträuchern und stutzte hier und da einen Zweig. Der Gärtner döste im Schutz des Bogengangs.

„Decimus hat sich vollständig erholt", sagte Priscus, noch ehe ich ihn begrüßen konnte. „Der Junge ist wirklich zäh."

„Weiß er, wer ihn entführt hat?" Die Sklaven hatten Cassia gegenüber behauptet, das sei nicht der Fall, aber ich wollte es von Priscus selbst hören.

„Er spricht von gedungenen Schergen." Priscus schnitt einen weiteren Zweig ab und warf ihn in den flachen Korb auf der

Bank. Gegen den Regen trug er einen Hut, von dessen Krempe Wasser troff. „Decimus hat mir berichtet, er sei auf dem Weg von seinem Haus in Antiochia zu unserem neuen Lagerhaus dort gewesen, als man ihn entführt hat. Er hat sich gewehrt, doch seine Entführer haben ihn weggezerrt, mit einem Sack über dem Kopf, damit er nichts erkennen konnte. Das Nächste, was er mitbekam, war, dass er auf einem Schiff war. Auf der Reise hat er die Matrosen gesehen, die ihn mit Essen versorgt haben, aber sonst niemanden. Insgesamt war er fünfundzwanzig Tage auf See. Ein Kurier auf einem schnelleren Schiff hat mir die Lösegeldforderung überbracht – er wusste auch nicht mehr. Er hat nur Geld dafür bekommen, eine Nachricht abzuliefern."

„Glaubst du, die Entführer sind von einem Feind von dir angeheuert worden?", fragte ich. „Von jemandem, dem du Geld schuldest oder bei dem deine Frau Schulden hatte?"

„Nein, nein", winkte Priscus rasch ab. „Meine Gattin war eine hervorragende Geschäftsfrau. Sie hatte keine Schulden. Ihre Konten waren perfekt geführt, und bei ihrem Tod waren keine Rechnungen offen. Was Feinde angeht ..." Er spreizte die Finger. „Die hat natürlich jeder. Patrizier, vor allem solche aus sehr alten Familien, können empfindlich sein. Doch ich habe weniger als die meisten anderen." Er schenkte mir ein schmallippiges Lächeln. „Ich tue nur noch ganz wenig, und das gefällt mir gut. Als General galt ich als fähig, wenn auch nicht brillant. Ich habe meine Männer wieder nach Hause gebracht und dafür gesorgt, dass sie ihren Sold erhalten."

Ich verstand Cassias Frustration über diesen Mann. Er war überzeugt, dass ihn niemand so sehr hasste, dass er seinen Sohn bedrohen würde, obgleich Nero angedeutet hatte, er sei in großer Gefahr. *Es muss um Geld gehen*, dachte ich. Dafür riskierten Leute viel.

„Die Matrosen sind alle tot", erinnerte ich ihn. „Man hat sie auf dem Dock hingerichtet. Wer würde so etwas tun?"

Priscus betrachtete den Zweig eines bunt blühenden Strauches und beschnitt ihn entschlossen. Totes Laub flatterte zu Boden. „Ich zögere, dir das zu sagen, Leonidas, denn ich bin ein praktisch denkender Mann, der nicht viel für Magie oder Mystik übrighat." Priscus errötete. „Aber ich glaube, die Götter halten ihre Hand schützend über mich. Ich bin mehr als einmal dem sicheren Tod entgangen, entweder weil ich im richtigen Augenblick ausgewichen bin, weil eine Wache einen Attentäter aufgehalten hat oder weil jemand anders das für mich bestimmte Gift getrunken hat." Sein Gesichtsausdruck wurde traurig. „Der arme Kerl."

„Ist der Mann an dem Gift gestorben?", fragte ich.

„Hm? Oh, nein, tatsächlich nicht. Er war eine Weile ziemlich krank, hat sich jedoch wieder erholt. Auch dafür danke ich den Göttern. Du hast ihn vielleicht draußen gesehen. Kantiges Gesicht, wirkt, als habe er an einem Zitronenschnitz gesaugt. Ich fühle mich seither verpflichtet, für ihn zu sorgen. Er hat mir das Leben gerettet."

Ich dachte an den verärgerten *eques* und verstand nun seinen Groll darüber, dass ich vor ihm das Haus hatte betreten dürfen. Das Trinken von Gift, das für einen anderen bestimmt war, verlieh einem Menschen das Gefühl, bestimmte Vorrechte zu haben.

„Du glaubst, die Götter hätten auch ihn gerettet", stellte ich fest.

„Das tue ich in der Tat, Leonidas. Ich bin nicht besonders fromm – ich habe auf dem Schlachtfeld zu viel gesehen, um zu glauben, dass Gebete helfen. Wir glauben zwar, Mars oder Jupiter seien auf unserer Seite, unsere Gegner sind davon allerdings ihrerseits genauso überzeugt. Beides kann jedoch nicht wahr sein. Aber was außer den Göttern könnte mein Glück erklären?"

„Jemand hat deinen Adoptivsohn entführt", gab ich zu bedenken. „Das würde ich nicht als Glück bezeichnen."

„Aber sie haben ihn weder ermordet noch schwer verletzt.

Und wer auch immer hinter meinem Geld her war, hat nichts davon bekommen. Gestern wurde die zweite Truhe hier abgegeben."

Ich blinzelte überrascht. „Jemand hat sie dir zurückgebracht?"

„Ja. Ein Grund mehr, an göttliches Eingreifen zu glauben. Warum sonst sollte eine ehrliche Person, die bereit ist, sie mir anonym zurückzuschicken, ohne eine Belohnung zu verlangen, die Schatulle finden? Ich muss daraus schließen, dass Fortuna mir hold ist."

Das schien tatsächlich der Fall zu sein. Glück war mir nicht fremd – ein Fehltritt oder ein sich plötzlich drehender Wind konnten den Unterschied zwischen einem Sieg oder einer Niederlage ausmachen –, doch ich wusste auch, dass Monate und Jahre des Trainings Glück jedes Mal übertrumpfen.

„Ich habe dafür gesorgt, dass du unverletzt geblieben bist und deinen Sohn unversehrt wieder in die Arme schließen konntest", sagte ich. „Auch nur ein Glücksfall?"

„Sieht so aus. Ich habe sofort an dich gedacht, als Celnus und Kephalos darauf bestanden haben, mich bewachen zu lassen. Was für ein Glück, dass du genau am Tag zuvor freigelassen wurdest. Kephalos ist zum Forum gegangen und dort sofort Cassia begegnet."

Cassia hatte mir erzählt, sie hätte durch den Klatsch der Dienerschaft erfahren, dass Priscus mich anheuern wollte und dass sie sich auf die Suche nach Kephalos gemacht hatte. Schon wieder Glück?

Oder hatte da jemand ganz anderes die Hand im Spiel? Jemand hatte beschlossen, mich zu befreien und finanziell zu unterstützen und dabei seine Identität geheim zu halten. Wachte diese Person auch über Priscus? Und wenn ja, warum?

Langsam schmerzte mir der Kopf.

„Im Moment kann ich nur dankbar sein. Decimus ist wieder

zu Hause und in Sicherheit." Priscus' Lächeln erhellte den trüben Tag.

„Willst du wirklich in Rom bleiben?" Ich dachte an Cassia, die sich gefragt hatte, warum Priscus sich nicht aufs Land zurückgezogen hatte. „Die, die dir oder deinem Sohn etwas antun wollen, könnten es ein weiteres Mal versuchen."

Priscus kehrte zu seinen Pflanzen zurück, die Gartenschere in der Hand. „Wir scheinen unter dem Schutz der Götter zu stehen, egal wo wir leben, es macht also keinen Unterschied. Natürlich behalte ich meinen Sohn in meiner Nähe." Priscus warf mir einen missmutigen Blick zu. „Was schwierig ist, da er sehr unternehmungslustig ist. Er spricht bereits davon, nach Antiochia zurückzukehren und unsere Firma dort weiter auszubauen. Vielleicht werde ich ihn begleiten. Dieses Haus hier ist groß und einsam." Er brach ab, sagte das letzte Wort leise.

Er vermisste seine Frau sehr, das sah ich. Ehe ich ihm mein Mitgefühl aussprechen konnte, hellte seine Miene sich auf, und er reichte dem nun wachen Gärtner seinen Korb und die Schere.

„Komm mit. Ich möchte dich und Cassia für eure Hilfe belohnen."

Er durchquerte raschen Schrittes den Garten, und ich folgte ihm. „Du hast uns doch bereits bezahlt", erinnerte ich ihn.

„Ich weiß, aber ich will euch etwas Besonderes schenken." Priscus führte mich zum *tablinium*, seinem Büro, das wir durch eine Tür direkt aus dem Garten betraten.

An der Längswand befand sich ein Schrank mit kleinen Gegenständen, von denen einige im schwachen Licht golden blitzten. Ich sah Gefäße aus Elfenbein, aus leuchtend blauem Stein gemeißelte Figuren, schmale Goldarmbänder, griechische Krüge mit roter und schwarzer Bemalung, die Bronzeskulptur eines jungen Mannes, der sich einen Dorn aus dem Fuß zupfte, und ein seltsames Paar Hände aus Bronze, die mit winzigen Goldbarren besetzt waren.

„Etruskisch", erklärte Priscus, als ich mich über sie beugte, um sie näher zu betrachten. „Ziemlich alt, hat man mir gesagt. So alt wie die Ägypter, obwohl ich nicht sicher bin, ob das wahr ist."

Er griff in den Schrank und holte ein Paar goldener Kreolen hervor, dünn und fein gearbeitet. „Die stammen aus Ägypten. Bring sie Cassia mit. Sie werden ihr gut stehen."

Ich starrte ihn überrascht an. Cassia war eine Sklavin, und die meisten Männer schenkten Sklavinnen keine goldenen Ohrringe.

„Was dich angeht ..." Er entnahm dem Schrank eine der bronzenen Hände. „Warum nimmst du nicht die? Du findest sie genauso faszinierend wie ich. Ich habe ja immer noch die zweite."

Seine Freigiebigkeit war erstaunlich. Einen Moment lang konnte ich nicht sprechen, denn ich war skeptisch und fragte mich, was er im Gegenzug von mir verlangen würde.

Priscus wartete einfach ab, schien keinerlei Hintergedanken zu haben. Mir war klar, dass er beleidigt sein würde, wenn ich ablehnte, also nahm ich die Geschenke dankend an. Priscus schickte nach Celnus und sagte ihm, er solle sie sorgfältig einpacken und in unsere Wohnung liefern lassen. Das sei sicherer, als wenn ich mit ihnen nach Hause liefe.

Celnus war sichtlich nicht begeistert, doch er verbeugte sich und brachte die Sachen gehorsam weg.

Priscus begleitete mich zum Atrium, winkte mir zum Abschied und straffte dann die Schultern, als der Pförtner hinauseilte und mit dem *eques* zurückkehrte. Ich warf Priscus einen teilnahmsvollen Blick zu, als ich in den Vorraum trat.

Ehe ich ging, bat ich den Burschen an der Tür, Celnus mitzuteilen, dass ich ihn zu sprechen wünschte. Als der Majordomus erschien, wiederholte ich meine Bitte, Priscus zu ermutigen, das Haus nicht zu verlassen, und mich zu rufen, wenn er irgendwo hinwolle. Celnus schwankte erneut zwischen Verärgerung und Zustimmung, versprach aber, meiner Bitte nachzukommen.

Ich begab mich in den Regen hinaus. Die beiden Freigelassenen, mit denen ich mich unterhalten hatte, verabschiedeten sich herzlich von mir, und ich machte mich auf den Weg den Hügel hinunter.

Aufmerksam hielt ich weiter Ausschau nach dem flüchtigen *vigil*, sah ihn allerdings nicht. Das überraschte mich nicht – ein Mann, der jede Nacht die Straßen patrouillierte, kannte die Schleichwege durch Rom besser als ich.

Es war ein bisschen früh für ein Bad – die beliebteste Zeit war nach dem Mittagessen –, aber ich ging dennoch in ein Badehaus, um mir den Schlaf, den Schweiß und den Schmutz der Stadt, der sich auf der Jagd nach dem *vigil* auf mir angesammelt hatte, abzuwaschen. Das Badehaus war fast leer, nur ein paar wenige Männer saßen nackt auf einer Bank im *caldarium*.

Ich nahm mir die Zeit, die Körperübungen zu wiederholen, die ich jeden Tag im *ludus* gemacht hatte, bevor der einsame Badewärter mir mit einem Schabeisen Schweiß und Schmutz abkratzte. Normalerweise bekam ich mehr Bewegung, und die Untätigkeit der letzten Tage hatten mir nicht gutgetan.

Auch die Hitze des Badehauses konnte meine Unruhe nicht vertreiben, und so stürzte ich mich bald in das Becken des leeren *frigidariums* und schwamm, um meine Anspannung abzubauen.

Auch das half nicht, denn während ich meine Bahnen zog, kam jemand auf mich zu und versuchte, meinen Kopf unter Wasser zu drücken.

KAPITEL 14

Die wichtigste Lektion, die mich Aemil gelehrt hatte, war, in gefährlichen Situationen nicht in Panik zu verfallen. Der Versuch, meinen Kopf gegen die Kraft der Hände des Mannes aus dem Wasser zu heben, würde mir nichts nützen.

Mit brennenden Lungen tauchte ich tiefer und schwamm mit einem kräftigen Armstoß davon. Dadurch entzog ich mich dem Griff meines Angreifers und war frei. Ich kam am anderen Ende des kleinen Beckens wieder hoch und rang nach Luft.

Ich achtete darauf, dass ich eine der gefliesten Wände im Rücken hatte, sodass er nicht hinter mich gelangen konnte. Ein großer Bronzefisch ragte neben mir aus der Wand, aus dessen klaffendem Maul klares Wasser lief.

Der Raum war leer. Die Wellen, die ich erzeugt hatte, schwappten über den Beckenrand und befeuchteten die Bodenmosaike, die Fische, Algen und Neptuns Wagen darstellten.

Ich sah niemanden, hörte niemanden, nur das Geräusch des neben mir sprudelnden Wassers zerriss die Stille. Die Badehäuser füllten sich erst am Nachmittag, und mein Angreifer hatte mich allein erwischt. Was bedeutete, der Mann, wer auch immer er war, war mir gefolgt.

Der *vigil*? Nein, denn der war spindeldürr, und die Hände meines Angreifers waren groß und stark gewesen. Er war außerdem ein Profi und hatte genau gewusst, wo und wie stark er drücken musste, um mich unter der Oberfläche zu halten.

Ich kletterte aus dem Becken, wobei sich noch mehr Wasser auf den Boden ergoss, und schnappte mir mein Handtuch, das ich hoch oben auf einem Regal abgelegt hatte, um mich schnell abzutrocknen. Sogar der Wärter des *frigidariums* war verschwunden, und ich fragte mich, ob mein Angreifer ihn bestochen hatte.

Die Frage klärte sich, als ich den Wärter schlafend auf einem Hocker vor dem Raum entdeckte. Er hatte zwar ebenfalls große Hände, aber sie hingen schlaff an seinen Seiten, während er heftig schnarchte.

Ich holte meine Sachen aus der Umkleide und zog mich an, wobei ich meine Umgebung aufmerksam im Auge behielt. Außer mir war noch ein alternder Patrizier anwesend, der von seinen Sklaven umgeben war, von denen keiner mir die geringste Aufmerksamkeit schenkte.

Auf dem Heimweg mied ich größere Menschenansammlungen. Das Messer eines Meuchlers hätte mich im Gedränge in den Rücken treffen können, ohne dass es jemand bemerkt hätte, nicht einmal ich selbst.

Dies war das zweite Mal innerhalb kürzester Zeit, dass jemand versucht hatte, mich zu ermorden. Der erste Angriff war in der Nacht erfolgt, ehe ich Priscus nach Ostia begleitet hatte. Wer wollte meinen Tod?

Regulus. Er hatte geschworen, mich umzubringen. Doch ich wusste, wie sich Regulus' Griff anfühlte, und der unterschied sich deutlich von dem des Mannes, der mich gerade zu ertränken versucht hatte. Auch der Angreifer auf der Straße hatte nicht über Regulus' festen Schritt oder seine Geschicklichkeit verfügt. Außerdem hätte Regulus mir ins Gesicht sehen wollen, um mich zu verhöhnen, wenn er seine Klinge in mich rammte.

Verwirrend und beunruhigend.

Cassia war zu Hause, als ich eintrat. Das gefiel mir.

Erschrocken über dieses Gefühl blieb ich in der Tür stehen. Ich empfand Erleichterung, sie dabei anzutreffen, wie sie sich Notizen machte, die Lebensmittel und unsere Siebensachen sortierte oder was auch immer sonst sie da tat.

Gerade schmückte sie einen neuen Tisch unter dem Regal, in dem die *rudis* lag. Sie hatte einen Blumenstrauß, ein paar Kerzen und die Skizze eines älteren Mannes mit einem schmalen, weisen Gesicht auf ein dünnes Brett gestellt.

Cassia drehte sich nicht um, als sie mich kommen hörte. „Wir hatten keinen Schrein", sagte sie, als hätte sie das Bedürfnis, sich zu erklären. „Wir sollten aber unsere Ahnen genauso ehren, wie es jede große Familie tut. Dies ist mein Vater." Sie berührte das Bild. „Ich hatte ein besseres Porträt von ihm, doch ich durfte nichts mitnehmen, also habe ich ein neues gezeichnet. Hast du etwas dagegen?"

Sie warf mir einen Blick über die Schulter zu, und in ihren Augen lag eine gewisse Sorge.

Ich trat zum Tischchen. „Die Ahnen können uns das Leben ganz schön schwer machen, wenn wir sie nicht besänftigen. Ich glaube, das ist die Ursache für mein ganzes Unglück."

Ich scherzte, allerdings nur zum Teil. Ich hatte meinen Vater nie gekannt und konnte mich an meine Mutter kaum erinnern. Aber sie konnten mich von den Elysischen Feldern oder wo auch immer sie gelandet waren aus jederzeit quälen, wenn sie es wollten.

„Ich füge auch deine Eltern hinzu", meinte Cassia. „Wie hießen sie?" Sie kehrte an den Esstisch zurück, nahm ihre allgegenwärtige Feder zur Hand, öffnete ihr Tintenfass und rollte ein Stück Papyrus aus.

„Das weiß ich nicht." Ich ging zu ihr. „Könntest du stattdessen Xerxes hinzufügen?"

Cassias Feder kratzte über den Papyrus, sie widersprach mir

nicht. „Du hast mir schon von ihm erzählt und gesagt, er hätte dir nahegestanden wie ein Bruder. Wie hieß er mit vollem Namen?"

„Wer weiß? Wir haben beim Eintritt in den *ludus* unsere Namen bekommen, und von da an waren wir diese Männer. Er war Xerxes. Ich war Leonidas."

Sie sah zu mir hoch und berührte mit der Spitze des Federkiels ihr Kinn. „Wie hast du früher geheißen?"

Ich zuckte die Achseln. „Daran erinnere ich mich nicht mehr."

Cassia legte den Kopf schief, wie sie es manchmal tat, wenn sie nachdachte. „Das Einzige, was wir alle tief im Inneren nie vergessen, ist unser Name."

Das stimmte. Aber er war ein Teil von mir, den niemand kannte und den ich vorerst für mich behalten wollte.

Kurtisanen und Matronen hatten mich geneckt, um meinen Namen zu erfahren, oder verlangt, dass ich ihn ihnen verrate. Ich hatte so lange behauptet, dass ich mich nicht daran erinnerte, bis ich es fast selbst geglaubt habe.

Cassia musterte mich noch ein oder zwei Augenblicke länger, dann lächelte sie und ließ mich in Ruhe.

Sie nahm den Papyrus, legte ihn auf den Schrein und beschwerte eine Ecke mit einer kleinen Bronzestatuette in Form eines winzigen Gottes. Ein Hausgott, einer der Dutzenden geringerer Götter, die uns von Tag zu Tag begleiteten. Es war gut, auch sie zu ehren.

Cassia kehrte zu ihrem Schemel und den Tafeln zurück. „Was hast du über Floriana erfahren?", fragte sie und begann zu schreiben. „Hast du Priscus angetroffen?"

Ich setzte mich ebenfalls auf einen Schemel und erzählte ihr alles, was ich seit dem Morgen getan hatte – das Treffen mit Gallus bei Floriana, der Besuch bei Marcianus, die Verfolgung des *vigils*, was Priscus und ich besprochen hatten und meine Begegnung in den Bädern. Cassia notierte sich alles, schaute jedoch mit einem Keuchen auf, als ich beschrieb, wie mich jemand im *frigidarium* unter Wasser gedrückt hatte.

„War es Regulus?“, fragte sie sofort.

„Nein, die Hände haben nicht gepasst. Außerdem fände er diese Art, seine Wut zu stillen, feige.“

„Oder der *vigil*?“

„Zu ihm haben sie auch nicht gepasst.“

Cassia dachte darüber nach. „Es ist unwahrscheinlich, dass ein völlig Fremder versuchen würde, dich an einem Ort zu ertränken, an dem man ihn so leicht fassen könnte. Es muss entweder damit zusammenhängen, dass du Priscus behilflich warst, oder mit Florianas Tod. Vielleicht glaubt derjenige, der sie vergiftet hat, du wüsstest, wer es getan hat. Schließlich warst du an jenem Tag dort.“

„Ich habe geschlafen, als es geschah“, erinnerte ich sie. „Wie du weißt, schlafe ich tief.“

„Ist das allgemein bekannt? Der oder die Täter könnten Angst haben, du könntest sie gesehen haben. War dein heutiger Angreifer definitiv männlich?“

„Es waren große, harte Männerhände, die mich unter Wasser gedrückt haben.“

„Hmm.“ Cassia berührte mit dem Griffel ihre Lippen. „Wir haben den Tatort noch nicht untersucht. Das sollten wir dringend nachholen.“ Sie klappte ihre Tafeln zu, reihte sie ordentlich auf und erhob sich, um ihren Mantel zu holen.

„Jetzt?“, erkundigte ich mich überrascht. „Weißt du überhaupt, wo wir hinmüssen?“

„Wie gesagt, wir fragen uns durch. Jemand wird wissen, wo es passiert ist. Wenn ein Mann darauf aus ist, dich zu töten, und wenn Regulus dich in seiner Wut zu denunzieren droht, dann müssen wir den Mörder finden, und zwar schnell.“

Ich sprang auf. „Das stimmt, aber wenn mir Mörder auf der Straße auflauern, bist du ebenfalls in Gefahr.“

„Nicht unbedingt.“ Sie würde mich mit ihrer Ruhe noch in

den Wahnsinn treiben. „Wie gesagt, Sklavinnen fallen nicht auf. Außerdem kann ich dir Rückendeckung geben, für den Fall, dass er es noch einmal versucht."

Als ich meinen Mantel anzog, um mich gegen den anhaltenden Regen zu schützen, wusste ich, dass ich niemals ein Herr sein würde, der seine Sklavin streng kontrollierte. Die Chancen, dass Cassia auf mich hörte und mir gehorchte, waren geringer als die eines neuen Gladiators, seinen ersten Kampf gegen einen *primus palus* zu gewinnen.

Wir setzten meine zweite Idee, wen man zu Florianas Ermordung befragen könnte, in die Tat um. Ich führte Cassia über das Forum Romanum, das jetzt am Nachmittag weniger überfüllt war, zum Palatin.

Ein Mann spazierte nicht einfach auf den Palatin und verlangte Zutritt zum *domus* des Nero, aber ich hatte auch nicht die Absicht hineinzugehen. Ich blieb vor dem Tor stehen und fragte die Männer, die Wache hielten, ob Severus Tullius Dienst hatte.

Cassia hatte recht, niemand beachtete eine Sklavin, schon gar nicht eine Frau, die ihren gesenkten Kopf bedeckt hatte. Die Augen der Wachen waren auf mich gerichtet, ebenso wie die des Jungen, den sie losschickten, um sich zu erkundigen.

Ich hatte Glück – Tullius war da. Er kam fröhlich grinsend aus dem Palast, schob sich mit einem Nicken an den Wachen vorbei und marschierte durch das Tor auf uns zu.

Tullius und ich schlenderten im sanft fallenden Regen gemeinsam über den grünen Hügel. Cassia hielt sich einige Schritte hinter uns, eine Falte ihres Umhangs über Nase und Mund gelegt, um sich gegen die Feuchtigkeit zu schützen.

Ich stellte Tullius meine Frage. Er verzog verwirrt das Gesicht und ging etwa zehn Schritte schweigend weiter.

„Warum interessierst du dich für den Tod einer Freigelassenen?“, erkundigte er sich dann. „Noch dazu einer Hure?“

„Weil ich nicht möchte, dass man mich des Mordes an ihr bezichtigt.“

Tullius wirkte noch verwirrter. „Wer sollte das tun? Niemand würde das glauben. Du bist ein Held – du hast durch deinen Mut und dein Können die Arena überlebt. Kein Römer würde an deine Schuld glauben.“

„Vielleicht doch, wenn meine Feinde mich persönlich des Verbrechens beschuldigen“, sagte ich.

Auf Tullius’ Gesicht zeigte sich plötzlich Verständnis. „Wohl wahr, mein Freund. Jeder hat Feinde, auch ich. Einige meiner Kameraden würden mich gerne von der Kuppe dieses Hügels stoßen, wenn sie dadurch eine Beförderung erwirken könnten. Ebenso wie ein paar meiner Cousins, um an das Geld zu kommen, das meine Mutter mir hinterlassen hat. Sie war reicher, als sie zugeben wollte, wahrscheinlich um zu verhindern, dass die Familie ihr wegen ihres Geldes etwas antut.“ Tullius grinste kurz, dann wischte er sich Regentropfen von der Nase. „Ich habe von dem Mord gehört, von dem du sprichst, aber ich weiß nicht viel darüber. Lass mich kurz nachforschen, und dann werde ich dich an den Tatort führen. Ein Magistrat wird ihn aufgeschrieben, zu einem ausführlichen Bericht ausgeschmückt und an den *princeps* geschickt haben, in der Hoffnung, seine Aufmerksamkeit zu erregen.“

Ich hob eine Hand. „Ich möchte dich nicht in Schwierigkeiten bringen.“

„Ach, ich kann mir nicht vorstellen, inwiefern das ein Problem für mich darstellen könnte. Ich werde in langweiligen Akten stöbern, die niemand lesen will, und dir Bescheid geben. Vielleicht komme ich auch selbst, wenn ich dienstfrei habe.“ Er salutierte nachlässig in meine Richtung. „Ich werde der Star meiner Kaserne sein, wenn ich erzähle, dass ich mit Leonidas, dem Spartaner, befreundet bin.“

TULLIUS KAM AN DIESEM ABEND BEI UNS VORBEI, SPÄT IN DER elften Stunde, kurz bevor die Sonne hinter dem Horizont versank. Er sagte, er könne mich zum Tatort führen.

Wir gingen zügig, gefolgt von Cassia. Mir wäre es lieber gewesen, sie wäre zu Hause geblieben, denn die dunklen Straßen waren selbst für einen Prätorianer und einen ehemaligen Gladiator gefährlich, aber ich hatte mir nicht die Mühe gemacht, ihr den Befehl zu geben. Ich wusste, dass sie mir dann nur heimlich gefolgt wäre, und ich wollte sie lieber dicht bei mir haben, wo ich sie beschützen konnte, als dass sie uns in der Dämmerung hinterherschlich.

Ich nahm an, Tullius würde uns zu einem Ort in der Subura bringen, in der Nähe von Florianas Haus, doch er führte uns nach Nordwesten um das Kapitol und das Marcellustheater herum zum Portikus der Octavia.

Der Portikus, ein Denkmal für die Schwester des Augustus, war eine Säulenhalle, die Schutz vor Hitze, Regen oder den Menschenmassen Roms bot. Tullius ging um den Portikus herum zu einem Weg, der entlang des Tibers und der Brücke zur Tiberinsel führte. Ich hatte diesen Weg genommen, als ich an dem Tag des Giftanschlags auf Floriana Marcianus aus meinem *ludus* holen wollte. Der Gestank des Flusses wurde immer stärker, je näher wir kamen, getragen von einem Windhauch, der die Regenwolken vertrieb.

Tullius hielt an einer Stelle an, an der der Weg überwuchert war und die sowohl von der Brücke als auch von den Gebäuden durch eine Ansammlung von Bäumen und Gesträuch verdeckt war.

„Hier ist es." Tullius deutete dramatisch ins Gebüsch. „Hier hat man die Leiche der erstochenen Floriana gefunden."

Cassia trat vor, eine Schreibtafel in der Hand. Sie fertigte schnell eine Skizze des Weges und des Flusses an und machte sich daneben Notizen.

„Was tut sie da?“, fragte Tullius. „Die *vigiles* haben bereits Aufzeichnungen angelegt ... So habe ich von diesem Ort erfahren.“

Cassia öffnete den Mund zu einer Erklärung, aber ich fiel ihr ins Wort. „Ich habe sie angewiesen, das zu tun.“

Tullius musterte mich neugierig, zuckte jedoch die Achseln und schwieg.

Es gab nicht viel zu sehen. Bei dem Gebüsch, in das Floriana gestürzt war, waren viele Äste abgebrochen und geknickt. Ein paar Fußabdrücke waren im Schlamm zu erkennen, aber der Regen hatte die meisten von ihnen weggewaschen. Die Spuren von Sandalen verrieten uns nichts – ganz Rom trug solche Schuhe. Cassia skizzierte sie trotzdem, und ich ließ sie.

Auch das Blut hatten der Regen oder ein städtischer Arbeiter weggespült. Diese Stelle befand sich in der Nähe öffentlicher Gebäude, wo wichtige Leute an einem sonnigen Wintertag spazieren gingen, und die Konsuln würden zweifellos ihre Kollegen und Bittsteller nicht mit der Erinnerung an einen Mord beunruhigen wollen.

Ich schaute am Fluss entlang zu den Bögen der Brücke, über die die Menschen zur Tiberinsel oder zurück ans Ufer eilten, von dem Wunsch getrieben, vor Anbruch der Nacht die Sicherheit eines Hauses zu erreichen. Auch ich wollte nach Hause, denn es gefiel mir nicht, dass jemand in Rom meinen Tod wollte. Und wer konnte schon sagen, ob sie meine Gefährten nicht einfach ebenfalls umbringen würden?

„Niemand konnte den Mord beobachten.“ Ich wandte mich vom Tiber ab und betrachtete die Rückseite des Theaters und den Portikus. „Der Nebel hat das Geschehen verborgen, und so früh war es außerdem noch dunkel.“ Ein kalter Schauer lief mir über den Rücken. Dies war der perfekte Ort für einen Mordanschlag.

„Warum ist Floriana hierhergekommen?“, fragte Cassia, deren Stift wieder einmal über die Wachstafel flog. „Ihr Mörder muss sie herbestellt haben, oder sie hatte ihn gebeten, sie hier zu treffen.“

Tullius dachte darüber nach. „Du meinst, sie hat ihn gekannt? Ich dachte, es hätte sich um einen Raubüberfall gehandelt – dass sich irgendwelche Räuber gefreut hätten, dass ihnen in der Dunkelheit ein Opfer in die Falle ging.“

„Merkwürdiges Wetter für einen Morgenspaziergang“, bemerkte Cassia. „Von Florianas Haus hierher ist es zudem ziemlich weit. Ich vermute, sie hatte eine Verabredung.“

„Mit einem Liebhaber?“, spekulierte Tullius.

„Den hätte sie zu sich nach Hause bestellen können“, wandte ich ein. „Oder ihn bei ihm daheim besuchen.“

„Dann mit einem *heimlichen* Liebhaber.“ Tullius nickte überzeugt. „Von dem sie nicht wollte, dass ihre Frauen über ihn tratschten.“

„Möglich.“ Cassias Tonfall verriet, dass sie dies nicht glaubte, aber sie machte sich eine weitere Notiz.

Tullius trat zu mir. „Wir sollten zurückgehen.“

Die Sonne versank hinter dem Fluss und warf die Schatten eines Aquädukts auf die Hügel dahinter. Die Wolken, die den ganzen Tag über der Stadt gehangen hatten, brachen auf, und ein Streifen goldenen Lichts glitzerte auf dem Wasser und den Steinen des Aquädukts.

Die Schönheit der Natur tat der Gefahr, in der wir uns befanden, keinen Abbruch. Diese Gegend würde bald von Dieben nur so wimmeln, außerdem von den Verzweifelten, die auf dem Fluss Treibgut sammelten oder auf dem Campus Martius auf verirrte nächtliche Wanderer lauerten. Floriana musste ein sehr dringendes Bedürfnis gehabt haben, denjenigen, der sie letztlich ermordet hatte, zu treffen – sie war eigentlich klug genug gewesen, um die Gefahr dieses einsamen Ortes zu erkennen und zu meiden.

Ich bedeutete Tullius, uns zurück zur Hauptstraße zu führen. Cassia harrte am Tatort aus, immer noch Notizen machend, bis ich sie am Arm hinter Tullius herführte.

Ein Schatten huschte hinter uns her, zumindest dachte ich das. Ich zückte mein Messer und drehte mich um, aber ich sah nichts und niemanden. Der Fluss rauschte dahin, doch ansonsten trug der Windhauch keinen Laut mit sich.

Tullius beschloss, in einer Weinstube einzukehren und seine Nerven zu beruhigen, ehe er sich in seine Kaserne zurückbegab. Er lud mich ein, mit ihm zu trinken, aber ich lehnte ab und verabschiedete mich von ihm.

„Wir bleiben erst einmal daheim“, sagte ich zu Cassia, als wir unser Zuhause erreichten. Ich schloss die Tür zu unserer Wohnung und legte den Riegel vor.

„Kluge Entscheidung“, erwiderte sie und führte meinen Vorschlag dann sofort ad absurdum, indem sie die Balkontür öffnete und ins Freie trat, um unsere Umhänge auszuschütteln.

Ich stellte mich zu ihr und spähte über die Balustrade. „Es kam mir vor, als wäre uns jemand gefolgt.“

„Ja, das habe ich auch bemerkt.“ Cassia kehrte in aller Ruhe zurück in die Wohnung, wobei sie die Umhänge zusammenlegte. „Es war Lucia.“

KAPITEL 15

Ich warf einen überraschten Blick über die Balkonbrüstung, ehe ich Cassia in die Wohnung folgte. „Lucia? Bist du sicher? Wie kann das sein?“

Cassia wandte sich von den Kleiderhaken ab. Sie wirkte nicht besonders besorgt. „Ihr Haar hat einen ungewöhnlichen und auffälligen Rotton. Vielleicht irre ich mich, aber die Gesichtsform unter der Kapuze war auch die ihre. Wenn es nicht Lucia war, dann war es eine Frau, die ihr sehr ähnlich sah.“

Ich erinnerte mich, wie verängstigt Lucia gewesen war, als sie sich, gehüllt in die unscheinbaren Kleider, die Cassia ihr gegeben hatte, von mir verabschiedet hatte. „Warum sollte sie nach Rom zurückgekehrt seien? Sie hatte fürchterliche Angst.“

Cassia legte ihre Tafeln auf den Tisch. Sie hatte jetzt ein Dutzend davon, die sie in Reihen anordnete. „Vielleicht um dich zu töten“, spekulierte sie. „Weil die anderen Versuche, dich zu töten, fehlgeschlagen sind.“

„Warum sollte sie das wollen?“ Lucias Angst war echt gewesen, dessen war ich mir sicher. „Wir haben ihr geholfen, aus Rom zu fliehen. Du hast ihr einen sicheren Ort empfohlen ... Falls sie dorthin gegangen ist.“

„Ich kenne ihre Gründe nicht. Aber ich weiß, dass heute jemand einen Anschlag auf dein Leben verübt hat und eine Frau, die Lucia ähnelt, aufgetaucht und uns gefolgt ist."

Meine Verwirrung nahm noch zu. „Lucia hat keinen Anlass, mich zu töten. Außerdem hätte sie das jedes Mal problemlos tun können, wenn ich in ihrem Bett geschlafen habe."

Mir gefiel das ungute Gefühl nicht, das ich bei meinen eigenen Worten hatte. Natürlich wollte Lucia nicht meinen Tod. Warum auch? Ich hatte Floriana gut für ihre Dienste bezahlt – besser gesagt, Aemil hatte das getan –, und im Gegensatz zu einigen anderen Kunden war ich nie brutal zu ihr gewesen.

Eigentlich hatte ich gedacht, Lucia und ich wären befreundet, soweit man in diesem Fall von Freundschaft sprechen konnte. Doch in Wirklichkeit war mir natürlich klar, dass Lucia keinen Grund hatte, mir gegenüber loyal zu sein, egal, was ich von ihr wollte.

Im Badehaus hatte mich allerdings keine Frau unter Wasser gedrückt, sondern ein Mann, aber Männer konnte man anheuern oder manipulieren.

Cassia kommentierte meine Worte nicht weiter.

Ich trat erneut auf den Balkon und spähte auf die Straße hinunter, bevor ich zurück in die Wohnung ging und die hölzernen Fensterläden schloss. Im Halbdunkel schlich ich mich ins Treppenhaus. Cassia versuchte nicht, mir zu folgen – diesmal hätte ich sie zurückgeschickt, was sie zu ahnen schien.

Unten angekommen öffnete ich die Tür einen Spaltbreit und schaute mich auf der dunklen Straße um. Die Weinhandlung war jetzt geschlossen, nur ein winziges Flackern von Licht hinter den Holzlatten, die dem Laden als Tür dienten, zeigte, dass jemand wach war.

Ich schlüpfte hinaus und lief die Gasse entlang. Um diese Zeit waren nur wenige Menschen unterwegs. Die meisten waren längst zu Hause, hatten die Türen verriegelt, aßen und schliefen oder saßen mit ihren Familien zusammen.

Aus der Querstraße hörte ich Schritte. Ich ging leise und ohne Hast darauf zu, meine Stiefel verursachten fast kein Geräusch. An der Ecke warf ich einen kurzen Blick in die Hauptstraße. Es war niemand zu entdecken.

Ich wartete. Wenn mir jemand folgte, würde diese Person auch warten, um zu sehen, was ich vorhatte.

Das konnte eine Weile dauern. Ich verschränkte die Arme gegen die Kälte und blieb in der Seitenstraße, wo es weniger zog.

Eine Gruppe von Männern schob sich an mir vorbei. Einige wenige Togaträger waren von Dienern umgeben, die versuchten, ihnen mit Laternen den Weg zu leuchten.

Eine dunklere Gestalt löste sich ein Stück weiter die Straße entlang aus einer Tür und folgte ihnen.

Ein Räuber, der auf gute Beute hoffte? Oder ein Mann, der die Sicherheit der Gruppe suchte? Oder Lucia, die versuchte, mir zu entkommen? Die vermummte Gestalt war schmal genug, um sie zu sein.

Ich trat auf die Hauptstraße und beschleunigte meine Schritte. Die Wachen der Männer hörten mich und drehten sich mit hoch erhobenen Laternen zu mir um. Ihre Verfolgerin drückte sich in eine Türnische. Ich näherte mich ihr.

Die Männer und ihre Laternenträger liefen weiter, die Stimmen vor Angst gedämpft.

Ich packte die Verfolgerin und riss sie aus ihrem Versteck. Sofort erkannte ich, dass es sich nicht um Lucia handelte, sondern um einen Mann, der allerdings schlank wie eine Frau war.

Ich starrte auf meinen *vigil* hinab, dessen Gesicht in der Dunkelheit bleich wirkte. Er wehrte sich, doch ich hielt ihn fest und nahm ihm mühelos das Messer ab, das er gezogen hatte. Die Spitze presste ich ihm an die Kehle.

„Warum folgst du mir?“, verlangte ich zu wissen.

Ihm quollen fast die dunklen Augen aus den Höhlen. *„Du*

bist es, der *mir* folgt. Heute Morgen warst du mir lange auf den Fersen."

„Weil ich dir eine Frage stellen wollte. Was führt dich in diesen Teil Roms?"

„Ich bin dienstlich hier. Was dachtest du denn? Meine Aufgabe ist es, nachts auf der Suche nach Bränden oder Tumulten die Straßen zu patrouillieren."

„Du hast mir nachspioniert und wolltest dich im Schutz dieser Gruppe von Patriziern davonschleichen. Noch einmal: Warum?"

„Weil du wahrscheinlich diese Frau ermordet hast." Der *vigil* versuchte, sich aufzurichten, aber da ich ihn so fest umklammert hielt, dass seine Rippen zu brechen drohten, und ihm ein Messer an die Kehle hielt, gelang es ihm nicht. „Ich muss es nur vor Gericht beweisen."

„Als man mich das letzte Mal des Mordes beschuldigt hat, hat sich niemand die Mühe gemacht, etwas zu beweisen, bevor man mich ins Gefängnis geschleppt hat."

Die Furcht in den Augen des *vigil* vergrößerte sich nur. „Man sagt, es sei schwer, dir etwas anzuhaben, weil dich jemand beschützt."

„Wer?", fragte ich, ohne nachzudenken.

Er hob verwirrt die Brauen. „Weißt du das denn nicht?"

Nein, das wusste ich nicht. Ich hatte keine Ahnung, wer mein Gönner war, und das machte mich wahnsinnig. Erneut schüttelte ich den Mann. „Wer beschuldigt mich?"

„Woher soll ich das wissen? Ich tue einfach, was mein Wachkommandant mir befiehlt. Er hat gesagt: ‚Finde heraus, ob Leonidas Floriana getötet hat, und wenn ja, bring mir einen Beweis.'"

Er log. Ich hatte lange genug mit Männern zusammengelebt, bei denen jedes Detail ihrer Vergangenheit gelogen gewesen war, um die Wahrheit von einer gut erfundenen Geschichte unterscheiden zu können. Sein Wachkommandant hatte ihm keinen derartigen Befehl gegeben. Der *vigil* war aus eigenem Antrieb hinter mir her, oder er war der Mörder von Floriana und versuchte, diese Tatsache zu vertuschen, indem er mich als bequemen Sündenbock benutzte.

„Ich habe sie nicht getötet, und du wirst keinen Beweis dafür finden“, antwortete ich mit harter Stimme. „Ich war am Morgen ihres Todes auf dem Weg aus Rom hinaus, umgeben von Zeugen. Ich hatte keinen Grund, so früh an dieser Stelle am Flussufer zu sein.“

„Ach wirklich?“ Der *vigil* sah mich triumphierend an. „Und woher weißt du dann, wo sie getötet wurde?“

„Ich habe mich erkundigt. Heute Morgen habe ich dich verfolgt, um dich genau das zu fragen.“

Sein Gesichtsausdruck verriet mir, dass er sicher war, dass ich log. Solange wir einander kein Wort glaubten, würden wir nicht vorankommen.

„Wer bist du?“, fragte ich. „Wie heißt du?“

„Avitus.“ Seine Augen blitzten.

„Ich bezweifle, dass du in diesem Viertel arbeitest“, stellte ich fest. „Das wäre ein großer Patrouillenbereich von eurem Wachhaus in der Nähe des Esquilin bis hierher.“

Er versuchte nicht, es zu leugnen. „Du warst dort, als jemand Floriana vergiftet hat. Vielleicht hast du es ja selbst getan?“

Die gleiche Diskussion hatte ich mit Regulus geführt. „Warum hätte ich den besten Arzt in ganz Rom holen sollen, wenn ich sie nicht hätte retten wollen?“

Avitus zuckte die Achseln. „Vielleicht wolltest du, dass sie krank wird. Als Warnung.“

„Wovor?“

„Davor, was geschehen würde, wenn sie dir in die Quere kommt. Jeder wusste, dass sie dich nicht gern in ihrem Hause hatte.“

Ich sah ihn erstaunt an. „Wovon redest du? Ich war dort Stammkunde, und Floriana hat sich nie beklagt.“

Avitus funkelte mich trotzig an. „Sie wollte dich loswerden. Floriana hat gehofft, die Sache würde sich von selbst erledigen, wenn du frei bist und deinen Lebensunterhalt selbst bestreiten musst, aber das war nicht der Fall. Hat sie dir gedroht?"

„Nein." Floriana hatte mir nur auf ihre direkte, geschäftsmäßige Art gesagt, dass ich von nun an selbst bezahlen musste. „Woher weißt du so genau, was Floriana wollte?"

Wieder wand sich Avitus in meinem Griff. Sein Gesicht war nur ein bleicher Fleck in der Dunkelheit, doch ich sah die Empörung in seinem Blick. „Das geht dich gar nichts an!"

„Warst du ihr Kunde?" Ich musterte ihn skeptisch. „Ich bezweifle, dass du dir das hättest leisten können."

Avitus strampelte so heftig, dass ich ihn fast aus Versehen geschnitten hätte. „Du bist Abschaum. Gladiator. *Infamis*." Er spuckte mich an.

Eher überrascht als wütend drückte ich ihm das Messer fester an die Kehle. Er schluckte und erstarrte.

Ich öffnete den Mund, um zu fragen, warum er so dumm war, einen Mann zu beleidigen, der ihn ohne Probleme töten konnte, aber das Geräusch von Schritten hinter mir ließ mich verstummen.

„Avitus!", rief ein Mann. An der Einmündung der Straße leuchtete eine Laterne. „Wo beim Hades bist du?"

Bevor er antworten konnte, verschloss ich Avitus den offenen Mund mit der Hand. Er versuchte, mich zu beißen, also packte ich ihn fester. Gleichzeitig drehte ich ihn um und schob ihn vom Bordstein auf die Straße.

Er trat mir mit seinem festen Stiefel brutal auf den Fuß. Ich ließ sein Messer fallen, und er bückte sich hastig danach, stolperte und ging auf den Steinen zu Boden. Während er sich noch aufrappelte, rannte ich los.

Ehe Avitus oder seine *vigiles*-Kollegen reagieren konnten, war ich schon längst in der Schwärze der nächsten Gasse verschwunden.

Die Männer folgten mir nicht. Ich verharrte in der Dunkelheit, bereit, weiter zu fliehen oder zu kämpfen, doch nach einem leisen Gespräch drehte sich das halbe Dutzend *vigiles* um und stapfte den Weg zurück, den sie gekommen waren. Da wusste ich, dass Avitus' Wachkommandant ihn wirklich nicht auf mich angesetzt hatte, denn dann hätten sie mich verfolgt, bis sie mich verhaftet hätten. Avitus hatte ganz persönliche Gründe, mir nachzuspionieren.

Ich hörte ein leises Geräusch in der Dunkelheit und drehte mich hastig um, mein Messer im Anschlag.

Hinter mir saß zusammengekauert auf den Steinen eine ganze Familie – ein Mann und eine Frau mit drei Kindern, eins davon ein Säugling auf dem Arm der Mutter. Ich vermutete, dass man sie Anfang des Monats, als die Miete fällig gewesen war, aus ihrer *insula* hinausgeworfen hatte und sie noch keine andere Bleibe gefunden hatten.

Sie starrten mich erschrocken an, sogar der Säugling. Ich war groß und massig, und wenn ich mir alles nehmen wollte, was sie besaßen, einschließlich der Frau und des kleinen Mädchens, dann würden sie mich nicht aufhalten können, und das wussten sie.

Ich machte einen Schritt auf sie zu. Alle wichen zurück, der Mann versuchte, sich schützend vor seine Frau und seine Kinder zu schieben. Schnell steckte ich mein Messer weg und öffnete den Beutel mit den Münzen, den ich am Gürtel trug.

Ich leerte den Beutel und legte die Münzen – insgesamt etwa drei Sesterzen – ein paar Meter vor dem Mann auf den Boden. Ohne darauf zu warten, dass er sie einsammelte, wandte ich mich ab und marschierte davon.

Ich hörte ein leises „Danke“ der Frau, dann eilte ich um die Ecke und verschwand in der Nacht.

Als ich mein Wohnhaus erreichte und nach der Klinke griff, flog die Tür am Fuße der Treppe auf. Cassia wartete dahinter auf mich, die Augen weit aufgerissen, die Tunika in Unordnung. Es war das erste Mal, dass sie mir nicht völlig makellos gekleidet gegenübertrat.

„Was ist passiert?", fragte sie.

Ich gab nur ein müdes Knurren von mir und ging an ihr vorbei die Treppe hinauf. Oben angekommen zitterte ich. Cassia schlüpfte hinter mir herein und schloss und verriegelte die Tür, während ich mich schwer auf meine Pritsche sinken ließ.

„Wirst du es mir erzählen, bevor du einschläfst?", bat Cassia.

Wie immer überfiel mich Müdigkeit als Reaktion auf die Anspannung, aber ich stützte mich auf einen Ellbogen und schilderte ihr meine Begegnung mit Avitus.

Cassia hörte bestürzt zu und schüttelte dann sehr entschieden den Kopf. „Ich werde mehr über diesen Avitus herausfinden müssen."

Müde löste ich meinen Gürtel, ließ ihn fallen und zog mir die Tunika über den Kopf. „Das erledige ich schon. Gleich morgen früh."

„O nein, das erledige *ich*", widersprach sie mit fester Stimme. „Du würdest ihn entweder verscheuchen, oder man würde dich verhaften, wenn du ihm zu sehr drohst. Ich kann Nachforschungen anstellen, ohne dass es jemand merkt. Du solltest derweil herausfinden, wer Florianas Haus gekauft hat. Häufig warten Spekulanten nur darauf, dass in der Gegend ein Bewohner oder ein Eigentümer stirbt, um sich eine Immobilie anzueignen. Vielleicht wollte jemand nicht warten – Floriana war eine gesunde Frau, wie du mir berichtet hast, und keine kränkliche alte Dame."

Ich hörte ihre Worte, aber der Schlaf überfiel mich, und ich konnte nicht mehr dagegen ankämpfen. Als ich mich hinlegte, verhedderte ich mich in der Decke.

„Ich habe übrigens keine Münzen mehr", murmelte ich. „Die

habe ich einer Familie gegeben, die auf der Straße schlafen muss. Das willst du dir doch sicher aufschreiben."

„Oh." Ihre Stimme wurde leise, und dann umfing mich der Schlaf. Das Letzte, was ich mitbekam, war, dass Cassia mich richtig zudeckte und flüsterte: „Gut gemacht, Leonidas."

Am nächsten Morgen war Cassia putzmunter, während ich mit vom Schlaf benebeltem Kopf müde Brot aß und mit Wasser gemischten Wein trank. Sie hatte schon das Wasser und Frühstück geholt, bevor ich aufgewacht war, und ich hatte nichts davon mitbekommen.

„Wenn du wissen willst, was in Rom vor sich geht, dann begib dich zu den Brunnen", sagte sie, nachdem sie ihren letzten Bissen Brot verspeist hatte. „Die Frauen, die dort Wasser schöpfen, wissen alles über jeden in der Stadt, von den Elendsvierteln bis zu den Villen. Sie wussten auch schon, dass ich für dich arbeite, dass du jetzt frei bist und einen Gönner hast. Ihre Fragerei war nervtötend."

Ich stellte mir die derbe Sprache der Frauen vor, als sie Cassia über das Zusammenleben mit einem Gladiator ausfragten. Wahrscheinlich hatten sie ihr nicht geglaubt, als sie ihnen erzählt hatte, dass wir in getrennten Betten schliefen. Cassia war eine attraktive junge Frau, aber selbst wenn ich sie als Kurtisane hätte benutzen wollen, hatte mein Körper seit Neuestem beschlossen, dass er im Bett an anderen Aktivitäten als Schlaf nicht interessiert war.

„Sie kennen diesen Avitus", fuhr Cassia fort. „Man sieht ihn häufig auf den Straßen der Subura, vor allem nachts. Er flirtet mit jeder Frau, die er, natürlich zu ihrer eigenen Sicherheit, nach Hause begleitet."

Ich dachte an den verängstigten jungen Mann, den ich am Vorabend gepackt hatte, und konnte mir das gar nicht vorstellen.

„Er wusste viel über Floriana und Dinge, die sie angeblich gesagt hatte“, berichtete ich. „Ich habe mich gefragt, ob er als Lustknabe für sie gearbeitet hat.“ Floriana hatte für jeden Geschmack etwas im Haus gehabt.

„Durchaus möglich.“ Cassia bürstete die Brotkrumen in ein Tuch und faltete es zusammen. „Ein Junge, der in einem *lupanar* aufwächst, könnte beschließen, an Floriana Rache zu nehmen. Wenn ihn die Bewohner des Hauses kannten, hätten sie ihn ohne Weiteres ein- und wieder hinausgelassen.“

„Aber ich habe ihn in der Nacht, in der jemand Floriana Gift verabreicht hat, nicht gesehen. Ich habe ihn dort überhaupt nie gesehen. Unsere erste Begegnung war auf der Straße, an dem Morgen, an dem ich Marcianus holen gegangen bin.“

„Vielleicht ist Avitus dir einfach nur nicht aufgefallen.“

Ich schüttelte entschieden den Kopf. „Jedes Mal, wenn ich bei Floriana war, habe ich mir genau angeschaut, wer noch dort war. Ich habe mich vergewissert, dass kein Feind im Haus war. Ich konnte nicht sicher sein, dass nicht jemand versuchen würde, mir im Schlaf das Blut abzuzapfen.“

Cassia hob die Brauen. „Dir Blut abzuzapfen?“

„Das Blut eines Gladiators heilt angeblich viele Krankheiten. Hast du das nicht gewusst?“

„Ich habe von diesem Gerücht gehört, aber das ist absurd.“ Cassia trug das Tuch auf den Balkon und schüttelte die Krümel aus. Sie kehrte an den Tisch zurück, setzte sich und faltete den Stoff präzise. „Ich habe alle griechischen und lateinischen Abhandlungen über Krankheiten und Medizin gelesen, die ich finden konnte, einschließlich Hippokrates, und es gibt keinen Beweis, dass dein Blut magische Heilkräfte besitzt.“

Auch ich hatte da meine Zweifel. Wenn mein Blut so magisch war, warum heilten meine eigenen Wunden dann nicht schneller? Am Anfang meiner Karriere hatte ich eine schwere Verletzung erlitten, die mich einen Monat lang außer Gefecht gesetzt hatte. Ich hatte nur dank Marcianus' Heilkünsten überlebt.

„Jedenfalls hatte ich Avitus bis zu diesem Tag noch nie gesehen", erklärte ich bestimmt.

Cassia kramte in der Kiste neben dem Tisch und holte ihre unvermeidliche Tafel heraus, klappte sie auf und beschriftete das Wachs sorgfältig mit ihrem Griffel.

„Warum tust du das eigentlich?", fragte ich.

Cassia blickte mich an. Ihre dunklen Augen waren von ebenso dunklen Wimpern umrahmt. „Was denn?"

„Alles aufschreiben." Ich deutete beiläufig auf die Tafel. „Deine Aufzeichnungen. Was bringen die? Haben sie dich vor dem Sklavenmarkt bewahrt? Davor, für einen Gladiator arbeiten zu müssen und von den Frauen an den Brunnen ausgehorcht zu werden?"

Ihr Griffel erstarrte, und ihre Miene gefror. „Das hat mir mein Vater beigebracht. Es hilft mir, die Welt zu verstehen."

Aber ihr Vater war gestorben und hatte seine Tochter allein und schutzlos zurückgelassen.

„Warum hat man dich verkauft?", fragte ich abrupt. „Du hättest doch die Arbeit deines Vaters in der Villa deiner Herrin fortsetzen können. Selbst wenn man einer Frau in der Position der Schreiberin nicht traute, hättest du seinem Nachfolger assistieren können. Du bist offensichtlich des Lesens und Schreibens mächtig – und des Organisierens", fügte ich hinzu. Unsere Wohnung war vom ersten Tag an ordentlich gewesen.

Cassia errötete. „Meine Herrin wollte mich aus dem Haus haben."

„Warum?", fragte ich erneut, auch wenn ich die Antwort zu kennen glaubte.

Ich hatte eben erst selbst wieder festgestellt, was für eine attraktive junge Frau Cassia war. Als ihr Vater noch gelebt hatte, hatte er sie beschützt und durch seine hohe Position im Haushalt einen gewissen Einfluss auf den Hausherrn gehabt oder zumindest dessen Respekt genossen.

Nach dem Tod ihres Vaters war Cassia, eine Sklavin, weil sie die Tochter eines Sklaven war, zweifellos allein und wehrlos gewesen.

„Wer war es?“, fragte ich mit sanfter Stimme. „Der *pater familias*? Oder sein Sohn?“

KAPITEL 16

Nach meiner Frage hielt Cassia lange Zeit den Kopf gesenkt. Als sie ihn hob, blieb ihr Blick auf die Tischplatte gerichtet.

„Mein Herr", flüsterte sie.

Plötzlich loderte Zorn in mir auf. Ich musste nicht nach den Einzelheiten fragen. Der Herr des Hauses konnte seine Bedürfnisse an jedem Mitglied des Haushaltes stillen, das ihm gefiel, und seine Frau konnte nichts dagegen tun. Niemand würde einen Mann dafür tadeln, eine Affäre mit einer Frau oder einem Mann von niedrigerem Stand zu haben.

Ich würde nicht fragen, ob der Herr ihr einfach nur zu verstehen gegeben hatte, dass er sie wollte, oder ob er sich auch wirklich an ihr vergangen hatte. Der gehetzte Ausdruck in Cassias Augen und die tiefe Furcht, die sie vor mir gehabt hatte, als ich sie zum ersten Mal getroffen hatte, ließen mich Letzteres vermuten.

Eine Ehefrau konnte zwar nicht verhindern, dass ihr Mann sich sein Vergnügen nahm, aber sie konnte dafür sorgen, dass ihre Rivalin aus dem Haus verschwand.

„Also hat dich deine Herrin verkauft", schloss ich.

„Es ging alles ganz schnell. Sie hat nicht einmal mit mir gesprochen. Unser Majordomus hat mich in einen Wagen gesetzt, und einer der Wächter des Herrn hat mich nach Rom auf den Markt gefahren. Ich durfte nicht einmal meine Sachen packen." Tränen traten ihr in die Augen und rannen ihr über die Wangen.

Ich hätte ihr am liebsten die Hand gedrückt, um sie zu trösten, glaubte allerdings nicht, dass meine Berührung willkommen gewesen wäre. Aus eigener Erfahrung wusste ich, wie es war, benutzt und ohne Zustimmung angefasst zu werden, weil ich der Unterhaltung anderer Leute diente. Deshalb war ich *infamis* gewesen, nur zur Belustigung anderer da. Ich konnte ein gefeierter Held der Spiele sein, man konnte mir bewundernd folgen und Zeichnungen von mir auf allen erdenklichen Dingen anfertigen lassen, aber am Ende konnte man mich wegwerfen wie eine Vase mit meinem Konterfei, wenn man sie nicht mehr wollte.

Ich ballte die Faust auf dem Tisch. „Du hast jetzt neue Sachen. Ich werde sie dir nicht wegnehmen."

Cassia sah zu mir, eine Strähne rutschte aus ihrer perfekten Frisur. „Wenn Regulus dich wegen des Mordes an Floriana verhaften lässt, wird man mir alles nehmen. Man könnte mich sogar als deine Komplizin ebenfalls festnehmen."

Sie sagte die Wahrheit. Obwohl Cassia nichts mit dem Mord zu tun hatte, würde man sie möglicherweise töten, nur weil sie mir gehörte. Und selbst wenn man sie verschonte, hätte sie im Falle meiner Hinrichtung niemanden mehr, der sie beschützte.

Ich riss ein weiteres Stück Brot von dem runden Laib ab. „Dann sollten wir besser beweisen, dass ich es nicht war."

Cassia wischte sich die Augen trocken und nickte. Sie nahm wieder ihren Griffel zur Hand und kratzte zittrige Zeichen in das Wachs, und wir sprachen nicht weiter darüber.

Ich frühstückte zu Ende und verließ das Haus. Diesmal hatte ich einen Mantel dabei, denn die Januarluft war nach dem Regen kalt. Die Straßen waren feucht und glitzerten in der Morgensonne.

Weder Cassia noch ich hatten von Celnus gehört, dass Priscus oder sein Sohn das Haus verlassen hatten, aber ich würde heute nach ihm schauen. Neros Nachdrücklichkeit irritierte und verwirrte uns beide.

Als ich ging, sah Cassia gerade ein weiteres Mal die Skizzen durch, die sie vom Tatort angefertigt hatte. Mir fiel darauf nichts auf, doch ich hatte bereits festgestellt, dass Cassias Gehirn anders funktionierte als meins.

Als ich an Florianas Haus ankam, waren Männer dabei, es abzureißen. Sie schlugen mit Hämmern Löcher in die Wände, und von den Fassadenmalereien fielen Bröckchen auf das Pflaster. Ein gemalter Männerhintern wehte an mir vorbei.

Der *architectus* Gnaeus Gallus, den ich das letzte Mal hier getroffen hatte, war an diesem Tag nicht zugegen. Der Vormann, der die Handwerker beaufsichtigte, die wegen der schweren Arbeit trotz der Kälte nur mit Lendenschurzen bekleidet waren, sah mich ungeduldig an, als ich nach ihm fragte.

Gallus hatte gesagt, sein Laden befände sich auf dem Clivus Pullius, und der Aufseher erklärte mir nun genau, wo.

Der Clivus Pullius führte in Serpentinen den Oppius empor. In der ersten Kurve, nahe der Kreuzung mit dem Clivus Suburanus und dem Vicus Patricius, fand ich Gallus' Geschäft.

Das kleine Büro des Architekten öffnete sich nicht zur Straße hin wie die anderen in der Umgebung, aber ich erkannte das Bild einer *libella* an der Wand – ein A-förmiger Rahmen, an dem ein Lot hing. Ich spähte durch die offene Tür hinein und entdeckte Gallus über einen hohen Tisch gebeugt, auf dem Zeichnungen ausgebreitet waren.

„Ah“, sagte er, als er mich bemerkte. „Mein Gladiatorenfreund, der im Herzen ein Baumeister ist. Hast du beschlossen, auf mein Angebot zurückzukommen?“

Wie gerne hätte ich in diesem Augenblick Ja gesagt. Der kleine Raum weckte viele Erinnerungen. Ich hatte damals hauptsächlich körperlich gearbeitet, denn der Baumeister hatte meinen breiten Rücken und meine starken Arme zu schätzen gewusst, doch ich erinnerte mich an die verstreuten Werkzeuge, die Zeichnungen, den Duft von Marmorstaub und Travertin, den schlammigen Geruch von Beton.

Der Mann, für den ich tätig gewesen war, hatte nicht den hochtrabenden Titel *architectus* getragen, aber im Grunde war er genau das gewesen. Er hatte in einem Provinzstädtchen in der Nähe von Rom Häuser für das einfache Volk gebaut, allerdings auch bei ein paar Villen mitgewirkt. Ich war ihm beeindruckt gefolgt und hatte stumm alles aufgesogen.

„Ich möchte dich etwas fragen, was Florianas Haus betrifft“, antwortete ich Gallus stattdessen. „Das *lupanar*.“

Gallus nickte überrascht. „Ah, ja. Der neue Besitzer hat beschlossen, es abzureißen, obwohl ich ihm gesagt habe, man könne die Wände und das Dach erhalten. Er möchte eine Reihe von Geschäften und Wohnungen errichten, eine weitere *insula* in einer Stadt, die voll davon ist. Wenigstens kann ich dafür sorgen, dass das Ding stabil ist.“

Insulae, die mitsamt ihren Bewohnern einstürzten und viele von ihnen töteten, waren leider keine Seltenheit. Die Besitzer wollten die Gebäude so billig wie möglich hochziehen und kümmerten sich nicht um die Instandhaltung.

„Wer ist der neue Eigentümer? Du hast gesagt, er heißt Livius?“

„Ja, Sextus Livius.“ Gallus kratzte sich mit seinem Markierungsstab an der Stirn und hinterließ einen Kohlestreifen. „Er besitzt bereits eine *insula* auf dem Aventin und Geschäfte auf dem Carinae. Der Mann ist dafür bekannt, verfallene Immobilien aufzukaufen und sie umzubauen.“

„Von wem hat er es gekauft?“, fragte ich. „Direkt von Floriana?“

„Nein, ich glaube nicht, dass die Herrin des Hauses auch seine Besitzerin war. Mal schauen …“ Gallus wühlte sich durch einen ungeordneten Stapel von Tafeln und Papyri, öffnete Schriftrollen und warf sie beiseite. Cassia wäre über sein nachlässiges System entsetzt gewesen.

„Da haben wir es ja. Das ist eine Abschrift des Kaufvertrags. Livius hat das Gebäude von – Moment – einer Frau gekauft, Porcia Caelia, der Gattin eines Senators namens Decimus Laelius Priscus.“

Ich erstarrte, und mir wurde kalt. „Decimus Laelius Priscus.“

„Ja.“ Gallus überflog das Dokument, ohne meine plötzliche Anspannung zu bemerken. „Er ist ihr Witwer, um genau zu sein. Sie war die Hauseigentümerin, aber nach ihrem Tod ist es an ihren Mann übergegangen.“

„Ihren Mann.“ Mein Mund war trocken.

„Ja, in der Tat.“ Gallus sah mich über die offene Schriftrolle hinweg an. „Kennst du ihn?“

„Ich kenne ihn“, bestätigte ich grimmig.

Priscus hatte keinen Grund, mir zu sagen, dass seiner Frau das Gebäude gehört hatte, in dem Floriana ihr Gewerbe betrieben hatte. Ich war ein Leibwächter, ein Niemand. Priscus hatte auf dem Weg nach Ostia nur deshalb von sich erzählt, weil er sich unterhalten wollte, um sich von seinen Sorgen abzulenken.

Cassia hatte erwähnt, dass Menschen, die sich Sachen aneignen wollten, dies manchmal mit rücksichtslosen Mitteln taten. Hatte Livius das Gebäude begehrt, und der gutherzige Priscus hatte die Mieter nicht vertreiben wollen, und deshalb hatte Livius Floriana getötet? Oder hatte Priscus das Gebäude nicht verkaufen dürfen, solange es von Mietern bewohnt war, und seien es Prostituierte?

Mein Magen zog sich zusammen. Ich hatte gehofft, ich

könnte einfach Florianas Mörder aufspüren und zu einem Geständnis zwingen. Eine simple Lösung. Von dem Entwirren der Eigentumsverhältnisse und der Motive für den Erwerb oder Verkauf von Immobilien kriegte ich Augenjucken.

„Danke“, sagte ich zu Gallus und wandte mich zum Gehen.

„Wo willst du hin?“, rief er mir nach.

Zu Priscus, aber das teilte ich ihm nicht mit. „Ich muss ein paar Dinge erledigen. Einen schönen Tag noch.“

„Du scheinst dich sehr für dieses Haus zu interessieren. Kann ich dir irgendwie helfen?“

Gallus klang aufrichtig und freundlich, doch ich musste auch seine Motive hinterfragen. Er sehnte sich danach, sich einen Namen als Architekt zu machen, und vielleicht erschien ihm ein Haus in einem billigen Viertel, das nur Frauen bewohnten, die ihren Körper verkauften, eine gute Gelegenheit dazu.

„Nein.“ Ich sah mich in seinem Geschäft um. Es gefiel mir hier, und ich hoffte, dass ich mich irrte.

„Komm wieder, wenn du zurück ins Baugewerbe willst“, verabschiedete mich Gallus, als ich aus der Tür trat. „Ich brauche immer noch einen Assistenten.“

Mit einem Nicken entfernte ich mich und lenkte meine Schritte Richtung Esquilin und Priscus’ luxuriösem *domus*.

Zwei Bittsteller warteten vor Priscus’ Tür. Im Vergleich zu seinen Nachbarn waren das nicht viele. Unterwegs war ich an Häusern vorbeigekommen, wo die Bittsteller die Bänke füllten und bis auf die Straße standen, Männer, die geduldig warteten, bis der *pater familias* sie vorließ.

Der *eques*, der Priscus das Leben gerettet hatte, indem er das für ihn bestimmte Gift getrunken hatte, stand wieder in der Vorhalle. Sein Gesicht verzog sich verdrießlich, als ich erschien. Den zweiten Mann hatte ich noch nie gesehen. Er saß zusammengesunken auf der Bank und starrte auf seine Stiefel.

Der Bursche an der Tür rannte hinein, sobald er mich bemerkte. Schnell tauchte er wieder auf und winkte mich herein, was mir ein verärgertes Schnauben des *eques* einbrachte.

Celnus kam mir entgegen und führte mich nicht in den Garten, sondern in Priscus' *tablinium*.

„Er ist sehr beschäftigt", ließ er mich verächtlich wissen, bevor er einen Vorhang zurückzog und mich ankündigte.

„Leonidas." Priscus schien trotz Celnus' anderslautender Behauptung erfreut, mich zu sehen. „Wie geht es dir, mein lieber Junge? Wie geht es Cassia?"

Dass sich ein Mann nach einer Sklavin erkundigte, war ungewöhnlich. Cassia war allerdings auch eine ungewöhnliche Sklavin.

„Gut." Mehr sagte ich nicht, und Priscus schaute den Majordomus an, der penetrant direkt neben uns stand.

„Ich werde mich eine Weile mit Leonidas unterhalten, Celnus. Wenn wir fertig sind, rufe ich dich."

Celnus musterte seinen Herrn kühl, drehte sich um und entfernte sich. Er ließ den Vorhang zurückgezogen.

„Er hat der Familie meiner Frau gehört", erklärte Priscus entschuldigend. „Nach dem Tod ihres Vaters wurde er freigelassen, aber er wollte weiter für sie arbeiten. Um ein Auge auf mich zu haben, verstehst du?" Er lächelte schmallippig. „Die arme Porcia hat unstandesgemäß geheiratet."

„Du bist Patrizier." Ob sie nun reich oder arm waren, Patrizier konnten ihren Stammbaum bis in die alte Republik zurückverfolgen.

„Ja, und Porcia gehörte zu den *equites*. Doch meine Familie hatte nie viel Macht, trotz unseres Namens, und nie nennenswertes Geld. Nach Celnus' Auffassung hätte meine Frau mir keinen zweiten Blick gönnen sollen. Aber ich bin sehr froh, dass sie nicht auf ihn gehört hat."

Wieder fiel mir die Trauer in seinen Augen auf. Priscus hatte seine Frau sehr geliebt.

„Sie hat Immobilien besessen", sagte ich abrupt. Ich drehte mich um, um zu sehen, ob Celnus lauschte, doch er hatte sich ins Atrium zurückgezogen, wo er und Kephalos leise, aber hitzig diskutierten.

Priscus blinzelte überrascht. „Ja. Oder vielmehr ihr Vater. Überall in Rom und am Golf von Neapel. So genau weiß ich das gar nicht. Um diesen Teil des Geschäfts kümmert sich Celnus."

„Ein Gebäude ist unlängst verkauft worden. Ein Haus in der Subura. Es diente als Bordell."

Priscus hob die Brauen. „Ach ja? Tja, dieser alte Schurke. Davon hatte ich keine Ahnung. Ich wette, meine Frau auch nicht."

„Hast du von dem Verkauf etwas mitbekommen?"

Priscus schüttelte den Kopf, ein Inbegriff der Unschuld. „Wie gesagt, ich befasse mich nicht oft mit dem Geschäft. Ich helfe meinen Bittstellern und denen des Vaters meiner verstorbenen Frau. Sie war sein einziges Kind und früher schon einmal verheiratet, aber sie hat bei der Trennung alle Besitztümer behalten, die sie von ihrem Vater geerbt hatte, und vererbte sie freundlicherweise mir und Decimus. Wobei mir Buchhaltung zu knifflig ist. Ich bin Soldat, kein Geschäftsmann. Um diese Dinge kümmern sich Celnus und Kephalos." Priscus deutete ins Atrium, wo die beiden noch immer miteinander flüsterten.

Die Männer mochten einander nicht, das war unübersehbar. Ihre Haltung war steif, doch sie hatten die Köpfe zusammengesteckt, um sich zu unterhalten.

„Vertraust du den beiden?", fragte ich.

„Sie haben mir nie Grund gegeben, es nicht zu tun", erwiderte Priscus steif. „Meine Frau hat ihnen vertraut."

Dennoch behauptete er, nichts von den Besitztümern seiner Frau zu wissen, und überließ den beiden Dienern, einem Freigelassenen und einem Sklaven, die Führung seiner Geschäfte. Sie hätten Häuser verkaufen und das Geld für sich selbst abzweigen können, ohne dass Priscus etwas davon bemerkt hätte. Ich fragte mich, was Cassia wohl von ihrer Buchhaltung halten würde.

„Der Käufer des Hauses ist ein stadtbekannter Spekulant", informierte ich ihn. „Er kauft leer stehende Immobilien auf und verwandelt sie in *insulae* oder Läden."

„Das tun viele Männer in Rom", sagte Priscus. „Habe ich zumindest gehört. Mein Schwiegervater hat das auch getan."

„Kennst du den Käufer des Hauses? Er heißt Sextus Livius."

Priscus schaute nachdenklich zur Decke. „Nicht, dass ich wüsste. Meine Bekannten sind meist alte Soldaten wie ich. Wir schwelgen gemeinsam in Erinnerungen an Schlachten und stellen sie viel ruhmreicher dar, als sie wirklich waren. Über unseren Besitz oder über Spekulanten sprechen wir nur sehr selten."

Mir fiel keine Falschheit an ihm auf. Priscus schien zu sein, was er behauptete: ein ehemaliger General, der sein Glück bei einer Frau gefunden hatte, die zufällig wohlhabend gewesen war. Jetzt hatte er von ihr nur noch seine Erinnerungen – und ihr ganzes Geld, rief ich mir ins Gedächtnis.

„Warum willst du das alles wissen, Leonidas?"

Ich sah keinen Grund, ihm die Wahrheit zu verschweigen. „Es hat einen Mord an einer Frau gegeben, und ich möchte nicht den Sündenbock abgeben. Sie hat in dem Haus gewohnt, das du verkauft hast. Die Frau ist an dem Morgen gestorben, an dem wir nach Ostia aufgebrochen sind."

„Verstehe." Priscus wippte auf den Absätzen. „Ich werde den Richtern gerne erzählen, dass du an diesem Morgen bei mir warst. Du bist direkt neben mir geritten und kannst es nicht getan haben. Es sei denn, du hättest die Tat vor unserem Aufbruch begangen."

Genau das würde auch ein Magistrat sagen. Priscus konnte sich nur für die Zeit verbürgen, in der er in meiner Obhut gewesen war.

„Gleich darauf wurde das Gebäude verkauft“, berichtete ich weiter.

„Ja, scheint so.“ Priscus lief rot an. „Celnus“, rief er ins Atrium. „Komm bitte mal her.“

Celnus löste sich von Kephalos und kam ohne Eile zu uns. Sein langsamer Schritt verriet, dass er nur gehorchte, weil er musste.

„Herr.“ Er verneigte sich vor Priscus.

„Leonidas sagt, du hättest kurz nach dem Mord an der Frau, die dort gelebt hat, eine meiner Immobilien verkauft.“

Celnus wirkte weder überrascht noch in irgendeiner Weise schockiert oder schuldbewusst. Er nickte Priscus ruhig zu. „Da das Haus leer stand und zuvor ein ... Bordell gewesen war, ich kann es nicht anders sagen, dachte ich, du bräuchtest es nicht mehr. Ein Mann war bereit, es zu erwerben, also habe ich mir die Freiheit genommen, es ihm zu überlassen.“

„Ein Bordell ist doch nichts Ehrenrühriges“, stellte Priscus fest. „Männer haben Bedürfnisse, und dafür sind diese Häuser da. Man sollte sich dort nur nicht häuslich einrichten oder ehrlos verhalten.“

Celnus schaute hochmütig drein. „Der Käufer hat einen sehr guten Preis geboten.“

Priscus wedelte mit der Hand. „Siehst du, Leonidas? Ein Geschäft, schlicht und einfach. Obwohl ich das gern vorher von dir oder Kephalos gehört hätte“, wies er Celnus zurecht.

„Kephalos wollte dich in seinem monatlichen Finanzbericht darüber informieren.“

„Natürlich wollte er das.“ Priscus mäßigte seinen Ton. „Schon gut, Celnus. Ich hätte es nur wissen wollen. Bitte verkauf keine weiteren Immobilien mehr, ohne mich vorher zu konsultieren.“

„Natürlich, Herr.“ Celnus beherrschte diesen salbungsvollen Ton perfekt. Er verneigte sich erneut vor Priscus, warf mir einen schwer zu deutenden Blick zu und zog sich zurück.

„Es hilft nichts, ihn anzuschreien“, meinte Priscus, sobald

Celnus das Atrium durch eine Tür auf der gegenüberliegenden Seite verlassen hatte. „Er starrt mich dann nur unter seinen schweren Lidern hervor an."

„Hat auch Kephalos deiner Frau gehört?"

„Nein, nein. Den habe ich vor Jahren von einem Feldzug mitgebracht. Er ist brillant, wenn auch ein wenig wortkarg. Kephalos und Celnus verabscheuen sich gegenseitig, doch sie wissen beide, dass sie hier ein schönes trockenes Plätzchen gefunden haben." Priscus lachte selbstironisch. „Danke, dass du versuchst, mir zu helfen."

Eigentlich hatte ich gewollt, dass *er mir* half. „Hättest du etwas dagegen, wenn Cassia bei dir eine Buchprüfung vornähme? Als Gefallen für dich", fügte ich hinzu, als Priscus die Stirn runzelte. „Sie ist eine hervorragende Buchhalterin."

„Du meinst, ohne dass Kephalos etwas davon mitbekommt?" Priscus dachte erneut nach und schaute dann niedergeschlagen. „Nein, er würde sie niemals auch nur in die Nähe seiner Bücher lassen. Schon gut, Leonidas. Selbst wenn er ein bisschen Geld für sich abzweigt, macht mir das nichts aus."

Vielleicht jetzt nicht, aber in Zukunft mochte es ihm durchaus etwas ausmachen. Ich erinnerte mich an die Ehefrau eines Senators, die einmal eine Affäre mit Regulus gehabt hatte. Sie hatte geglaubt, die Finanzen ihres Mannes seien geregelt und unantastbar, bis der Senator entdeckt hatte, dass einer seiner Buchhalter jahrelang Geld unterschlagen hatte. Ihr Reichtum war über Nacht verschwunden, und der Senator und seine Frau hatten in eine abgelegene Provinz ziehen müssen, um über die Runden zu kommen. Regulus hatte den Verlust bedauert – sie hatte ihn stets freigiebig beschenkt.

„War hier denn alles ruhig?", fragte ich. „Keine weiteren Attentate?"

„Nein." Priscus lächelte wohlwollend. „Wie gesagt, die Götter halten ihre schützende Hand über mich."

Nein, Menschen hielten ihre schützende Hand über ihn, und

er bemerkte es nicht einmal. Ich hätte gern Nero befragt – er wusste sicher genau, wer etwas gegen Priscus hatte. Doch mir war klar, ich würde nicht mit dem *princeps* sprechen können, nur weil ich es wollte.

Cassia und ich mussten es auf eigene Faust herausfinden.

Nichts davon vertraute ich Priscus an. Ich verneigte mich nur und verabschiedete mich von ihm.

Auf dem Heimweg wurde ich wieder verfolgt. Ich spürte es bei jedem Schritt. Ehe ich zum Vicus Longus kam, der zu unserer Wohnung führte, bog ich in eine kleine Gasse ab und erschreckte eine ältere Frau, die auf dem Bürgersteig saß und getrocknetes Gras zu einem Korb flocht. Ich lehnte mich an die Hauswand und wartete.

Meine Geduld zahlte sich aus, als ich eilige Schritte auf der Hauptstraße hörte. Dann huschte eine Gestalt in einem Mantel vorbei, diesmal ein Mann.

Ich trat direkt hinter ihm aus meiner Gasse. Der Mann bemerkte mich nicht, sondern ging weiter, vorbei an ein paar Geschäften, bevor er frustriert stehen blieb und die Menschenmenge vor sich musterte.

Ich sprang vor, packte ihn, ehe er reagieren konnte, und zerrte ihn in eine andere Seitengasse, den Arm um seinen Hals geschlungen.

Die Kapuze rutschte von einem rasierten Schädel, und die Augen des Mannes blitzten wütend auf. Es war Regulus.

KAPITEL 17

Regulus riss sich von mir los, und ich zog mich schnell aus seiner Reichweite zurück. Wenn er ein Messer hatte, würde er es benutzen. Wir beäugten einander argwöhnisch.

Die Menschen um uns herum machten uns Platz, einige eilten hastig weiter, andere blieben stehen und starrten uns an. Zwei Gladiatoren, die einander auf der Straße gegenüberstanden, waren etwas, das man beobachten konnte, oder eine Gefahr, der man ausweichen musste.

Ein Greis, dem die Hälfte seiner Zähne fehlte, fragte aufgeregt: „Werdet ihr kämpfen? Ich setze einen Denar auf Leonidas."

Regulus schenkte dem Mann ein breites falsches Lächeln und legte mir den Arm um die Schultern. „Niemals. Ich danke Leonidas, dass er mich verschont hat. Heil dem größten aller Gladiatoren."

Er drückte mich fester an sich, während die Menge um uns herum jubelte. Einige wirkten erleichtert, dass es kein Blutbad geben würde, andere schienen eher enttäuscht.

„Ein andermal", flüsterte mir Regulus ins Ohr. „Harre meiner, Leonidas."

„Warum willst du sterben?“, fragte ich. „Spar deine Preisgelder an und kauf dich frei.“

„Oh, ich will leben ... jetzt. Doch als ich dich um den Tod gebeten habe, alter Freund, hast du mich hängen lassen. Ich hätte in der Arena den Heldentod sterben können. Aber so bist du jetzt der gottverdammte Held.“

„Nein.“ Ich befreite mich von ihm, allerdings ruhig und gelassen, denn die Leute um uns herum sahen weiter zu. „Ich bin jetzt niemand.“

Damit machte ich auf dem Absatz kehrt und schritt davon.

Ich fand Cassia daheim über den Tisch gebeugt vor, wo sie die Skizzen studierte, die sie am Tatort der Ermordung Florianas in ihre Wachstafeln gekratzt hatte. Sie hatte ein Stück Papyrus ausgerollt, das bereits mit Text bedeckt war, und geschwungene Linien eingezeichnet, die sie mit griechisch anmutenden Zeichen beschriftete. Ich kannte nur einen griechischen Buchstaben, das Theta. Ein Theta neben einem Gladiator auf einem Mosaik oder einer sonstigen Darstellung bedeutete, dass er tot war.

Cassia sah nicht einmal auf, als ich eintrat, so konzentriert war sie auf ihre Notizen. Ihr dunkles Haar verlief in einer präzisen Kurve über ihre Wange zum Nacken, wo es zu einem kleinen Knoten zusammengefasst war. Sie hatte behauptet, nichts vom Frisieren zu verstehen, aber keine einzige Strähne lag am falschen Platz.

„Priscus' Ehefrau war die Besitzerin von Florianas Haus“, verkündete ich, während ich den Mantel ablegte. „Jetzt hat es ein Mann namens Sextus Livius erworben. Priscus behauptet, er habe noch nie zuvor von ihm gehört.“

Nun hob Cassia doch den Kopf. Sie legte den Finger auf den

Papyrus, als wolle sie die Stelle markieren, wo sie aufgehört hatte zu lesen.

„Seine Ehefrau?“ Ihre Überraschung verflog, und ihr Blick wanderte in die Ferne. „Das ist überaus interessant.“

Ich setzte mich schwer auf meinen Schemel und stützte die Arme auf dem Tisch ab. „Priscus wusste nichts von dem Verkauf. Sein Majordomus und sein Schreiber haben das für ihn erledigt. Ich will, dass du dir seine Bücher ansiehst.“

Ihre Überraschung kehrte zurück. „Was glaubst du, was passiert ist? Meinst du, Celnus und Kephalos haben Floriana getötet, um das Gebäude an einen Spekulanten verkaufen zu können? Vielleicht weil der eine große Summe Geld geboten hat?“

Ich nickte. „Vermutlich haben die beiden – oder möglicherweise auch nur einer von ihnen – einen Großteil des Geldes eingestrichen. Ich frage mich, wie hoch der Preis war und was tatsächlich bei Priscus angekommen ist.“

„Mmm.“ Cassia hielt sich den Griffel ans Kinn, wie sie es gerne tat, wenn sie nachdachte. „Ja, ich kann mir vorstellen, dass Kephalos sich so ein ordentliches Vermögen aufgebaut hat, einen Sesterz nach dem anderen. Er scheint mir ein einfallsreicher Mann zu sein, und geizig. Er hat auf jeden Fall versucht, sich davor zu drücken, uns unser volles Honorar für die Reise nach Ostia zu zahlen.“

Mir fiel auf, dass sie immer „wir“ und „uns“ sagte, wenn sie über meinen Leibwächterposten und das Entgelt dafür sprach. Als wären wir eine Einheit.

Vielleicht waren wir das ja tatsächlich. Ich hätte den Auftrag nie erhalten, wenn Cassia sich nicht darum bemüht hätte, sondern wäre im Bett geblieben und hätte geschlafen.

„Würden dir ihre Berichte etwas verraten? Ich habe Priscus gefragt, ob du sie dir anschauen kannst, doch er meinte, Kephalos würde das niemals gestatten.“

„Verstehe.“ Cassia tippte sich weiter mit dem Griffel gegen

das Kinn und hinterließ dort einen blassen Streifen. „Kephalos ist schlau. Wenn er Geld unterschlägt, wird er das gut getarnt haben. Vermutlich lässt er mich die Bücher nicht sehen, aber ich kann mich mit ihm unterhalten und ihn so eventuell dazu bringen, mehr zu erzählen, als er beabsichtigt. Zu mir ist Kephalos etwas freimütiger, weil ich Griechisch spreche."

„Ich frage mich, ob Priscus diese Sprache beherrscht."

„Nein." Cassias Lippen zuckten. „Tut er nicht. Wofür ihn Kephalos verachtet. Ich werde mit ihm und Celnus reden und schauen, was ich herausfinden kann."

Ihr Blick richtete sich verträumt in die Ferne, als genieße sie den Gedanken, den arroganten Schreiber zu verhören.

„Was hat das alles zu bedeuten?" Ich deutete auf ihre Skizzen.

Cassia rückte den Papyrusbogen zurecht. „Zeichnungen vom Tatort von Florianas Ermordung. Das ist der Portikus der Octavia." Sie berührte mit ihrem Griffel eine gerade beschriftete Linie. Der Fluss, eine gewellte Linie, war leicht zu identifizieren, doch sie hatte auch Wörter aufgeschrieben.

„Was sind die runden Dinger?" Kleine ovale und noch kleinere runde Formen waren auf der Zeichnung zu erkennen.

„Das sind Abdrücke von Stiefeln und Sandalen. Ich habe aufgezeichnet, was ich gesehen habe."

„Da war so viel Schlamm und Regen – alles war matschig."

„Ja, ich weiß. Vielleicht haben die Spuren nichts zu bedeuten." Der Griffel huschte über die Tafel. „Das hier ist der Weg zwischen dem Portikus und der Brücke, den viele Leute benutzen, aber er ist trotzdem interessant."

„Alle Welt in Rom trägt Stiefel oder Sandalen. Die meisten stammen sogar von denselben Schuhmachern."

„Stimmt." Cassia klopfte auf den Papyrus. „Diese winzigen runden Abdrücke stammen von den Stollen an den Sohlen der Soldatenstiefel."

Stollen. Plötzlich erinnerte ich mich an den Mann, der mich

in der Nacht vor unserem Aufbruch aus Rom anzugreifen versucht hatte. Ich hatte das Klicken eiserner Schusternägel auf Stein gehört, als er weggelaufen war. Meine Haut kribbelte, doch ich bemühte mich, einen kühlen Kopf zu bewahren.

„Soldaten exerzieren auf dem Campus Martius, nicht weit entfernt vom Tatort“, sagte ich mehr zu mir selbst als zu Cassia. „Wahrscheinlich überqueren sie die Brücken in und aus der Stadt ständig auf diesem Weg.“

„Das stimmt auch.“ Cassia schien sich nicht daran zu stören, dass jeder Mensch in Rom an diesem Tag durch den Schlamm gestapft sein und seine Stiefelabdrücke hinterlassen haben könnte. „Ich werde all das in Betracht ziehen.“

Mein Unbehagen machte mich hungrig, genau wie mein Marsch durch die Straßen. „Lass uns in die *popina* essen gehen. Die Diagramme können wir uns auch später noch ansehen.“

„Einverstanden.“ Cassia rollte die Schriftrollen zusammen und klappte die Tafeln zu. „Ich habe allerdings nicht den ganzen Morgen hier gesessen und geschrieben. Vorher habe ich mehr über Avitus in Erfahrung gebracht.“

Ich hatte mich schon halb erhoben, ließ mich jetzt aber interessiert wieder auf den Stuhl sinken. „Was hast du herausgefunden?“

„Ich war bei ihm zu Hause. Er war nicht da, doch ich habe mit der Frau gesprochen, die das Wasser holt und die Böden schrubbt. Du hattest ja die Idee, Avitus sei vielleicht bei Floriana aufgewachsen, möglicherweise als Lustknabe, aber nein. Er stammt aus Rom … vom Aventin. Einige Jahre hat er in Hispania gedient. Bei der Rückkehr nach Rom hat er sich dann den *vigiles* angeschlossen.“

„Dann muss er Kunde gewesen sein“, schlussfolgerte ich. „Er hat behauptet, viel über Floriana zu wissen, obwohl ich ihn nie in ihrem Haus gesehen habe.“

„Erstaunlich. Wenn du ihn das nächste Mal triffst, darfst du ihn nicht gehen lassen, bis er eine bessere Erklärung vorgebracht hat.“

Ich hatte vor, jedes bisschen Wahrheit aus Avitus herauszuquetschen, selbst wenn er nichts mit Floriana oder den Attentaten auf mich zu tun hatte.

„Sollen wir jetzt etwas essen gehen?“ Cassia griff nach ihrem Umhang. „Mit vollem Bauch denkt es sich besser.“

Schon wieder hatte sie „wir“ gesagt. Während ich mich in meinen Mantel hüllte und sie hinausbegleitete, stellte ich fest, dass mir das nichts ausmachte. Ich war immer ganz allein auf der Welt gewesen. Jetzt war ich ein Teil von „uns“.

Die nächsten beiden Tage suchte ich erfolglos nach Avitus. Selbst vor dem Gebäude Stellung zu beziehen, in dem sein Trupp untergebracht war, half nicht. Er schien frei zu haben.

Ebenso suchte ich nach Lucia oder zumindest nach der Frau, die wir für sie hielten. Warum sie nach Rom zurückgekehrt war, obwohl sie in Capua in Sicherheit hätte sein können, wusste ich nicht. Andererseits war die Frau möglicherweise gar nicht Lucia. Wer auch immer sie war, sie hielt sich fern von mir.

Ich sah auch Regulus nirgends. Aemil hatte einen strengen Trainingsplan, den sogar der *primus palus* einhalten musste. An den meisten Tagen hatte Regulus vom frühen Morgen bis zum späten Nachmittag Training oder half bei der Ausbildung anderer Kämpfer.

In der Zwischenzeit brachte ein Bote aus Priscus' Haus uns dessen großzügige Geschenke. Der Bote hielt seinen Herrn augenscheinlich für verrückt, doch er ließ uns die Kiste da und verschwand schnell wieder. Ich fragte mich, warum die Sachen erst jetzt bei uns eintrafen, aber natürlich waren wir keine wichtigen Personen in Priscus' Leben. Vielleicht hatte Celnus die

Lieferung verzögert, weil er Priscus davon hatte abbringen wollen, uns die Sachen überhaupt zu geben.

Cassia äußerte keine derartigen Zweifel. Sie freute sich über die Ohrringe, und wir legten die mit Gold besetzte bronzene Hand auf das Regal neben meine *rudis*.

Cassia beschloss, unter dem Vorwand, sich bei Priscus für die Geschenke bedanken zu wollen, sein *domus* aufzusuchen und mit Kephalos zu sprechen. Am Nachmittag kehrte sie mit einem Lächeln im vom Wind geröteten Gesicht zurück.

„Kephalos ist eine Schlange", sagte sie, während sie ihr in keiner Weise unordentliches Haar glatt strich. „Er und Celnus unterschlagen schon seit Jahren Geld, schon seit vor dem Tod von Priscus' Ehefrau."

„Woher weißt du das? Hast du einen Blick in die Bücher werfen können?"

„Leider nein. Kephalos hält sie unter Verschluss, und ich habe sofort begriffen, dass er sie mir nie zeigen wird. Aber ich habe viel erfahren, indem ich seiner Intelligenz geschmeichelt habe, und er hat Dinge enthüllt, ohne es zu wollen. Celnus ist eine härtere Nuss, doch auch er hat sich an der Nase herumführen lassen. Priscus' Frau hat den beiden zu sehr vertraut, obwohl sie vorsichtiger waren, als sie noch gelebt und die Bücher kontrolliert hat. Priscus kümmert sich nicht darum, der leichtsinnige Mann."

Das überraschte mich nicht sonderlich, obwohl ich bewunderte, wie Cassia die Informationen aus den beiden hochmütigen Dienern herausgeholt hatte. „Priscus erinnert die Leute gerne daran, dass er ein Soldat ist, der keinen Sinn für Finanzen hat", rief ich Cassia ins Gedächtnis. „Er ist ein Mann, der sich leicht ausnutzen lässt."

„Er ist zudem überaus freundlich." Cassia setzte sich an den Tisch und klappte ihre Täfelchen auf. Es wurden immer mehr, und ich vermutete, dass sie einen Großteil unserer Einnahmen dafür ausgab. „Kephalos hat mir erzählt, dass Priscus vor langer

Zeit einen Jungen aus dem Haushalt freigelassen und ihn einer Familie zur Erziehung übergeben hat. Er hat gesagt, er sehe großes Potenzial in ihm."

„Was ist aus diesem Jungen geworden?", erkundigte ich mich interessiert. Manchmal zahlte sich eine gute Tat nicht aus, und der Empfänger hegte jahrelang einen Groll. Oder die, die auf den Empfänger eifersüchtig waren, waren vielleicht böswillig genug, um Piraten dafür zu bezahlen, den Sohn eines Mannes zu entführen oder einen Anschlag auf sein Leben zu verüben.

„Kephalos weiß es nicht. Offenbar hat auch Priscus keine Ahnung, was mit dem Knaben geschehen ist. Ob er noch lebt oder inzwischen tot ist, ist unbekannt. Priscus kennt nicht einmal den Namen der Familie, die ihn aufgenommen hat, sagt Kephalos. Er hat alles über einen Vermittler abgewickelt."

Ich fand, es würde sich lohnen, herauszufinden, warum Priscus einen so großen Akt der Freundlichkeit vollbracht hatte, selbst wenn dies für Patrizier nicht ungewöhnlich war. Sie ließen einen Sklaven frei oder adoptierten einen Sohn aus einer anderen Familie, nur um ihre Güte zu zeigen. Der Sklave oder der Sohn wurde zu einem Schützling oder Erben, der dem Patrizier auf Lebenszeit verpflichtet war. Das Ungewöhnlichste an diesem Knaben war, dass Priscus nicht mit seiner guten Tat geprahlt hatte.

„Hast du Priscus informiert, dass Kephalos Geld unterschlägt?"

„Nein. Ich habe heute nur mit Kephalos und Celnus gesprochen. Du hast ja erwähnt, Priscus ahne es schon und unternehme nichts dagegen. Wie gesagt, er ist überaus freundlich."

„Das ist schon nicht mehr freundlich, das ist Wahnsinn."

„Mag sein."

Ich stützte mich mit der Hand an der kalten Steinmauer ab. „Warum hat dir Kephalos so viel verraten? Haben deine Fragen ihn nicht kopfscheu gemacht?"

Cassia warf mir ein flüchtiges Lächeln zu. „Ich habe vorgegeben, ihn zu bemitleiden – ein Schreiber und Buchhalter von seinem Talent, der gezwungen ist, für einen ziemlich unfähigen Herrn zu arbeiten. Priscus stammt zwar aus einer guten Familie, aber er wird es nie zu etwas bringen." Cassia lächelte verlegen und errötete. „Ich fürchte, ich habe gesagt, ich wüsste, wie es sich anfühlt, für einen ungebildeten Mann arbeiten zu müssen."

Sie sah mich ängstlich an, doch ich spürte, wie sich Heiterkeit in mir regte. Wer immer uns zusammengebracht hatte, hatte einen bizarren Sinn für Humor.

„Das war klug", lobte ich. „Kephalos schaut mich immer an, als sei ich Unrat unter seinem Schuh."

„Ich habe ziemlich schamlos an sein Mitleid appelliert", flüsterte Cassia.

Darauf lachte ich so laut, dass es in dem kleinen Raum widerhallte. „Das war clever."

Cassia entspannte sich, als hätte sie Angst gehabt, ich könnte wütend reagieren. „Mein Vater hat mir beigebracht, Menschen einzuschätzen und herauszufinden, was sie anspricht. Sie erzählen einem dann viel mehr, als wenn sie ihrem Gesprächspartner gegenüber feindselig sind, hat er immer gesagt."

„Ich dachte, Kephalos sei dir gegenüber durchaus feindselig gestimmt."

„Er war verärgert, dass er uns nicht um unser Honorar betrügen konnte. Ich habe ihm erklärt, ich müsse den gesamten Betrag mitbringen, damit du nicht so brutal zu mir bist. Er hat mir jedes Wort geglaubt."

Sie sagte das leichthin, aber ich hörte das Zittern in ihrer Stimme. Cassia hatte viel von ihrer Angst vor mir verloren, doch sie war noch immer leicht unsicher.

Ich setzte mich, wie ich es mir angewöhnt hatte, und schaute sie über den Tisch hinweg an.

„Cassia, ich habe schon als Junge gelernt, dass ich sehr stark bin. Aemils Training hat mich noch stärker gemacht. Ich weiß, wie leicht es ist, jemanden zu verletzen oder zu töten. Zu dir wäre ich nur brutal, wenn du ein Gladiator wärst, der mich in der Arena angreift. Dann würde ich um mein Leben kämpfen."

Meine Erklärung schien Cassia eher zu verwirren als zu beruhigen. Ich holte tief Luft und fuhr fort: „Ich weiß, dass ich jeden töten oder zumindest schwer verletzen kann, wenn ich es will. Ich habe allerdings schon vor langer Zeit beschlossen, dass ich lieber Freunde als Feinde haben möchte, deshalb kämpfe ich ausschließlich in der Arena – oder wenn man mich auf der Straße angreift. Aber nicht mit Leuten, um die ich mich kümmere."

Cassia fuhr mit den Fingern den Holzdeckel einer ihrer Tafeln nach. „Eigentlich wurde ich damit beauftragt, mich um dich zu kümmern."

Ich zuckte die Achseln. „Wir kümmern uns umeinander. Schließlich können wir beide nicht kochen."

Das brachte mir ein kleines Lächeln ein. „Da hast du recht." Cassia ließ die Finger ruhen. „Wir müssen zügig sicherstellen, dass du nicht dieses Verbrechens beschuldigt wirst. Priscus' Honorar wird nicht ewig reichen."

„Ich muss wieder arbeiten, willst du damit sagen."

„Ja, in der Tat. Ich werde nach einem anderen hochgestellten Mann suchen, der Schutz braucht. Vielleicht an einem angenehmeren Ort als Ostia."

„Wir können nicht immer so eine gute Entlohnung erwarten", gab ich zu bedenken. „Ich habe schon oft als Leibwächter gearbeitet, und manche dieser Aufträge waren gar nicht gut bezahlt."

„Stimmt." Cassias Angst verflog, und ein Funkeln kehrte in ihre Augen zurück. Sie hatte Kephalos eine Schlange genannt, doch wenn sie ihre Aufmerksamkeit auf unser Geld richtete, glich Cassia einem Falkenweibchen, das seine Beute im Auge hatte. „Wir werden dich zu etwas ganz Besonderem machen. Die Männer werden gut dafür bezahlen, wenn sie sagen können, Leonidas habe über ihre Schritte gewacht. Lass mich darüber nachdenken ..."

Das tat ich. Ich hatte bereits gelernt, Cassia nicht zu stören, wenn sie übers Geschäft nachsann.

Am nächsten Morgen bat Cassia mich, sie zu Marcianus zu begleiten. Sie wollte mit ihm über das Gift sprechen, das jemand Floriana verabreicht hatte, sagte sie – wie stark es gewesen war, wie lange es gebraucht hatte, um zu wirken, womit es vergleichbar war und so weiter.

Nach dem fünften Wort verstand ich sie nicht mehr und willigte hastig ein, sie zum Aventin zu geleiten.

Als wir Marcianus' Praxis erreichten, war er nicht da. Er sei im *ludus,* berichtete Marcia. Sie trug eine Tunika, die noch schlichter war als die, in der ich sie bei meinem letzten Besuch gesehen hatte, und hatte ihr Haar zu einer einfachen Frisur zusammengebunden. Die ehemalige Prostituierte wirkte jung und unbeschwert.

„Kannst du mir etwas über den Salat erzählen, den Floriana an jenem Abend gegessen hat?", bat Cassia sie, nachdem wir sie begrüßt und nach Marcianus gefragt hatten. „Wer hat ihn für sie zubereitet?"

Marcia riss ängstlich die Augen auf, dann stürzte sie an mir vorbei und versuchte, auf die Straße zu entkommen.

KAPITEL 18

Ich schlang Marcia den Arm um die Taille und zerrte sie zurück in die Praxis. Sie wehrte sich, doch ich hielt sie fest und hob sie ein Stück hoch.

„Warum versuchst du bei der Erwähnung von Florianas Abendessen zu fliehen?", verlangte ich zu wissen.

Marcia wehrte sich gegen meinen eisernen Griff und funkelte mich an. „Nur so. Ich weiß nichts darüber."

Cassia musterte sie mit distanziertem Interesse. „Als Marcianus dich an dem Morgen befragt hat, an dem er Floriana behandelt hat, hast du gesagt, es seien bloß Linsen und Brot im Haus gewesen. Du wüsstest nichts von Salat."

„Genau das sage ich auch jetzt." Marcia hob das Kinn, aber ihre Kampfeslust konnte ihre Angst nicht ganz verbergen.

„Vorhin warst du nur verwirrt", fuhr Cassia unerbittlich fort. „Jetzt hast du Angst. Warum?"

„Es ist mir egal, was sie behauptet." Marcia hob die Stimme. „Ich habe von nichts gewusst, und ich lasse mich deswegen nicht vor einen Richter bringen."

„Was wer behauptet?", fragte ich nach.

Marcia strampelte und trat nach mir, doch es war, als träfe mich eine Fliege.

Einen Augenblick lang dachte ich, Marcia würde mir antworten, aber dann drang eine Männerstimme durch die Menge, die sich vor der Tür versammelt hatte, um das Spektakel zu beobachten. „Leonidas, was tust du da? Lass Marcia sofort los."

Nur Nonus Marcianus konnte einen Gladiator allein durch den Klang seiner Stimme dazu bringen, jedem seiner Befehle zu gehorchen. Ich stellte Marcia sanft ab, und sie riss sich von mir los und eilte zu Marcianus.

„Meinst du Lucia?", wollte Cassia von ihr wissen.

„Nein", widersprach Marcia laut. „Keineswegs."

Ich wusste genau wie Cassia, dass das nicht wahr war, und seinem Gesichtsausdruck nach zu urteilen, war das auch Marcianus klar.

„Lucia hat mit dir geredet, nicht wahr?", fuhr Cassia fort. „Hat sie dich angewiesen, was du sagen sollst, wenn man dich befragt?"

Marcia presste die Lippen aufeinander und verschränkte die Arme.

Marcianus trat zwischen uns. „Lass sie, Leonidas. Sie hat genug durchgemacht."

Ich schlug frustriert gegen den Türrahmen, wobei vom Türsturz rote Farbe auf meine Tunika rieselte. „Was immer Lucia dir erzählt hat, sag es Marcianus", drängte ich Marcia. „Er soll entscheiden, ob ich es wissen muss."

Marcianus sah mich finster an. „Sie ist ein unschuldiges Mädchen und hat mir geholfen, Floriana das Leben zu retten. Das hätte sie doch nicht getan, wenn sie sie zuvor vergiftet hätte."

„Davon gehen wir auch gar nicht aus", sagte Cassia. „Sondern davon, dass sie Lucia gegenüber loyal ist." Ihr Blick wanderte wieder zu Marcia. „Wir müssen unbedingt mit ihr sprechen. Weißt du, wo sie sich aufhält?"

„Keine Ahnung." Marcias Antwort klang triumphal. „Ich habe nicht die geringste Vorstellung davon, wohin Lucia abgehauen ist."

Cassia warf ihr noch einen prüfenden Blick zu, dann nickte sie und rückte ihren Mantel zurecht. „Danke. Wir lassen dich jetzt in Ruhe."

Sie lief an mir vorbei zur Tür hinaus, als rechne sie damit, dass ich ihr einfach folgen würde. Wenn Marcianus nicht so böse auf mich gewesen wäre, weil ich Marcia erschreckt hatte, hätte er vielleicht gelacht.

„Ich glaube, Marcia hat die Wahrheit gesagt", erklärte Cassia im Brustton der Überzeugung, als wir auf der belebten Straße in Richtung Circus Maximus gingen. „Als sie behauptet hat, nicht zu wissen, wo Lucia ist, meine ich."

„Aber sie hat sie gesehen", knurrte ich.

„Wenn sie sich Nonus Marcianus anvertraut, verrät er uns vielleicht, wo sie ist."

„Vielleicht auch nicht. Er hat Marcia gegenüber einen enormen Beschützerinstinkt." Ich bewunderte ihn dafür, doch im Moment fand ich seine Loyalität sehr lästig.

„Ja, andererseits mag Marcianus dich. Wenn er verhindern will, dass man dich festnimmt, wird er es uns sagen. Aber so oder so wäre es am besten, wenn du Lucia selbst aufspüren würdest."

Ich beobachtete den Strom der Menschen, der sich den Hügel hinunter zum Circus Maximus drängte. Wir kamen an einem Badehaus vorbei, in das immerfort Männer und Frauen eintraten, um sich zu waschen und zu entspannen.

„Wie soll ich in dem Gedränge eine Frau finden?" Mit großer Geste wies ich auf das Panorama. „Vor allem eine, die nicht gefunden werden will?"

„Du kennst sie schon seit einigen Jahren“, sagte Cassia in einem sachlichen Ton. „Wo würde sie sich verstecken?“

Ich hatte wirklich keine Ahnung. Ohne zu antworten, stapfte ich weiter. Mein großer Körper bahnte sich einen Weg durch die Menge, und Cassia folgte in meinem Kielwasser.

Oder vielleicht doch. Lucia hatte Florianas Bordell nur selten verlassen, aber sie hatte Spaziergänge in den Gärten der Agrippa-Thermen erwähnt. Dort pflegte sie in ihren Mantel gehüllt und anonym zwischen den beschnittenen Bäumen und Sträuchern umherzuschlendern.

„Es gibt da einen Ort“, räumte ich ein. „Sie hat mit davon erzählt.“

„Das ist doch wenigstens ein Anfang. Wollen wir uns dort einmal umschauen?“

Ich bezweifelte, dass Lucia sich in den Gärten aufhalten würde, nur weil es mir zupassgekommen wäre. Sie musste jeden Abend essen und einen Platz zum Schlafen finden. Badewächter scheuchten die Leute am Ende des Tages aus dem Komplex, also konnte sie dort nicht übernachten.

Aber wie Cassia angedeutet hatte, war es besser, als in der Stadt herumzulaufen und jede verhüllte Frau zu überprüfen, bis ich Lucia gefunden hatte.

Ich nahm eine Straße, die an der Längsseite des Circus vorbeiführte und in der Nähe des Flusses im Schatten des Palatins mündete. Von hier aus gingen wir am Tiber entlang, vorbei an der Stelle, an der Floriana gestorben war, und weiter nach Norden über den Campus Flaminius.

Es war ein weiter Weg, und als wir die Bäder erreichten, wirkte Cassia erschöpft. Es wehte ein kalter Winterwind, und Rauch und Dampf der riesigen Bäderanlage hingen in der Luft.

Agrippa, der enge Freund des Augustus, hatte diese riesigen öffentlichen Bäder errichtet, die ich schon oft besucht hatte. Der *ludus* lag nicht weit entfernt am anderen Flussufer, und Aemil hatte die kleine Gebühr bezahlt, weswegen ich mich nach einem anstrengenden Trainingstag oft hierher zurückgezogen hatte.

Wir schlenderten an einer großen Marmorstatue eines Mannes vorbei, die hoch oben auf einem Sockel stand. Cassia betrachtete sie mit Erstaunen und schaute dann, als sie ihre Aufmerksamkeit davon losreißen konnte, eifrig durch die Rotunde in die Bibliothek voller Schriftrollen.

„Ich habe schon von diesem Ort gehört." Ihr Flüstern hallte in dem riesigen Raum. „Ich wollte immer schon mal hierher. Die Statue da am Eingang ist von Lysippus. Sie ist ein echter Lysippus, keine Kopie."

Der Name Lysippus sagte mir nichts, aber Cassia meinte, er sei ein berühmter Künstler.

Die Kuppelsäle waren voller Menschen, die sich unterhielten, stritten, debattierten und lachten. Männer und Frauen nutzten getrennte Umkleideräume, trafen sich jedoch in den Bädern wieder. Fußböden aus Marmor und Terrakotta führten zu den Badesälen und der Sporthalle. Wir schlugen den Weg zu den Gärten ein.

„Ich verstehe, warum Lucia dies zu ihrem Rückzugsort gemacht hat", erklärte Cassia bewundernd, als wir den Park betraten. Er bestand aus Säulengängen mit Bänken in Nischen, Bäumen und Grünpflanzen und Statuen, die hier und da hervorlugten. „Marcus Agrippa hatte großen Weitblick und war sehr an zivilen Bauwerken interessiert."

Ich wusste nicht viel über den Mann, kannte nur die Gebäude, die er hinterlassen hatte. Gallus, der *architectus*, hätte gerne an einem Projekt wie diesen Bädern oder diesem Garten gearbeitet. Er hatte wehmütig gesagt, er wolle einmal etwas bauen, das alle bewunderten. Vielleicht würde er das eines Tages tatsächlich tun.

Cassia und ich spazierten über die ruhigen Gartenwege, die praktisch verlassen waren. Wegen der Winterkälte hatten sich die meisten Menschen in die warmen Bäder zurückgezogen.

Nirgends sah ich Lucia oder überhaupt die verhüllte Gestalt einer Frau herumschleichen. Wenn Lucia in diesen Gärten Zuflucht gesucht hatte, war sie momentan nicht hier.

„Sie hat sich möglicherweise hier irgendwo in der Nähe eingemietet“, mutmaßte Cassia. „Um in einer vertrauten Umgebung zu sein.“

Das herauszufinden, würde eine umfangreiche Suche erfordern, wenn es auch zugegebenermaßen weniger schwierig war, als sie im Herzen der Stadt aufzuspüren. Der Campus Martius, auf dem sich die Bäder befanden, lag am Stadtrand Roms. Hier befand sich der Exerzierplatz der Legionen, und die Gegend war nicht so stark bevölkert.

Wir verließen die Gärten, eine Oase der Stille, und kehrten auf die Straßen der Stadt zurück. Hier gab es nicht viele *insulae*, da auf dem Campus Martius lange keine entstanden waren. Aber nachdem prominente Männer begonnen hatten, Gebäude zu errichten, wie das Theater des Pompeius, die Bäder von Agrippa und das nahe gelegene Pantheon, waren Läden und darüber Wohnräume für die Ladenbesitzer, die diese manchmal untervermieteten, entstanden.

Unerschrocken ging Cassia auf die Ladenbesitzer zu, die gerade ihre Mittagspause einläuteten, und fragte sie nach ihren Mietern. Sie klopfte an Türen, die bereits geschlossen waren. Lucia würde mich zu schnell erkennen, also hielt ich mich einen Häuserblock entfernt auf und gab vor, mich für eine Taverne zu interessieren, während Cassia die Einwohner rund um die Saepta Julia, wo ich in Gladiatorenspielen gekämpft hatte, und den Vicus Pallacinae befragte.

Als ich beobachtete, wie Cassia einen Arbeiter unerbittlich verfolgte, bis er sich verzweifelt umdrehte, um ihr zu antworten, wurde mir klar, dass Sklaven eher mit ihresgleichen sprachen. Es war klug von mir, sie gewähren zu lassen. In der Welt der Sklaven war Cassia als ausgebildete Schreiberin vielen überlegen, auch wenn sie eine Frau war. Sie hatte ein feines Gespür für ihre Stellung und nutzte sie.

Schließlich kehrte Cassia zu mir zurück, bestellte Eintopf und Wein und reichte mir die Gefäße, die ich nach Hause tragen sollte.

„Keiner hat sie gesehen", sagte sie niedergeschlagen. „Ich hatte gehofft, das würde leichter werden. Lucia ist unverwechselbar."

„Vielleicht hat sie sich die Haare gefärbt", mutmaßte ich. „Wenn du nach einer rothaarigen Frau fragst, ist die Haarfarbe vermutlich das Einzige, woran die Leute denken."

„Ich habe sie viel genauer beschrieben." Cassia runzelte die Stirn, als wir uns durch den immer dichter werdenden Fußgängerverkehr in Richtung Quirinal bewegten. Der Vicus Laci Fundani führte uns nach Nordosten, weg von den Menschenmassen auf den kaiserlichen Foren. Wir kamen an einem Kreuzungsschrein vorbei und nahmen den Vicus Salutis, der uns zum Vicus Longus und unserer kleinen Seitenstraße zurückbrachte.

Als wir unsere Wohnung erreichten, setzte ich mich mürrisch an die Suppe, die nur noch lauwarm war, und an das übrig gebliebene Brot vom Frühstück. Ich hatte nicht den Eindruck, dass wir bei unserer langwierigen Suche irgendwelche Fortschritte gemacht hatten.

„Wenigstens haben wir erfahren, dass Marcia etwas weiß", erklärte ich nach einer Weile, „und dass Marcianus nicht zulässt, dass wir sie ausquetschen."

„Wie gesagt, wenn es wichtig ist, wird er es uns mitteilen." Cassia aß in aller Ruhe, ohne einen Tropfen zu verschütten.

„Du vertraust ihm."

„Du doch auch", konterte sie.

Das konnte ich nicht bestreiten. Marcianus hatte mich am Leben erhalten, als ich ein unerfahrener Rekrut gewesen war, voller Mut und Energie, aber ungeschickt. Ich musterte die Narbe auf meinem Oberarm, wo ein Schwert eine bis auf den

Knochen gehende Wunde gerissen hatte. Ich hatte den Arm noch, nur die Narbe zeugte von der Verletzung, und das hatte ich allein Marcianus zu verdanken.

„Ja, ich vertraue ihm."

Trotzdem wünschte ich, ich hätte gewusst, was mit Floriana geschehen war, anstatt mich auf mein Vertrauen verlassen zu müssen. Ich hatte als Kämpfer hart trainiert, um die Unwägbarkeiten der Arena auszugleichen. Es war besser, zu gut vorbereitet zu sein und die Hälfte der Bewegungen, die ich kannte, nie anzuwenden, als nicht ausreichend vorbereitet zu sein, was den sicheren Tod bedeuten konnte. Wissen war besser als raten.

Mir kam ein Gedanke. Ich ließ meinen Löffel in die Schüssel fallen, sodass Suppenreste auf den Tisch spritzten. Cassias erschreckten Blick ignorierend sprang ich auf.

„Ich weiß, wo sie ist."

Bevor Cassias Lippen das Wort „Wo?" formen konnten, war ich so schnell zur Tür hinausgestürmt, dass die Umhänge an ihren Haken wehten.

KAPITEL 19

Wir waren so dicht dran gewesen. Ich fluchte vor mich hin, als ich den ganzen Weg zu den Agrippa-Thermen zurückstapfte.

Die Saepta Julia erhob sich schimmernd unter dem Nachmittagshimmel. Ihre Kolonnaden überragten die Reihe von Geschäften, in denen Cassia die Ladenbesitzer und ihre Dienerschaft ausgequetscht hatte.

Hinter der Saepta und den Thermen passierte ich die Stallungen für die Wagenrennen und überquerte die Brücke auf die andere Seite des Tibers. Von dort aus hielt ich auf die Mauer zu, hinter der Aemils *ludus* lag.

Ich hämmerte gegen das Tor. Der Wächter öffnete, doch als er mich erkannte, versuchte er, mir mit dem Tor und seinem Körper den Weg zu versperren.

Achtlos schob ich beides beiseite und rannte in den *ludus*.

Der offene Übungsplatz war mit Pfosten gesäumt, an denen die Gladiatoren das Stechen und Hacken übten. Die Übungsschwerter waren aus Holz – die echten Waffen waren bis zu den Spielen weggeschlossen.

Nur mit Lendentüchern bekleidet und mit vom Wind geröteter Haut schlugen die Männer schwitzend auf die Pfosten ein. Als ich hereingestürmt kam, hielten sie inne, richteten sich auf und wischten sich die Stirn ab, um das sich entfaltende Drama zu verfolgen.

Aemil, der einen unbeholfenen Neuling unter die Lupe genommen hatte, richtete sich abrupt auf und eilte in meine Richtung. Ich erreichte die Schlafräume vor ihm, schritt zielsicher zu meiner alten Zelle und riss die Tür auf, bevor Aemil mich einholen konnte.

Lucia erhob sich von der Holzliege im Inneren. Ihr leuchtend rotes Haar fiel ihr über den Rücken, ihre Augen waren vor Angst geweitet. Regulus war nirgends zu entdecken.

„Leonidas ..."

Ein Brüllen hinter mir schnitt ihr das Wort ab, und dann packte mich Regulus am Hals. Er zerrte mich rückwärts aus der Zelle auf den Übungsplatz, und ich ließ ihn gewähren, weil ich mich nicht unter diesen beengten Verhältnissen mit ihm auseinandersetzen wollte. Der Winterwind schlug uns entgegen, als wir ins Freie taumelten, und Regulus' Hände waren heiß auf meiner Haut.

Ich war froh, dass ich losgestürmt war, ohne einen Mantel anzulegen. Regulus hätte mich sonst damit erwürgt. Ich rammte ihm einen Ellbogen in die Luftröhre und drehte mich von ihm weg, als er zurücktaumelte.

„Sie gehört jetzt mir." Regulus funkelte mich schwer atmend an. „Hau ab, Leonidas."

„Lucia ist eine Freigelassene. Sie kann hingehen, wo sie will."

Regulus' Antwort bestand darin, sich erneut auf mich zu stürzen. Ich packte ihn bei den Armen und versuchte mit aller Kraft, ihn mir vom Leib zu halten.

Aemil erreichte uns und zerrte uns auseinander.

Der *lanista* war kleiner als wir beide, aber er hatte viele Jahre lang Gladiatoren trainiert und wusste genau, wie er sie im Zaum halten konnte. Nicht dass Regulus sich nach seinem Eingreifen beruhigt hätte. Er knurrte und fletschte seine Zähne wie ein Tier.

„Praxus!", rief Aemil einem der Gladiatoren zu, die sich versammelt hatten, um das Spektakel zu beobachten. „Bring uns zwei Schwerter." Er hatte uns in seinem Griff, der noch immer so stark war, wie ich es aus meiner frühen Jugend in Erinnerung hatte. „Ihr legt das hier und jetzt bei."

Regulus funkelte Aemil an. „Ich will ihn töten, nicht mit ihm tanzen."

„Deine Besessenheit trübt dein Urteilsvermögen", fuhr ihn Aemil an. „Hör auf damit. Wenn Leonidas gewinnt, gibst du zu, dass er dir überlegen ist und dir einen Gefallen getan hat, als er dich leben ließ. Wenn du gewinnst, kommt er nie wieder hierher zurück. Für dich wird es sein, als sei er tot."

„Kann ich ihm Arme und Beine brechen?", fragte Regulus begierig.

„Wenn du willst. Aber ich entscheide, wer der Sieger ist."

Aemil ließ uns los. Wir trennten uns, und mein Herz raste. Obwohl ich dem Tod abgeschworen hatte, erregte mich die Aussicht auf den bevorstehenden Kampf und brachte mein Blut in Wallung, etwas, das ich nicht mehr gespürt hatte, seit ich den Circus des Gaius als freier Mann verlassen hatte.

Praxus, der so neu im *ludus* war, dass ich ihn nicht kannte, eilte mit zwei hölzernen Übungsschwertern herbei. Er zitterte vor Angst, als er sie Aemil übergab, der sie begutachtete und in der Hand wog.

„Sie sind beide gleichwertig gut." Er nickte Praxus zustimmend zu, der aussah, als schmelze er unter dem Blick des *lanista*.

Aemil reichte eins der Schwerter Regulus, der es ihm fast aus der Hand riss. Ich nahm ganz ruhig das andere, in Gedanken bereits bei dem bevorstehenden Kampf.

Lucia, der Mord, Priscus, mein neues Leben ... All das verblasste. In diesem Moment zählte nur, dass ich gegen einen voll ausgebildeten Gladiator kämpfen musste.

Diesmal war ich bereit zu gewinnen.

Die Schwerter waren zwar nicht aus Metall, doch sie waren schwer und spitz. Aemil glaubte, wir würden besser lernen, uns vor Verletzungen in Acht zu nehmen, wenn die Waffen echte Wunden verursachten. Wenn er sich genug anstrengte, könnte mich Regulus durchaus mit der hölzernen Klinge töten.

Ich schälte mich aus Stiefeln und Tunika und trat Regulus im Lendenschurz gegenüber. Er tat es mir nach. Ich drehte das Schwert, dessen lederumwickelter Griff mir vertraut war, in der Hand.

Regulus warf seins von einer Hand in die andere. Der Ausdruck in seinen Augen verriet mir, dass er sein Bestes tun würde, um mich zu töten.

Aemil wies uns an, zehn Schritte Abstand voneinander einzunehmen, dann trat er zurück, um den Schiedsrichter zu spielen. Er hatte das so häufig für uns getan, dass ich das Gefühl hatte, diesen Ort nie verlassen zu haben. Regulus und ich hatten viele Übungskämpfe absolviert, um den neueren Gladiatoren zu zeigen, was sie in der Arena erwartete.

„Kämpft!“, brüllte Aemil. Er balancierte auf den Ballen, bereit, uns zu beobachten und zu folgen. Unsere Auseinandersetzung mochte bis zum Tod gehen, allerdings alles im Rahmen der Regeln.

Wir umkreisten einander schweigend, beäugten uns gegenseitig wie zwei Raubtiere, die darauf warteten, zuzuschlagen.

Regulus wirbelte mit dem nackten rechten Fuß Staub auf, wie er es gerne tat, um seinen Gegner abzulenken. In der Arena fegte die Bewegung Sand nach oben und durch die Augenlöcher des Helms. Wir trugen aber keine Helme, und der Staub flog auf mein Gesicht zu, bis ich mich abrupt wegdrehte, um ihm auszuweichen.

Regulus rechnete damit, dass diese Bewegung ihm ein paar Sekunden Zeit verschaffen würde, um eine Schwachstelle in meiner Deckung zu finden. Also griff ich ihn an.

Ein Schrei erhob sich aus den Mündern der zuschauenden Gladiatoren. Ich traf Regulus mit der flachen Seite meines Schwertes, legte mein gesamtes Körpergewicht in den Schlag. Ich hatte den Zeitpunkt so gewählt, dass ich damit seine Deckung unterlief und spürte, wie er mit der hölzernen Klinge meinen nackten Rücken traf.

Ehe er mir mehr als einen Kratzer zufügen konnte, stieß ich ihn weg und nahm erneut Kampfhaltung ein, um auf meine nächste Gelegenheit zu warten.

Regulus stürzte sich sofort wieder auf mich, doch ich hatte ihn kommen sehen. Er hatte sich mit einer kleinen Bewegung des hinteren Fußes verraten, die die meisten nicht einmal bemerkt hätten. Den gleichen Fehler hatte er auch bei unserem letzten Kampf gemacht.

Ich schlug ihm mein Schwert hart gegen die Brust. Regulus hatte die Arme gehoben, um nach mir zu stechen, und ich erwischte ihn mit meiner Schulter, hob ihn hoch und schleuderte ihn rückwärts zu Boden.

Ein schlechterer Gladiator als Regulus wäre erledigt gewesen, hätte mein Schwert an der Kehle gehabt. Aber Regulus kam blitzschnell wieder auf die Beine.

Sein Atem ging schnell, genau wie meiner. Schweiß rann mir in die Augen, und ich nahm mir die Zeit, zurückzuweichen und ihn wegzuwischen.

Regulus folgte mir und hieb erneut nach mir. Ich konterte jeden seiner Schläge mit einem eigenen, wobei uns unsere bloßen Arme als Schutzschilde dienten. Aemil hatte keinem von uns eine andere Verteidigungsmöglichkeit gegeben als unsere eigene Geschicklichkeit.

Wir prallten aufeinander, sprangen wieder auseinander, und ich schlug gnadenlos auf Regulus ein. Bei unserem letzten Kampf hatte ich ihn geschont, weil ich ihn besiegen, aber nicht so schwer verletzen wollte, dass Marcianus ihn nicht wieder hätte zusammenflicken können.

Ich beschloss, dem hier und heute ein Ende zu setzen. Er würde zu spüren bekommen, warum ich *primus palus* gewesen war und dass er den Titel niemals errungen hätte, wenn mein Gönner nicht beschlossen hätte, mir die Freiheit zu schenken.

Brüllend trieb ich Regulus über den Hof. Er parierte meine Schläge gut, brachte sein Schwert jedoch nicht an meinem sich präzise bewegenden Arm vorbei. Aemil huschte neben uns her, und die anderen Gladiatoren folgten uns. Der Geruch ihrer schweißüberströmten Körper lag in der Luft.

Plötzlich stürzte sich Regulus auf mich und versuchte, meine Deckung zu unterlaufen. Ich ließ ihn glauben, er hätte es geschafft, nahm ihn in den Schwitzkasten, drehte ihn herum und riss ihn von den Füßen. Ich trat ihm die Beine weg, und er musste sein Schwert loslassen, um meinen Arm zu ergreifen, an dem er sich festkrallte, um nicht erdrosselt zu werden.

Im Handumdrehen hatte ich ihn auf den Knien, den Arm fest um seinen Hals gelegt, während er nach Luft rang. Ich riss ihm den Kopf in den Nacken und rammte ihm meine Klinge gegen die Kehle.

Um mich herum hörte ich den Tumult der Menge, die meinen Namen rief, und wollte mich wie gewohnt verbeugen. Ich roch Blut, den heißen Sand, das Metall der Innenseite meines Helms. Der kleine Übungsplatz wurde zum Amphitheater oder zum Rund des Circus Maximus, und ganz Rom war gekommen, um Leonidas, den Spartaner, triumphieren zu sehen.

„Peractum est!“, brüllte Aemil. *Es ist vollbracht, der Gegner tödlich getroffen*. „Regulus ist besiegt. Leonidas hat gewonnen.“

Regulus versuchte, sich auf die Beine zu kämpfen. Ich schlang ihm den Arm erneut um die Kehle und schnitt ihm die Luft ab. Seine Anstrengungen ließen nach, und ein Röcheln kam über seine Lippen. Schließlich verdrehte er die Augen und sackte zu Boden.

Ich wartete. Er hatte schon früher eine Ohnmacht vorgetäuscht und war dann aufgesprungen, um mich anzugreifen, sobald ich unvorsichtig geworden war.

Diesmal war Regulus allerdings wirklich bewusstlos. Ich nahm den Arm von seinem Hals, und er fiel wie eine Puppe mit zerbrochenen Gliedern zu Boden.

Ich rang nach Atem. Die Arena leerte sich und wurde wieder zum Übungsplatz, der von bogenförmigen Öffnungen zu den Zellen gesäumt war. Die schreiende Menge verblasste zu den bewundernden Rufen der Gladiatoren des *ludus*.

Aemil nahm mir das Holzschwert aus der Hand. Ich krümmte die Finger, deren Sehnen sich verkrampft hatten.

„Du bist der Sieger." Aemil klopfte mir auf die Schulter. „Niemand kann dir das Wasser reichen. Bleib und hilf mir, diese Stümper auszubilden. Ich werde dich bezahlen. Dem Vernehmen nach ist dein Gönner ja nicht besonders großzügig."

„Nein." Ich wollte mit diesem *ludus* nichts mehr zu tun haben. Der Kampf war rein persönlich gewesen.

Aemil wich zurück und betrachtete mich zuversichtlich. „Eines Tages wirst du es dir anders überlegen. Doch jetzt solltest du gehen. Wenn Regulus zu sich kommt, wird er aufgebracht sein. Ich glaube, eure Freundschaft gehört endgültig der Vergangenheit an."

Das war mir auch klar. Ich hatte gehofft, meine Kameradschaft mit Regulus würde sich in ein Band wie das verwandeln, das ich mit Xerxes geteilt hatte. Das war nie passiert, so sehr ich es mir auch eingeredet hatte. Xerxes hatte ein großes Herz gehabt, aber Regulus liebte in erster Linie sich selbst.

Ohne ein Wort zu Aemil zog ich Tunika und Stiefel wieder an. Ich machte mich gerade rechtzeitig auf den Weg zum Tor, um zu sehen, wie Lucia, die in ihren Mantel gehüllt aus Regulus' Zelle gekommen war, versuchte, aus dem Tor zu schlüpfen.

Ich rannte ihr nach, noch erfüllt von der Energie des Kampfes. Als ich sie einholte, packte ich sie am Arm und zerrte sie aus dem *ludus* und die Straße hinunter.

Ich zog Lucia über den Campus Martius zum Vicus Longus hinter mir her und dort zu unserer Wohnung und der wartenden Cassia. Lucia wehrte sich bei jedem Schritt. Sie flehte sogar Passanten um Hilfe an, doch die meisten erkannten mich, und keiner wollte sich mit Leonidas, dem Freigelassenen, anlegen, wenn der eine Frau mit zu sich nach Hause nehmen wollte.

Cassia eilte vom Balkon herein, als ich Lucia ins Haus zerrte. Lucia versuchte, sich am Türrahmen festzuhalten, aber ich riss sie von dort weg und schlug die Tür zu.

„Was hast du bei Regulus gemacht?" Meine Worte kamen krächzend und kaum verständlich heraus.

Cassia schenkte Wein aus einer Amphore ein, fügte Wasser aus einem Krug hinzu und drückte mir den Becher in die Hand. Ich trank, und die saure Flüssigkeit brannte in meiner Kehle.

„Er hat mich nicht gehen lassen", sagte Lucia. Ihr Mantel fiel zu Boden und enthüllte ihre Tunika, die an einer Schulter zerrissen war, und ihre Arme, die vor Kälte von Gänsehaut bedeckt waren. „Er wollte nicht, dass du mich findest."

„Warum hast du dich dann so verbissen gegen mich gewehrt?" Meine Stimme wurde langsam klarer, behielt allerdings ihren rauen Ton bei.

„Weil ich dir genauso wenig trauen kann wie ihm." Lucias Stimme war tränenerstickt, und ihre staubigen Wimpern glitzerten feucht.

„Warum nicht? Wir haben dich weggeschickt, damit du in Sicherheit bist. Warum bist du zurückgekommen?"

„Um dich zu warnen." Lucia schniefte und wischte sich die Nase mit dem Handrücken ab. „Aber ich will nicht, dass du alles erfährst, was ich getan habe."

Mit Mühe gelang es mir, sie nicht zu schütteln. „Mich wovor zu warnen? Was hast du getan?"

„Sie hat Floriana vergiftet", sagte Cassia. Sie stand mit gefalteten Händen da, ihre gepflegte Erscheinung bildete einen krassen Gegensatz zu Lucias schlammbespritztem Kleid und ihrem wirren Haar.

„Sie hat Floriana den giftigen Salat serviert", fuhr Cassia fort, während ich mit offenem Mund lauschte. „Wie ich vermutet hatte. Was Marcianus mir heute Nachmittag erzählt hat, hat es bestätigt."

KAPITEL 20

„Du hast Floriana das Gift gegeben?“, brüllte ich, und Lucia zuckte in meinem Griff zusammen. „Warum?“

Lucias Panik verflog, ihr Gesicht verlor jeden Ausdruck, und sie erschlaffte. Ich ließ sie los. Sie wehrte sich nicht mehr, sondern vergrub den Kopf in den Händen und schluchzte.

Ich schaute über sie hinweg zu Cassia. „War Marcianus hier?“

„Gleich nach deinem Aufbruch. Er hat mir erzählt, warum Lucia Marcia aufgesucht hatte – um ihr aufzutragen, ihre Geschichte zu ändern und nicht mehr zu behaupten, es habe an jenem Abend lediglich Linsen und Brot gegeben. Marcia sollte erzählen, dass sie sich jetzt erinnert, dass alle Salat gegessen hätten und nur Floriana krank geworden war, weil sie aus Versehen Rhabarberblätter zu sich genommen hatte.“

Mein Blick wanderte zurück zu Lucia. „Man wird mich möglicherweise des Mordes an ihr anklagen, Lucia. Warum, bei allen Göttern, hast du sie vergiftet? Was hat sie dir getan? Du hättest zu mir kommen können, wenn sie dich bedroht hätte. Ich hätte dich beschützt.“

Lucia hob das von Tränen überzogene Gesicht. „Sie hat mir nichts getan. Floriana wollte dich töten.“

Sowohl Cassia als auch ich verstummten überrascht.

„Sie wollte Leonidas töten?", fragte Cassia. „Bist du sicher?"

„O ja." Lucia nickte hektisch. „Sie hat es mir erzählt. Ich sollte ihn gründlich befriedigen und dafür sorgen, dass er in dieser Nacht fest schläft. Dann wollte Floriana hereinkommen und …" Sie verzog das Gesicht und begann wieder zu weinen. „Aber ich konnte es nicht. Leonidas war immer nett zu mir gewesen. Ich wollte nicht, dass er stirbt." Sie sank gegen die Wand, und heftige Schluchzer schüttelten ihren Körper.

Meine Kiefer mahlten, bis ich schließlich hervorbrachte: „Hast du sie erstochen, nachdem Marcianus sie gerettet hatte?"

Lucia hob ruckartig den Kopf. „Was? Nein! Ich wollte Floriana nicht töten, nur dafür sorgen, dass sie krank wird, damit du entkommen kannst. Nein, *er* hat sie getötet."

„Wer *er*?", verlangte Cassia zu wissen.

„Das weiß ich nicht." Lucia wandte sich flehentlich an Cassia. „Du musst mir glauben – ich weiß es nicht. Floriana hat einen Mann getroffen, aber ich weiß nicht, wen. Er wollte, dass sie Leonidas tötet, und als er wieder weg war, hat Floriana mich angewiesen, ihr zu helfen."

Auch Marcia hatte ein Treffen zwischen einem Mann und Floriana erwähnt. In meinem Kopf überschlugen sich die Gedanken. Ich musste diesen Kerl in die Finger kriegen.

„Wie sah dieser Mann aus?" Cassia eilte zum Tisch, klappte ein Täfelchen auf und schnappte sich ihren Griffel.

„Ich habe ihn nicht gesehen. Bloß seinen Schatten. Er hat sie mehrfach besucht, aber immer, wenn ich Floriana nach ihm gefragt habe, hat sie mir sofort den Mund verboten. Einmal hat sie mich sogar geschlagen. Ich habe gefragt, warum sie ausgerechnet dich töten wollte, Leonidas, und sie hat gesagt, weil du den Auftrag angenommen hättest, einen Patrizier auf dem Weg nach Ostia zu bewachen. Auch das hat sie mir nur anvertraut, weil ich einfach keine Ruhe gegeben habe."

Cassia unterbrach ihre rasche Mitschrift, um mir in die

Augen zu schauen. „Weil er Priscus begleiten wollte?“ Sie runzelte die Stirn. „Nein, das kann nicht sein. Ich habe den Auftrag am Abend vor Florianas Erkrankung mit Kephalos besprochen. Da hatte Priscus Leonidas noch gar nicht offiziell angeheuert.“

„Ich weiß nur, dass Floriana mir das in jener Nacht gesagt hat, nachdem Leonidas eingeschlafen war.“ Lucia wischte sich das Gesicht ab. „Vielleicht hatte der Mann gehört, dass du dich mit diesem Kephalos, wer auch immer das ist, getroffen hast, und war sicher, dass Leonidas den Auftrag bekommen würde. Jeder würde ihn als Leibwächter wollen.“

„Hmm.“ Cassia machte sich weitere Notizen. „Bist du sicher, dass du keine Ahnung hast, wer der Mann war? Wie er aussah? Jedes Detail ist hilfreich.“

Cassias sachliche Befragung beruhigte Lucia ein wenig. Ich erkannte, dass Lucia keine besonders selbstständige Frau war und stets der Führung anderer bedurfte.

„Er war kein Hochgeborener, soweit ich weiß. Der Mann trug keine Toga. Bloß eine Tunika und Stiefel.“

Cassia erstarrte und war plötzlich hoch konzentriert. „Was für Stiefel?“

Lucia sah sie verständnislos an. „Stiefel. Ganz normale. Beschlagene – es hat geklackt, wenn er ging.“

„Caligae?“, fragte Cassia.

„Ich vermute schon. Aber ich glaube, er war kein Soldat. Legionäre kommen nicht zu uns.“ Lucia atmete bebend ein. „Er war vielleicht ein Mitglied der städtischen Kohorte oder …“

„Ein *vigil*?“, fiel ich ihr ins Wort.

„Möglich. Es tut mir leid, Leonidas. Deshalb habe ich solche Angst. Ihm muss klar sein, dass ich Florianas Plan kannte und weiß, dass er sie getötet hat, aber keine Ahnung habe, vor wem ich mich in Acht nehmen muss.“

Dieser Fremde kannte auch Priscus und hatte verhindern

wollen, dass ich ihn beschützte. Nero selbst hatte mir eingeschärft, ich müsse dafür sorgen, dass Priscus unversehrt blieb.

„Warum?“ Die Frage ging an Cassia. „Welche Macht hat Priscus, dass der *princeps* persönlich an seiner Sicherheit interessiert ist? Und warum sollte ein *vigil* wollen, dass er ohne Schutz reist?“

Lucia schüttelte den Kopf.

Cassia schaute sie an. „Noch etwas? Priscus ist nach allem, was wir wissen, nicht besonders einflussreich, aber sehr wohlhabend. Hat es jemand auf sein Vermögen abgesehen?“

Lucias Gesicht wurde noch fahler. „Ich kenne diesen Priscus nicht, und ich wage es nicht, mehr zu sagen. Schon über all das zu reden könnte unseren Tod bedeuten.“

Meine Haut kribbelte, mein Blut kochte noch von dem Kampf mit Regulus. „Wie meinst du das? Hast du Regulus davon erzählt?“

„Nein. Ehrlich nicht. Er hat versucht, mich zum Reden zu bringen, doch ich habe mich geweigert. Er will deinen Tod, Leonidas.“

„Ich weiß. Überlass Regulus mir. Erzähl uns alles.“

„Ihr solltet fliehen“, sagte Lucia mit weit aufgerissenen Augen. „Wir gehen alle in die Albaner Berge, in die Zuflucht, in die ihr mich geschickt habt. Ich habe mich davongeschlichen, aber ich möchte dorthin zurückkehren.“

„Das solltest du auch“, bestärkte Cassia sie. „Dort wird man auf dich aufpassen. Leonidas und ich haben keine andere Wahl – unser Gönner besteht darauf, dass wir in Rom leben.“

„Dann werde ich schweigen.“ Lucia seufzte. „Auch so seid ihr in Sicherheit.“

„Dafür ist es längst zu spät.“ Bei Cassias kühlem Ton zuckte Lucia zusammen. „Sicher hat jemand beobachtet, wie Leonidas dich hergebracht hat. Florianas Mörder kennt deine Verbindung zu ihm und geht wahrscheinlich davon aus, dass wir bereits alles wissen. Also bitte …“ Cassia streckte die Hände nach Lucia aus, lud sie ein, ihr zu vertrauen.

Lucia schluckte und senkte die Stimme zu einem Flüstern. „Ich glaube, der Mann will den *princeps* ermorden."

Cassia warf erschreckt einen Blick durch die offene Balkontür. Es war später Nachmittag. Unten stritten Kunden lautstark mit dem Besitzer der Weinhandlung. Aus der Ferne erklang der stetige Straßenlärm Roms.

Lucia hatte nicht unrecht – schon das Aussprechen dieses Satzes war Grund genug, uns alle hinzurichten. Der Tod verfolgte mich, egal wie sehr ich versuchte, ihm zu entkommen.

Cassia straffte die Schultern, als wolle sie sich zur Besonnenheit zwingen. „Warum um alles in der Welt sollte dieser Mann Floriana etwas so Gefährliches anvertrauen? Er muss gelogen haben, um sie dazu zu bringen, ihm zu helfen. Ich vermute, das Ziel ist Priscus, nicht der *princeps*." Sie senkte den Kopf, ehe sie Neros Titel aussprach.

„Ich weiß es nicht." Lucia ballte die Faust und öffnete die Hand wieder, ihre Finger waren vom Wind und der Kälte gerötet. „Ich habe gehört, wie Floriana und der Mann darüber gesprochen haben. Keine Ahnung, was dieser Patrizier, den du bewacht hast, damit zu tun hat." Ihre Stimme brach. „Ich weiß überhaupt nichts."

Cassia hatte sich während Lucias Worten an ihren Tisch zurückgezogen und ihre Täfelchen sortiert, wobei sie sich rückwärts durch den Stapel arbeitete. Bei einem hielt sie inne, öffnete es und las die Worte darin.

„Als du hier warst und Leonidas um Hilfe gebeten hast, hast du gesagt, ‚sie' wollten dich töten", erinnerte Cassia sie. „Jetzt sprichst du bloß noch von einem Mann."

Lucia blinzelte verblüfft. „Habe ich das gesagt? Ich war mir nicht sicher. Vielleicht hat er ja Hilfe angeheuert oder hatte einen Komplizen ..."

„Aber jetzt bist du sicher, dass es sich nur um einen Mann gehandelt hat?"

„Ich habe bei Floriana nur einen gesehen. Doch sie war stark und listig. Es hätte mehr als einer Person bedurft, um sie zu überwältigen."

„Du hast einen Gatten erwähnt – in Etrurien. Glaubst du, er wollte ihren Tod oder war Teil dieser Verschwörung?"

Auch das wusste Lucia offenbar nicht. „Ich bin ihrem Mann einmal begegnet. Er war es nicht, den ich in jener Nacht bei Floriana gesehen habe. Anderer Körperbau, andere Stimme."

Cassia machte sich eine Notiz. „Es könnte trotzdem hilfreich sein, diesen Ehemann aufzuspüren. Wie heißt er?"

„Gaius Martinus", brachte Lucia hervor.

„Er könnte die Finger im Spiel haben. Ich werde versuchen herauszufinden, ob er zum fraglichen Zeitpunkt in Rom war. Er will doch sicher Florianas Besitz oder etwaiges Geld, das sie hinterlassen hat, abholen." Cassia notierte sich den Namen, klappte das Täfelchen zu und legte es zusammen mit dem Griffel auf den Tisch. „Aber jetzt solltest du ins *domus* Ceres zurückgehen. Lass dich nicht erwischen."

Lucia schaute mich besorgt an. „Allein?"

„Ich kann dich nicht begleiten", sagte ich. „Cassia hat recht, ich errege zu viel Aufmerksamkeit. An meiner Seite wärst du nicht sicher. Hast du jemandem, dem du vertrauen kannst?"

Lucia senkte den Blick auf ihre Zehen in den billigen Sandalen. „Nein", musste sie zugeben.

„Wenn du gefahrlos nach Rom zurückkannst, werden wir es dich wissen lassen." Cassia kramte in ihrer Kiste herum und brachte eine weitere Handvoll Kupfermünzen zum Vorschein. „Das sollte dir helfen."

Lucia starrte Cassia überrascht an, nahm dann allerdings rasch das Geld. „Danke", flüsterte sie.

Ich begleitete sie noch nach unten, wo sich Lucia in ihren fadenscheinigen Mantel hüllte. Wir gingen an der Weinhandlung vorbei, wo sich die Kunden beruhigt zu haben schienen und nun in einem freundlicheren Ton mit dem Weinhändler sprachen.

An der Ecke blieb ich stehen und legte Lucia freundschaftlich die Hände auf die Schultern. „Warum bist du nach Rom zurückgekehrt, wo du doch anderswo in Sicherheit warst?"

„Um dich zu warnen." Wieder sammelten sich Tränen in Lucias Augen. „Je länger ich über alles nachgedacht habe, desto mehr Angst habe ich bekommen. Ich habe versucht, unter vier Augen mit dir zu sprechen, aber sie ist ja immer dabei." Lucia wies mit dem Kinn auf unsere Wohnung.

„Cassia arbeitet für mich. Natürlich ist sie dabei."

„Als ich darauf gewartet habe, dass du einmal allein das Haus verlässt, hat mich Regulus gefunden. Er hat mich in den *ludus* geschleppt und gesagt, ich gehörte jetzt ihm. Ich glaube, er wollte dir damit wehtun, aber das ist ihm wohl nicht gelungen." Sie verstummte und berührte bedauernd meine Brust.

„Du bist meine Freundin", erklärte ich. „Das versteht Regulus nicht."

„Er versteht, dass du ein besserer Mann bist als er, und das passt ihm nicht. Er hat schrecklich über dich geschimpft." Lucia wirkte kurz amüsiert, als seien einige der Schmähnamen, mit denen mich Regulus bedacht hatte, ziemlich lustig gewesen. Sie trat näher an mich heran, ihre Berührung war sinnlich, geübt. „Diese Frau wird ihre Krallen in dich schlagen und nicht mehr loslassen. Wenn du dich von ihr losgerissen hast, komm zu mir. Es wird sein wie in alten Zeiten."

Ich glaubte nicht, dass Lucia recht hatte, was Cassia anging, doch ich legte ihr sanft eine Hand an die Wange. „Die Götter mit dir."

„Und mit dir, Leonidas."

Sie musterte mich lange und verschwand dann im Schatten. Die Menge auf dem Vicus Longus verschluckte sie, und sie war fort.

Als ich in unsere Wohnung zurückkam, wickelte sich Cassia gerade in ihren Mantel.

„Du solltest hierbleiben“, meinte ich zu ihr. „Ich werde Avitus ausfindig machen und persönlich zu einem Richter bringen. Er wird sich wehren, und dabei könntest du verletzt werden.“

Cassia blinzelte mich überrascht an. „Ich wollte mich gar nicht auf die Jagd nach Avitus begeben. Wir sollten den Palatin informieren, dass der *princeps* in Gefahr ist.“

„Das ist er immer“, sagte ich. „Avitus hat vielleicht mit all dem nichts zu tun – Lucia könnte auch einen anderen *vigil* gesehen haben –, doch das finden wir nur heraus, wenn wir ihn befragen.“ Ich traute Avitus nicht über den Weg, wollte aber sichergehen. Nur zu gut wusste ich, wie es war, unschuldig eines Verbrechens angeklagt zu werden.

„Wenn wir jemandem alles erzählen, was wir wissen – vielleicht diesem Prätorianer, der dich mag –, kann der nach Avitus suchen. Irgendwie kriegen wir diesen vermaledeiten Burschen nie zu fassen.“

„Dann würde man Avitus hinrichten, selbst wenn er unschuldig ist.“

Cassia hielt inne. „Glaubst du, das ist er?“

„Nein“, musste ich zugeben. „Er stand am Morgen nach Florianas Vergiftung vor dem Bordell und war sehr interessiert an den Vorgängen. Avitus behauptet, sie gekannt zu haben, doch er war nie Kunde dort und hat auch nicht im Haus gearbeitet. Und er ist hier eingebrochen, um herauszufinden, was wir wissen.“ Ich musste noch die Riegel durch stabilere ersetzen lassen. „Du glaubst, die runden Markierungen, die du am Tatort gefunden hast, stammen von den Stollen an Avitus' Stiefeln, nicht wahr?“

„Ja.“

Ich knurrte: „Du hast wahrscheinlich recht, wir sollten das

melden. Aber was, wenn Avitus unschuldig ist? Wenn er tatsächlich zufällig bei Floriana war?“

Cassia berührte ihre Lippe und dachte darüber nach. „Wie wäre es, wenn du den Prätorianer nach seiner Meinung fragst? Wir müssen Avitus ja nicht namentlich erwähnen. Es reicht, wenn wir sagen, dass du den Verdacht hast, Floriana könne an einem Komplott beteiligt gewesen sein und dass ihr Tod Mord war. Das Komplott läuft vielleicht noch, vielleicht auch nicht. Doch wenn wir niemanden warnen, Nero ermordet wird und man dann eine Verbindung zu uns herstellt ...“

„Sind wir tot.“ Ich seufzte wütend. „So oder so verfügen wir über gefährliches Wissen.“

„Wenn wir es weitergeben, verliert es vielleicht an Brisanz.“

„Bis man uns festnimmt und verhört“, grollte ich.

„Das Wort einer Sklavin zählt nichts“, erinnerte mich Cassia. „Dich wird man vielleicht verhören, aber dann müsste es gesetzeskonform geschehen.“

Lebhaft erinnerte ich mich an den Gestank des Tullianum-Gefängnisses, an die Ratten, an das Stöhnen der Männer, an die Angst. Meine Verurteilung hatte mich zwar brechen und töten sollen, doch sie war weit weniger schrecklich gewesen als das, was anderen geblüht hatte.

„Ich könnte auch Avitus aufspüren und zu den Wachen schleppen“, knurrte ich.

„Was lange dauern wird. Er kennt die Stadt und ist schwer zu fassen.“

Da konnte ich ihr nicht widersprechen. Cassias Lösung gefiel mir nicht, aber sie hatte recht. Jede Verzögerung bei der Weitergabe des Wissens würde den Anschein erwecken, als wären wir Teil der Verschwörung. Ich nahm meinen Umhang und geleitete sie hinaus in den römischen Nachmittag.

Als wir die Spitze des Palatin erreichten, mussten wir mehrere Gruppen von Wachen passieren, die mehr daran interessiert waren, mich über frühere Kämpfe auszufragen als darüber, was mein Anliegen war. Als ich schließlich anbringen konnte, was ich wollte, stellte ich fest, dass Severus Tullius nicht da war.

„Er ist im Lager“, informierte mich die Wache, die sich mein Anliegen angehört hatte. „Was wollt ihr von ihm?“

Ich zögerte und versuchte, mir eine plausible Ausrede einfallen zu lassen. Cassia war zu einem schweigenden Stoffbündel hinter mir geworden und wagte nicht zu helfen.

Ehe ich mich entscheiden konnte, was ich sagen sollte, kam ein in eine Toga gekleideter Mann mit kahl geschorenem Kopf aus dem Hof und ignorierte die Wachen. „Du.“ Er deutete auf mich. „Mitkommen. Jetzt.“

Der Wächter ließ uns mit einer verärgerten Grimasse hinter dem Rücken des anderen Mannes eintreten.

Wir überquerten den Innenhof, auf dem eine Staubschicht lag, die von den Bauarbeiten auf der anderen Seite des Hofes herrührte, wo ein langer Arkadengang entstand. Ich hätte gerne verweilt, um die Arbeiten zu beobachten.

Unser Führer hatte nicht angedeutet, Cassia solle zurückbleiben. Er schritt schlecht gelaunt vor uns her, und seine über seinen Arm hängende Toga schleifte durch den Staub.

Wir gingen nicht wie zuvor in den Garten im Peristyl, sondern in eine kleinere Kammer, deren Wände mit Szenen von Wagenrennen verziert waren. Ein Mann in Renntunika und Handschuhen – ein Wagenlenker – stand vor den Gemälden und war in ihre Betrachtung vertieft. Ich sah keine Wachen in dem Raum, aber ich spürte, dass sie außer Sichtweite lauerten.

Der Mann in der Toga räusperte sich, dann drehte er sich hastig um und enteilte.

Der Wagenlenker wandte sich zu uns um. Es war Nero selbst.

„Freunde." Er nickte uns zu, als hätte er uns nur eingeladen, damit wir die Gemälde bewunderten – und vielleicht hatte er das auch. Sie waren sehr gut gemacht. Die Pferde wirkten lebensecht, wie sie sprangen, die Nüstern blähten und die Wagen im gestreckten Galopp über die lange Rennbahn des Circus Maximus zogen.

Ich verneigte mich tief, Cassia hatte sich bereits auf den Boden geworfen. Nero wartete einen Augenblick, dann forderte er uns auf, aufzustehen.

„Wisst ihr, ich habe so wenige Freunde, dass ich euch gern so nennen möchte. Die junge Frau ist eine wahre Musikkennerin." Er klang bewundernd.

Ich hatte gehört, dass es für einen *princeps* nicht ungewöhnlich war, Sklaven und Freigelassene in seinem engsten Kreis zu haben. Claudius war von ihnen umgeben gewesen, und Acte, eine Lieblingskonkubine von Nero, war früher ebenfalls Sklavin gewesen. Ich nahm an, dass es für den *princeps* einfacher war, denen zu vertrauen, die keine politische Macht hatten.

„Ich habe euch kommen sehen und damit gerechnet, dass die Wache euch nicht einlassen würde", fuhr Nero fort. „Also habe ich meinen Majordomus geschickt, um euch hereinzuholen, weil ich wusste, dass ihn das ärgern würde."

Cassia warf mir einen besorgten Blick zu. Ich überlegte, wie ich Nero warnen konnte, ohne dass man uns beide verhaftete und folterte, bis wir die ganze Geschichte ausspuckten, einschließlich der Namen von Lucia und Avitus.

Nero ließ mich gar nicht erst zu Wort kommen, sondern setzte zu einem Vortrag an. „Ich will euch alles erzählen, Leonidas. Ihr verdient die Wahrheit. Ich werde euch sagen, warum ich dich beauftragt habe, Decimus Laelius Priscus vor allem Schaden zu bewahren, doch soll es euch unter Androhung der Todesstrafe verboten sein, dieses Geheimnis weiterzugeben." Er musterte uns mit unerbittlicher Miene, mit der er vermutlich auch den

Soldaten befohlen hatte, seine Mutter, die auf einer Insel Schiffbruch erlitten hatte, zu verfolgen und zu ermorden.

Dann streckte er in einer dramatischen Geste die Hand aus. „Wenn Priscus stirbt“, verkündete er, „ist auch mein Leben verwirkt.“

KAPITEL 21

Cassia starrte ihn erstaunt an. Ich hatte wohl denselben Gesichtsausdruck, denn Nero brach in Gelächter aus.

„Ihr seht aus wie Fische, die das Maul aufreißen." Er lachte erneut hart auf. „Aber leider ist es wahr. Wenn Priscus etwas zustößt, wird man mich meucheln. Das ist mir jeden Tag beim Aufstehen und jede Nacht beim Zubettgehen klar."

Neben mir regte sich Cassia. Sie hatte vermutlich viele Fragen, doch ungebetenes Sprechen würde bei ihr bestraft werden. Also musste ich reden und hoffen, ihre Neugier zu stillen.

„Wer würde so etwas tun? Warum nimmst du den Betreffenden nicht fest?"

Nero lächelte geduldig. „Weil ich keine Ahnung habe, von wem die Drohungen stammen. Ich habe Briefe erhalten, in denen ausführlich dargelegt wird, was mit mir geschieht, wenn Priscus etwas zustößt. Das ist keine schöne Lektüre. Jemand hinterlässt sie heimlich im *domus*, und niemand weiß, wer sie zustellt oder schreibt."

Das deutete auf jemanden hin, der sich in den Gebäuden gut auskannte oder auf Hilfe von innen zählen konnte.

Ich trat unruhig von einem Bein aufs andere. „Warum Priscus? Er wirkt so harmlos.“

Nero spreizte die Finger. Hinter ihm an der Wand knurrte ein Wagenlenker einen anderen an, sein Blick erfüllt von erbarmungsloser Entschlossenheit.

„Mein Onkel mochte Priscus, vertraute ihm. Einer der wenigen Senatoren, bei dem dies der Fall war. Ich nehme an, man hatte Angst, ich würde Priscus vernichten, einfach nur weil mein Onkel ihn geschätzt hat. Dabei habe ich deutlich gemacht, dass er mir völlig egal ist. Er ist ziemlich langweilig, findet ihr nicht? Ist immer bloß zu Hause und gärtnert. Sein Sohn führt von Halikarnassos aus die Firma, die vor ihrem Tod seiner Mutter gehört hat, und interessiert sich ausschließlich für Zahlen. Nicht für Dramatik oder Musik, nicht einmal für Politik.“ Nero wirkte angewidert.

„Du hast keine Ahnung, wer dich seinetwegen bedroht?“, fragte ich. „Es ist doch nicht etwa sein Sohn?“

„Ich sagte ja gerade, der Sohn interessiert sich nicht für Politik“, fuhr mich Nero an. „Er ist schwach. Ich lasse ihn überwachen. Habt ihr nicht mitbekommen, wie leicht er sich hat entführen lassen?“ Er erschauerte. „Das darf nie wieder passieren. Priscus wäre bei diesem Abenteuer beinahe getötet worden, und der Verlust seines Sohns hätte ihn schwer getroffen. Vielleicht so sehr, dass er sich das Leben genommen hätte, was mir auch nicht geholfen hätte. Allein euch haben wir es zu verdanken, dass Vater und Sohn wohlauf sind.“

Ich erinnerte mich, dass man die Piraten, die Lösegeld für Priscus' Sohn verlangt hatten, bis auf den letzten Mann abgeschlachtet vorgefunden hatte. „Hast du seine Häscher töten lassen?“

Nero sah aus, als sei ihm die Frage unangenehm. „Hast du erwartet, dass ich sie verschone? Ich habe sie natürlich zunächst verhören lassen, aber keiner kannte den Namen ihres Auftraggebers. Sie haben ausschließlich schriftlich kommuniziert und einen Teil des Lösegeldes erhalten. Du merkst also, hier wirkt jemand im Verborgenen, ein einflussreicher Mann – oder vielleicht auch eine Frau. Traue niemals einer Frau, Leonidas. Sie können schwach erscheinen, während sie eigentlich gerissen sind und wissen, wie sie Männer dazu bringen können, für sie Gräueltaten zu vollbringen."

Neros Mutter Agrippina war eine sehr ehrgeizige Frau gewesen. Nun war sie tot. Neros erste Frau war ebenfalls tot, und eine Nachfolgerin war an ihre Stelle getreten.

Der Blick seiner Adleraugen wanderte zu Cassia. „Was denkst du? Wonach sollte ich suchen? Nach einem Mann oder einer Frau?"

Ich verstand nicht, wie Nero eine Antwort von Cassia erwarten konnte, doch sie erwiderte im Brustton der Überzeugung: „Das ist nicht das Werk einer Frau."

„Oh?" Neros hochmütige Verärgerung wich Neugier. „Warum nicht?"

„Eine Frau kann Männer lenken, ja, aber oft buhlen die Männer, die unter ihrer Fuchtel stehen, um ihre Gunst. Wäre es eine Frau, hättest du wahrscheinlich schon herausgefunden, wer es ist. Einer der eifersüchtigen Rivalen hätte es dir gesagt. Ein vorsichtiger Mann dagegen, der sich zurückhält, kann unentdeckt bleiben."

Nero musterte sie nachdenklich. „So hatte ich das bisher noch nicht betrachtet. Ich glaube allerdings, du hast recht. Wobei Männer selbstverständlich auch Eifersucht hervorrufen können." Er wandte seine Aufmerksamkeit mir zu. „Ich bin sicher, dass sich schon Männer um Leonidas gestritten haben."

„Aber Leonidas ist ein Kämpfer, ein einfacher Mann", wandte Cassia ein. „Kein Befehlshaber."

„Unsere Sklaven sehen die Dinge immer so klar", sagte Nero zu mir. „Sie hat natürlich recht. Nun, dann suche ich einen Mann." Er seufzte. „Was sich leider als überaus schwierig erweist. Er muss loyal und wohlhabend sein. Der einzige Grund, warum ich nicht jeden, auf den diese Beschreibung passt, festnehmen und verprügeln lasse, bis er gesteht, ist, dass die betreffende Person auf Priscus fixiert zu sein scheint. Es ist ihr egal, was ich tue und wie viel Geld ich für Sandalen oder Wandmalereien ausgebe, solange es dem verdammten Priscus gut geht." Neros beißender Tonfall kehrte zurück. „Deshalb musst du ihn unter Einsatz deines Lebens schützen, Leonidas. Wenn ihm etwas passiert, werde ich dafür sorgen, dass du noch vor mir stirbst."

Ich glaubte ihm. Mir schoss durch den Kopf, was Lucia uns erzählt hatte, nämlich dass Floriana mich hatte töten wollen, damit ich Priscus auf seinem Weg nach Ostia nicht bewachen konnte.

Diese Information in Verbindung mit Neros Geschichte veranlasste mich, Lucias Behauptung für mich zu behalten, dass es ein Mordkomplott gegen Nero gab. Wer auch immer Floriana ermordet hatte, wollte auch Nero töten, aber auf eine Art und Weise, die diesem bereits bekannt war. Wenn ich Priscus rettete, würde auch Nero überleben.

Also verneigte ich mich tief vor dem *princeps*. „Ich werde auf Priscus Acht geben und dir dienen." Mir blieb ja auch gar keine andere Wahl.

Für den Rest unseres Besuchs wechselte Nero das Thema, fragte mich nach meiner Meinung über das Wagenlenker-Bild und wollte wissen, welches Team ich unterstützte. „Das grüne", antwortete ich. Ich wusste, dass Nero es bevorzugte.

Meine Antwort gefiel dem *princeps*. Selbst Gladiatoren, vor allem erfahrene, durften bei den Wagenrennen zusehen, und deswegen erzählte Nero mit Begeisterung von Wettbewerben, denen wir beigewohnt hatten, einschließlich der ganztägigen Wettfahrten, die er sponserte. Cassia verharrte in stiller Geduld, und ich fragte mich, ob sie je im Leben ein Rennen besucht hatte.

Schließlich beschloss Nero, uns zu entlassen. Ich glaubte nicht, dass er des Themas überdrüssig war, über das er stundenlang reden konnte, doch der Reiz des Neuen daran, mit einem Gladiator und seiner Sklavin zu sprechen, hatte sich wohl abgenutzt. Nero rief nach einem Diener – die Tür öffnete sich sofort –, und man geleitete Cassia und mich aus dem Palast.

Wir sprachen kein Wort, während wir den steilen Abhang vom Palatin zum Forum Romanum hinuntergingen und uns dort unter die Menschen mischten. Cassia trennte sich von mir, um einige Läden zu besuchen und ihren Korb mit einem Krug Öl, einer Schachtel Gewürze und anderen Kleinigkeiten zu füllen. Sie führte mich zu einer Bäckerei, wo sie harte Brötchen, die vom morgendlichen Ansturm übrig geblieben waren, zum halben Preis kaufte.

Ich half ihr, alles nach Hause zu tragen, wo sie aus den Resten des Mittagessens und dem, was sie gerade gekauft hatte, eine Mahlzeit zubereitete.

„Wir müssen mit Priscus sprechen", sagte sie, kaum dass sie sich gesetzt hatte.

„Ja." Ich ließ mich auf meinen Schemel sinken und trank einen tiefen Schluck von dem Wein, den sie mir eingeschenkt hatte. „Der Mann, der Floriana rekrutiert hat, wollte nicht, dass ich Priscus beschütze. Er muss wissen, dass jemand da draußen Nero töten lässt, wenn Priscus stirbt, egal wie." Ich hielt inne und ließ mich vom Wein wärmen. „Es sei denn, die beiden Mörder sind ein und derselbe."

„Das glaube ich nicht." Cassia nahm ihren Löffel zur Hand. „Ich werde meine Notizen durchsehen, aber der Versuch, Floriana zu veranlassen, dich umzubringen, damit du Priscus nicht bewachen kannst, erscheint mir unbeholfen. Wer die Macht hat, Nero ungestraft zu bedrohen, ist vorsichtiger. Intelligent. Rücksichtslos."

„Bei ‚unbeholfen' muss ich an Avitus denken. Er könnte niemals an Nero herankommen und müsste versuchen, ihn auf Umwegen zu ermorden."

„Wir haben es mit zwei Verbrechen zu tun." Cassia zeichnete mit dem Löffelstiel imaginäre vertikale Linien auf den Tisch. „Erstens: Ein Mann, dem Priscus wichtig ist, hofft, ihn am Leben zu erhalten, indem er Nero droht, dass, wenn Priscus stirbt, auch der *princeps* sein Leben verlieren wird." Sie runzelte die Stirn, während sie darüber nachdachte. „Priscus ist sehr reich. Ein Bittsteller möchte vielleicht, dass er so lange wie möglich am Leben und unversehrt bleibt, damit weiter etwas von seinem Reichtum an ihn fließt."

Ich erinnerte mich an die Bittsteller, die ich auf Priscus hatte warten sehen, insbesondere an den sauertöpfisch wirkenden *eques*. „Eine solche Person müsste viele Zügel in der Hand halten."

Cassia schenkte mir ein angedeutetes Lächeln. „Du stehst immer noch unter dem Einfluss des Geredes von den Wagenrennen. Aber trotzdem hast du recht." Sie zog mit ihrem Löffel eine waagerechte Linie. „Zweitens: Ein Mann möchte Nero aus dem Weg räumen, weiß jedoch, dass er nie an ihn herankommen wird und niemandem trauen kann, der ihm nahesteht. Er hört von dieser seltsamen Abmachung, dass Nero Priscus beschützen lässt, um sein eigenes Leben zu retten, und beschließt, dies als Attentatsmöglichkeit zu nutzen. Er muss nur Priscus töten. Ich vermute, dass Priscus sterben sollte, als er das Lösegeld übergeben hat. Warum sonst sollte ein Dutzend Piraten dort auflaufen und darauf bestehen, dass Priscus allein erscheint? Wärst du nicht gewesen, wären sowohl Priscus als auch Decimus jetzt tot."

In dem Punkt musste ich ihr recht geben. Ich erinnerte mich, wie ich darauf hatte bestehen müssen, bei der Lösegeldübergabe dabei zu sein, und die Piraten schließlich zugestimmt hatten, dass nur ich Priscus begleiten durfte. Sie mussten geglaubt haben, sie könnten mich überwältigen.

Cassia fuhr fort: „Die Piraten erhalten den Angriffsbefehl, Priscus und Decimus finden den Tod, und der Vorfall wird als verunglückte Lösegelderpressung abgetan. Dann verschwinden die Piraten auf Nimmerwiedersehen mit dem Geld. Vermutlich um sich mit dem zu treffen, der sie angeheuert hat, oder vielleicht sollten sie auch das gesamte Lösegeld als Bezahlung behalten. Der Mörder will Neros Tod – das Geld ist ihm nicht wichtig."

Ein sehr wohlhabender Mann konnte zwei Schatullen mit Gold verschmerzen, wenn er damit sein Ziel erreichte. Normalerweise waren die, die ein Attentat auf Cäsaren planten, reich und mächtig. Sie mordeten nicht für Geld, sondern aus Ehrgeiz oder aus Angst vor dem, was der *princeps* Rom antun würde. Diese Beschreibung passte nicht auf Avitus.

„Aber Priscus lässt sich von Celnus verleiten, einen Leibwächter anzuwerben", sagte ich langsam. „Er verlangt nach mir."

„Der Attentäter erkennt, dass du seine Pläne durchkreuzen kannst. Du bist der beste Kämpfer Roms. Selbst eine Gruppe von Piraten hätte ihre liebe Not mit dir – was sich als richtig erwiesen hat. Also geht unser Attentäter zu Floriana, da er weiß, dass du oft in ihrem Haus bist, und überredet sie, dich im Schlaf zu töten. Vielleicht hat er ihr ein Vermögen geboten, wie er es bei den Piraten getan hat. Oder er hatte etwas gegen sie in der Hand. Vielleicht hat sie aus Angst eingewilligt, ihm zu helfen. Nur Lucias Loyalität hat dir das Leben gerettet. Sie hat Rhabarberblätter unter Florianas Salat gemischt, was diese so krank gemacht hat, dass sie das Bett hüten musste und du verschont geblieben bist. Als du Marcianus geholt hast, um Floriana das Leben zu retten, hat diese vielleicht Reue empfunden, weil sie versucht hat, dir etwas anzutun. Sie trifft sich mit dem Mörder hinter dem Portikus der Octavia, möglicherweise um ihm zu erklären, was schiefgelaufen ist, oder um ihm mitzuteilen, dass sie nichts mehr mit der ganzen Sache zu tun haben will, und er ermordet sie."

Cassia zog rasch eine letzte Linie mit ihrem Löffel, bevor sie ihn umdrehte und sich wieder ihrem Eintopf widmete.

„Der Mann, den Lucia und Marcia gesehen haben, muss Avitus gewesen sein", sagte ich. „Die Beschreibung passt genau. Hätte er die nötigen Verbindungen, um eine Entführung in Antiochia zu arrangieren – und eine Lösegeldübergabe in Ostia? Könnte er sich Florianas Hilfe leisten? Vielleicht war er auch nur ein Mittelsmann."

„Beides ist denkbar." Cassia kaute nachdenklich. „Die *vigiles* bestehen aus Freigelassenen, die sich der Wahrung des Friedens und der Brandbekämpfung widmen. Freigelassene können ziemlich reich werden, wenn sie schlau sind. Vielleicht ist Avitus *vigil* geworden, um seinen Plan, den *princeps* zu ermorden, voranzutreiben. *Vigiles* streifen Tag und Nacht durch die Straßen und betreten nach Belieben jedes Haus, so wie Avitus es bei uns getan hat."

Ich brach mein Brötchen in Stücke und warf sie in den Eintopf. „Vielleicht sollten wir warten, bis Avitus wieder versucht, mich zu töten, und ihn auf frischer Tat ertappen. Ich werde ein Geständnis aus ihm herausquetschen."

„Ihm eine Falle stellen, meinst du?" Die Idee schien Cassia nicht im Geringsten zu beunruhigen. „Hmm. Das könnten wir auch tun, ohne darauf zu warten, dass er auftaucht."

„Wie?", erkundigte ich mich.

„Lass das meine Sorge sein. Komm, wir essen zu Ende und besuchen dann Priscus, ehe es zu dunkel wird."

„Celnus wird uns am Abend nicht zu ihm vorlassen", warnte ich. „Besuche sind nur morgens gestattet, es sei denn, Priscus lädt uns zum Abendessen ein."

„Lass auch das meine Sorge sein. Ich will Celnus und Kephalos noch einmal befragen. Die beiden wissen viel."

Ich kannte Cassia inzwischen gut genug, um Mitleid mit den

beiden zu empfinden. Sie würde ihnen Informationen entlocken, ob es ihnen passte oder nicht.

Wir wandten unsere Aufmerksamkeit wieder dem Essen zu, und als wir fertig waren, machten wir uns bereit, zum Esquilin zu marschieren.

Wie erwartet wollte Celnus uns nicht einlassen. Der Herr speise gerade, ließ er uns mit seiner üblichen Verachtung wissen. Priscus sei bei seinen Gästen und wolle nicht gestört werden. Cassia teilte Celnus ungerührt mit, wir würden warten.

Celnus wollte widersprechen, aber Priscus' Sohn Decimus, der aus dem Haus getreten war, entdeckte uns und forderte Celnus auf, uns in den Vorhof zu lassen.

„Vater wird dich sehen wollen." Decimus sprach mit mir, nicht mit Cassia, die ihr Bestes tat, um mit der Wand zu verschmelzen. Ich überließ es ihr, Celnus und Kephalos zu befragen, und folgte Decimus ins *triclinium*.

Priscus gab ein Abendessen für fünf Personen. Liegesofas standen um eine mit Geschirr beladene Tafel. Priscus war in eine Toga gehüllt, die ihn sichtlich behinderte, während er nach Trauben, Käse und seinem Weinbecher griff.

Drei Gäste, allesamt Männer, waren anwesend – der fünfte Platz war der von Decimus.

„Ich habe eine Überraschung für dich, Vater", sagte der, als wir eintraten.

Priscus strahlte, schob die Falten seiner Toga beiseite und erhob sich. „Mein Freund und Beschützer Leonidas. Bitte, setz dich. Wir machen dir Platz."

Ich betrachtete die Gesichter der drei Gäste, von denen einer der *eques* war, der Priscus einst das Leben gerettet hatte. Ihre Mienen reichten von Erstaunen über Widerwillen bis hin zu regelrechter Abscheu bei dem *eques*.

Wenn Priscus einen Gladiator, und sei es ein ehemaliger, mit seinen vornehmen Gästen auf den Liegen Platz nehmen ließe, würde sich das bis morgen in ganz Rom verbreiten, und Priscus hätte sich lächerlich gemacht. Er sah keine Schande darin, mit jedem zu sprechen, mit dem es ihm beliebte, aber man würde ihn nicht dafür lobpreisen.

„Deine Freundlichkeit beschämt mich.“ Ich sprach unbeholfen, doch von einem Gladiator erwartete niemand Redegewandtheit. „Ich werde deine Tafel nicht mit meiner Anwesenheit herabsetzen. Dass du mich in deinem Haus empfangen hast, ist genug.“

„Nein, komm, du bist sicher hungrig.“ Priscus wies auf den Tisch. „Es ist genug zu essen da.“

„Ich habe bereits zu Hause gespeist“, entschuldigte ich mich eilig.

Priscus registrierte meine Weigerung mit Verwunderung, aber zur Erleichterung seiner Gäste beharrte er nicht weiter darauf, dass ich mich an der Tafel niederließ.

Decimus nahm Platz und teilte sich eine Liege mit dem *eques*. Seine freundliche Begrüßung und seine Ehrerbietung gegenüber dem Mann stimmten diesen etwas milder. Decimus besaß einen jugendlichen Charme und eine Geistesschärfe, die seinem Vater fehlten. Ich nahm an, dass er nach seiner Mutter kam.

„Ist er hier, um aufzutreten?“, erkundigte sich einer der anderen Männer. Das strahlende Weiß seiner Toga mit dem Purpurstreifen verriet mir, dass er ein hohes Amt bekleidete und das Geld hatte, seine Kleidung makellos sauber zu halten. „Ist er hier, um uns einige der Manöver zu zeigen, die ihm seine Siege eingetragen haben? Ich habe dich kämpfen sehen, Leonidas, der Spartaner. Du bist ziemlich gut. Mein Sohn bewundert dich sehr.“

„Er ist gar kein Spartaner“, sagte der *eques* geringschätzig.

Priscus trat an meine Seite. „Gladiatoren legen sich wohlklingende Namen zu, oder man gibt sie ihnen. Ich werde kurz mit ihm sprechen, denn ich weiß, dass er nicht gekommen wäre, wenn es nicht wichtig wäre."

Er geleitete mich aus dem *triclinium* in den Garten im Peristyl. Durch die Öffnung zum Atrium sah ich, dass Cassia in ein Gespräch mit Kephalos vertieft war. Er betrachtete sie mit frustriertem Stirnrunzeln.

Das Licht des aufgehenden Mondes fiel durch das offene Dach des Peristyls und ließ die Blätter der Bäume silbrig schimmern. Das Plätschern des Brunnens verlieh der Szenerie eine friedliche Note.

Priscus legte sich eine Falte seiner Toga über die Schulter und wischte sich die Stirn ab. „Um ehrlich zu sein, mein Freund, bin ich froh, dass du vorbeigekommen bist. Lästige Gesellen. Doch man muss ab und zu den Gastgeber spielen, wenn man nicht will, dass schlecht über einen geredet wird. Was kann ich für dich tun?"

„Wer ist dieser *eques?*" Ich deutete hinter uns, als könnte er den Mann im Speisesaal sehen. „Du hast gesagt, er hat dir das Leben gerettet, indem er für dich bestimmtes Gift getrunken hat."

Priscus wandte den Blick gen Himmel. „Er nennt sich Gaius Drusus Aquilinus, was so viel heißt wie ‚Adlerauge'. Geierschnabel wären zutreffender." Priscus lachte. „Er war ein Anhänger meines Schwiegervaters, und ich, der pflichtbewusste Schwiegersohn, empfange ihn weiterhin. Er ist ein Plebejer, der sich mithilfe des Vaters meiner Frau in die Klasse der *eques* eingekauft hat." Priscus senkte die Stimme. „Er wollte einst meine Frau heiraten. Er hat ihren Vater bedrängt, sie dazu zu bringen, sich von mir scheiden zu lassen und ihn zu ehelichen. Mein Schwiegervater hat ihn schnell wieder davon abgebracht. Ich mag nicht alles sein, was er sich erträumt hatte, doch ich bin Patrizier, und das war ihm sehr wichtig. Meine Gemahlin wollte auch nichts davon hören, denn sie hat den lieben Aquilinus verabscheut." Er lächelte bei der Erinnerung.

„Ich frage mich, ob er den Wunsch hat, dich zu töten“, sagte ich.

Priscus hob die Brauen. „Du glaubst, er will meinen Tod? Aber warum? Er würde meine schützende Hand verlieren – und die mag er, auch wenn er mich nicht leiden kann.“

„Er könnte ein Anhänger deines Sohnes werden, wenn du weg wärst, oder?“

„Möglicherweise. Doch Decimus trifft seine eigenen Entscheidungen. Nein, das traue ich Aquilinus nicht zu. Er ist eher feige.“

„Wir haben herausgefunden, dass in der Tat jemand versucht, dich zu töten“, erwiderte ich. „Eine Bedrohung, die du ernst nehmen solltest. Man hofft, dein Tod werde den des *princeps* nach sich ziehen.“

In kurzen Sätzen berichtete ich ihm, was wir von Nero erfahren hatten. Priscus hörte ungläubig zu, und seine Skepsis wuchs mit jedem Wort.

„Das ist das Absurdeste, was ich je gehört habe“, erklärte er, als ich geendet hatte. „Vergiss nicht, dass unser *princeps* das Drama liebt, je mehr, desto besser. Verlass dich darauf, Leonidas, das ist alles nur ein Lügenmärchen.“

KAPITEL 22

Priscus sprach laut und im Brustton der Überzeugung. Er wollte die Arme verschränken, doch das verhinderte seine Toga, und er zog entnervt an dem Stoff.

„Du hast einmal gesagt, die Götter hielten ihre schützende Hand über dich“, erinnerte ich ihn. „Könnte es sein, dass es sich vielmehr um die Hand eines Menschen handelt?“

Priscus ließ von seiner Toga ab und faltete die Hände. „Ich habe Freunde, Leonidas, aber ich bezweifle sehr, dass mich jemand so sehr liebt, dass er den *princeps* bedroht, um mich am Leben zu erhalten. Wer würde schon so weit gehen?“

Ich warf einen Blick zum Speisesaal hinüber, aus dem gerade Decimus trat. „Ein Sohn vielleicht?“

Was auch immer Priscus hatte sagen wollen, es blieb ihm im Halse stecken. „Decimus?“ Erstaunen, dann Sorge flackerten in seiner Miene auf und verblassten wieder. „Er ehrt seinen Vater, ja, aber das wäre nun wirklich übertrieben. Andererseits ...“

Decimus betrat den Garten, und der Wind, der diesen durchwehte, zauste seine dunklen Locken. „Sie werden langsam unruhig, Vater. Sie wollen mit dem *pater familias* speisen, nicht mit seinem Erben.“

„Sie täten gut daran, ihre Freundschaft zu dir zu pflegen“, knurrte Priscus, dann seufzte er. „Ich habe diese Speichelleckerei langsam satt. Decimus, Leonidas hegt den Verdacht, dass du Nero drohst, er werde sterben, wenn mir etwas zustößt.“

Decimus lachte auf, denn er hielt das zunächst für einen Scherz, doch dann verging ihm das Lachen.

„Ich?“ Er presste sich eine Hand auf die Brust. Decimus trug ebenfalls eine Toga, aber sie schmiegte sich elegant und ohne zu verrutschen an seinen Körper. „Ich bezweifle, dass Nero – oder sonst wer – sich vor mir fürchten würde. Welche Macht sollte ich denn ins Feld führen? Ich kann gut mit Zahlen umgehen, und die Bürger von Halikarnassos haben gelernt, meine buchhalterischen Fähigkeiten zu fürchten. Doch das ist auch schon alles.“ Er kam näher, bis wir drei eine kleine Gruppe in der Mitte des Peristyls bildeten. „Aber das ist erstaunlich. Bist du sicher, dass jemand das Überleben des *princeps* von dem meines Vaters abhängig macht?“

„Ich weiß nur, was Nero uns erzählt hat“, sagte ich.

„Uns?“ Decimus hob fragend die Brauen.

„Nun, Cassia und mir.“

„Oh, deine Sklavin, die so freundlich war, das Lösegeld zu retten. Weißt du, dass sie sich geweigert hat, auch nur ein *as* mehr als das vereinbarte Honorar anzunehmen? Kephalos hat daraufhin versucht, ihr weniger zu bezahlen, doch auch das wollte sie nicht.“

„Cassia ist sehr genau“, bestätigte ich.

Decimus lachte. „In der Tat. Ich versichere dir, Vater, dass ich an keiner Verschwörung beteiligt bin, um dich am Leben zu erhalten. Wenn es aber jemand tut, würde ich ihn gerne kennenlernen und ihm danken.“

Priscus errötete. „Wie liebenswürdig, mein Sohn.“

„Ein Sohn kann seinen Vater durchaus lieben“, scherzte Decimus. „Selbst seinen Adoptivvater.“

„Das Problem ist“, warf ich ein, „dass jemand versucht, Nero aus dem Weg zu räumen, indem er dich aus dem Weg räumt. Es ist ihm gelungen, Decimus zu entführen und dich fast zu töten, als du das Lösegeld bezahlen wolltest.“

Decimus schürzte die Lippen und nickte. „Das ist wahr. Man hat mich spät in der Nacht auf dem Nachhauseweg entführt und an Bord eines Schiffes gebracht. Eher ungewöhnliche Piraten, dachte ich – auch wenn einige durchaus an den Küsten ihr Unwesen treiben. Doch woher sollten sie wissen, dass meine Familie das Geld hat, um Lösegeld für mich zu bezahlen? Ich bin eher einfach gekleidet und falle kaum auf. Daraus schloss ich, dass sie mich schon seit einiger Zeit beobachtet und herausgefunden hatten, wer ich war, aber trotzdem ist es seltsam. Wenn das alles allerdings Teil eines Plans war, meinen Vater und auf dem Umweg über ihn Nero aus dem Weg zu schaffen ...“ Er rieb sich nachdenklich das Kinn.

Priscus schnaubte. „Das scheint mir ziemlich weit hergeholt.“

„Nicht unbedingt.“ Decimus wandte sich mir zu. „Danke für die Information, Leonidas. Ich werde auf jeden Fall meinen Vater und mich selbst stärker bewachen lassen, wenn jemand versucht, über mich an ihn heranzukommen.“ Er deutete auf das Haus. „Ich bringe dich noch nach draußen, Leonidas. Du, Vater, musst zurückgehen, ehe Aquilinus den Senator verärgert und im Gefängnis landet. Er wird erwarten, dass du seine Kaution stellst.“

Priscus gab ein verärgertes Geräusch von sich, wünschte mir höflich eine gute Nacht und machte sich auf zum Speisesaal am anderen Ende des Peristyls. Ich sah, wie er die Schultern straffte, bevor er die Tür aufstieß und hineinmarschierte.

„Ich liebe meinen Vater, doch er kann manchmal ein ziemlicher Dickschädel sein“, sagte Decimus.

„Dein Vater ist Soldat. Eine Tatsache, die zu erwähnen er nicht müde wird.“

Decimus wirkte belustigt. „Er benutzt das gern als Vorwand,

um gesellschaftliche Verpflichtungen zu vernachlässigen. Nicht dass ich ihm daraus einen Vorwurf machen könnte. Ich finde gesellschaftliche Zwänge auch langweilig und verbringe meine Zeit lieber über meinen Büchern. Das habe ich von meiner Mutter geerbt, mögen die Götter sie in ihren Armen wiegen."

Er machte eine ehrfurchtsvolle Geste zum Schrein seiner Vorfahren, als wir das Atrium betraten. Cassia trat aus den Schatten und wickelte ihren Mantel fester um sich. Kephalos und Celnus waren nirgends zu sehen.

Decimus sagte mit sanfterer Stimme: „Ich werde auf meinen Vater aufpassen. Danke. Kann ich mich an dich wenden, wenn ich besseren Schutz für ihn brauche?"

„Natürlich", erwiderte ich schlicht. Selbst wenn Nero mir nicht befohlen hätte, auf Priscus aufzupassen, wäre meine Antwort so ausgefallen. Ich stellte fest, dass ich den weltfremden ehemaligen General mochte.

„Ich wünsche euch einen sicheren Heimweg. Wartet, nehmt eine Laterne mit." Decimus ging zu einem Tisch, auf dem brennende Laternen standen, vermutlich um den Heimweg der Gäste zu erleuchten.

Er reichte mir einen von innen erleuchteten Eisenkorb, der an einem Metallstab hing. Ich nahm ihn dankend an, obwohl ich fand, dass er sich eher eignete, einen Dieb damit zu erschlagen, als ihn mit dem Licht zu verscheuchen.

Cassia schwieg, während ich mich von Decimus verabschiedete und wir auf die Straße traten. Eine Sänfte, umgeben von ängstlichen Sklaven, bewegte sich eilig durch die Dunkelheit, dann war es still auf der Straße.

Ich hob die Laterne, die einen schwachen Schimmer auf das Kopfsteinpflaster warf. In ihrem Licht sah ich Cassias selbstgefälligen Gesichtsausdruck.

„Nun, was hast du herausgefunden?", fragte ich. *Vermutlich mehr als ich*, dachte ich.

„Etwas überaus Wichtiges." Sie zog sich eine Falte ihres

Umhangs über den Mund, aber nicht, bevor ich einen Blick auf ihr Lächeln erhaschen konnte. „Ich glaube, es wird vieles erklären."

Ich hätte sie am liebsten aufgefordert, mir auf der Stelle alles zu erzählen, doch ich wusste, dass das mitten auf der Straße, die sich den Esquilin hinunterschlängelte, unklug gewesen wäre.

Wir waren noch nicht weit gekommen, als hinter uns Schritte erklangen. Cassia und ich traten zur Seite, um die heraneilende Person vorbeizulassen, aber eine unerwartete Bewegung ließ mich Cassia in die Türnische eines geschlossenen Ladens schieben. Ich wirbelte herum, bereit, mit meiner Laterne zuzuschlagen.

Unser Verfolger stürmte geradewegs auf mich zu. Ich traf ihn mit einem schnellen, harten Schlag der Laterne und stieß ihn in eine Seitengasse. Er stolperte, war allerdings sofort wieder auf den Beinen. Ehe die Laterne zu Boden fiel und erlosch, erkannte ich in ihrem Licht Avitus' Gesicht.

Er versuchte, um mich herumzustürmen, doch ich versperrte ihm den Weg. Avitus kannte die Stadt gut, und die Art, wie er von einem Fuß auf den anderen trat und versuchte, an mir vorbeizukommen, verriet mir, dass dieses winzige Sträßchen eine Sackgasse war.

Ich schnappte mir Avitus, stieß ihn gegen die Wand und packte seine Hände, bevor er nach einem Messer greifen konnte.

„Lass mich in Ruhe", schrie Avitus. Er wehrte sich heftig, riss den Fuß hoch, um mich zu treten, aber er war zu langsam, und ich sah jede Bewegung voraus und blockte sie. „Lass mich los."

„Erst wenn du damit aufhörst, Anschläge auf mein Leben zu unternehmen", knurrte ich.

„Das tue ich doch gar nicht." Avitus' Atem roch nach *garum*, was meine Laune nicht verbesserte. „*Du* trachtest *mir* nach dem Leben."

„Du hast Floriana dafür bezahlt, mich zu den Göttern zu schicken, während ich schlief." Als er protestieren wollte, schloss ich eine Hand um seine Kehle. „Spar dir die Mühe, zu leugnen, dass du dort warst. Lucia hat dich gesehen, und deshalb bist du auch hinter ihr her."

Avitus' Augen traten vor und glänzten im Mondlicht. „Niemals. Ich würde niemals ..."

Cassias Stimme ertönte hinter mir. „Hast du Floriana am Fluss getroffen und sie ermordet, weil sie versagt hatte und von deinen Plänen wusste?"

„Nein!" Sein Ausruf klang erstickt, kam aber dennoch im Brustton der Überzeugung. „Ich hätte ihr nie wehtun können."

„Im Schlamm in der Nähe der Leiche waren Abdrücke von Schusternägeln, wie sie deine Caligae hinterlassen", sagte Cassia.

Avitus hörte auf zu zappeln und funkelte uns an. „Die stammen nicht von meinen."

Ich presste seinen Kopf gegen die Wand. „Du hast Floriana gekannt, doch du warst kein Freier. Du hast auch nicht für sie gearbeitet. Warum warst du dann am Morgen nach ihrer Vergiftung dort?"

„Natürlich zu einem Krankenbesuch." Avitus rang nach Atem. „Sie war meine Mutter."

Vor Überraschung lockerte ich meinen Griff. In der Arena wäre das ein tödlicher Fehler gewesen, aber Avitus war so verängstigt und wütend, dass er keinen Fluchtversuch unternahm.

„Floriana war deine Mutter?", fragte Cassia verblüfft. „Ist das irgendwo dokumentiert?"

„Keine Ahnung. Wahrscheinlich schon."

Ich stellte mir Floriana mit ihrem kantigen Körper und ihren scharf geschnittenen Gesichtszügen vor. Sah ich die gleichen Züge bei Avitus? In der Dunkelheit war ich mir nicht sicher.

„Wenn sie deine Mutter war, warum wusste dann keine der Frauen davon?", fragte Cassia. „Lucia hätte es erwähnt, wenn sie geahnt hätte, dass du Florianas Sohn bist, der zu Besuch kommt."

„Es war unser Geheimnis.“ Avitus’ Gesicht war von Angstschweiß überströmt. „Ihr dürft das niemandem sagen. Bitte, bei allen Göttern, verratet es niemandem. Ich weiß nicht, was geschähe, wenn herauskäme, dass ich ein Sklave bin.“

„Floriana war eine Freigelassene“, betonte Cassia.

„Nicht als sie mich bekommen hat. Aber sie überließ mich meinem Vater, der Legionär war, und er gab vor, ich sei sein Sohn von einer anderen Frau, einer freien Bürgerin. Doch das war frei erfunden. Bis vor ein paar Jahren wusste ich nicht, dass Floriana meine Mutter war. Mein Vater hat es mir schließlich gebeichtet, als ich den *vigiles* beitreten wollte. Es war nie ganz klar, ob ich ein Freigelassener war oder nicht.“ Er verstummte und flüsterte etwas vor sich hin.

„Ein Legionär hat dich aufgezogen?“, fragte ich skeptisch. „Ganz allein?“

„Er wollte nun mal einen Sohn.“ Avitus funkelte mich trotzig an. „Er hat sich gut um mich gekümmert. Als ich etwa zehn war, hat er geheiratet, und seine Frau wurde meine Mutter. Sie war ganz wunderbar. Jetzt ist sie im Elysium.“

Seine Traurigkeit rührte mich. Ich erinnerte mich an den Jungen, der ich gewesen war, als die einzige Mutter, die ich gekannt hatte, gestorben war. Man hatte meine Hand aus der ihren reißen müssen, und dann war ich allein gewesen.

„Und daraufhin bist du losgezogen, um Floriana zu suchen?“, hakte ich nach.

„Ja. Als ich sie erst mal von meiner Geschichte überzeugt hatte, war sie sehr glücklich. Aber in der Nacht, in der sie vergiftet wurde, war ich nicht einmal in ihrer Nähe, und ermordet habe ich sie schon gar nicht. Das hätte ich nie getan. Sie war doch meine Mutter.“

Sein unerschütterliches Beharren klang nach der Wahrheit. Als Avitus seine geliebte Stiefmutter verloren hatte, hatte er vielleicht wirklich versucht, seine richtige Mutter zu finden, um die Lücke zu füllen.

Andererseits konnte Avitus Floriana auch aufgesucht haben, um sicherzugehen, dass sie niemandem erzählte, dass er als Sklave geboren und möglicherweise nie per Gesetz freigelassen worden war. Sein Vater hatte wahrscheinlich keine offiziellen Dokumente eingereicht, wenn er einfach allen gesagt hatte, Avitus sei sein frei geborener Sohn.

Meine Theorie, dass Avitus Floriana ermordet hatte, war noch nicht ganz vom Tisch – er hatte ein Motiv. Aber wenn er kein Mörder war, war er möglicherweise ein Zeuge.

Ich stellte Avitus vorsichtig auf die Füße und ließ ihn los, bereit, ihn sofort wieder zu packen, falls er zu fliehen versuchte. Er atmete ein paar Mal röchelnd, rührte sich jedoch nicht von der Stelle.

„Lucia hat einen Mann beschrieben, der Floriana besucht hat“, sagte ich. „Er trug eine Tunika und Stiefel wie du. Ein *vigil*, dachte sie. Wenn das nicht du warst, wer dann? Welcher andere *vigil* könnte sie besucht haben?“

Avitus runzelte verwirrt die Stirn. „Keiner. Die Männer aus meinem Wachhaus gehen zu einem anderen *lupanar*. Ich hätte sie nie in Florianas Nähe gelassen.“

„Einer von ihnen muss aber dort gewesen sein.“ Cassias Tonfall war jetzt merklich sanfter. „Vielleicht kannst du für uns herausfinden, wer.“

„Ihren Mörder finden?“ Ein begeistertes Licht glomm in Avitus' Augen auf. „Ja, das würde ich gern. Doch wie soll ich das anstellen?“

„Frag herum“, befahl Cassia. „Frag alle *vigiles*, in deinem eigenen Wachhaus und in allen anderen. Wer hatte in der Nacht des Giftanschlags auf Floriana Wache?“

„Das weiß ich bereits. Ich habe im Dienstbuch nachgesehen. Aber ich kenne all diese *vigiles* gut. Keiner von ihnen hätte versucht, Floriana davon zu überzeugen, einen Gladiator zu töten ... Warum auch? Vor allem nicht einen, der ihnen bei Wetten eine Menge Geld eingebracht hat.“

„Wo waren diese Männer am Morgen von Florianas Tod?“, drang ich in ihn. „Wen wollte sie hinter dem Portikus der Octavia treffen?“

„Ich weiß es nicht. Niemanden.“

„Vielleicht dich?“ Ich presste ihn wieder gegen die Mauer. „Wolltest du verhindern, dass sie herumerzählt, dass du als Sklave geboren bist?“

„Nein.“ Avitus riss die Augen auf. „Das macht mir nichts mehr aus. Sollen sie mich doch rausschmeißen. Ich hätte mich lieber um Floriana gekümmert, selbst wenn das bedeutet hätte, dass ich die Wache hätte verlassen müssen. Beförderungen sind mir egal, ich werde sowieso nie Offizier werden. Die rekrutieren sich aus den Legionen. Manche werden sogar Prätorianer, wie Severus Tullius, aber das interessiert mich nicht. Ich bin zufrieden mit dem, was ich habe.“

Ich erstarrte, und auch Cassia wurde plötzlich ganz still.

Dann packte ich Avitus an der Brust seiner Tunika. „Severus Tullius war ein *vigil*?“

In Avitus' Miene rangen Erschrecken und Verwirrung miteinander. „Er war Wachhauptmann – *mein* Hauptmann. Ist vor etwa einem Jahr hoch auf den Palatin gewechselt. Warum?“

KAPITEL 23

Auf Avitus' Worte hin ließ ich ihn abrupt los, machte auf dem Absatz kehrt und marschierte zurück zur Straße.

„Wo wollt ihr hin?", fragte Avitus hinter uns weinerlich.

Cassia antwortete: „Zum Palatin. Komm mit. Wir brauchen möglicherweise deine Hilfe."

Avitus erwiderte nichts, und ich stellte mir vor, dass er uns mit offenem Mund nachstarrte. Dann hörte ich schnelle Schritte, als er in die entgegengesetzte Richtung davonhastete.

„Vergiss ihn." Ich schritt schnell dahin, und Cassia musste rennen, um mich einzuholen. „Geh heim. Ich suche Tullius."

„Kommt überhaupt nicht infrage." Cassia eilte neben mir her. „Du wirst mich brauchen, um alles zu erklären."

Das stimmte. Hätte ich klar denken können, hätte ich erkannt, dass wir mehr Autorität benötigten, und wäre vielleicht zu Marcianus oder gar zu Priscus gegangen. Doch ich war wütend auf den Mann, der sich als Freund ausgegeben, mich gelobt und mir geschmeichelt hatte, uns sogar seine Hilfe angeboten hatte, während er uns nach Strich und Faden belogen hatte. Er hatte uns den Tatort gezeigt, ja, aber er hatte gewusst, dass es dort nichts zu finden geben würde.

Rom war stockdunkel, und ich hatte die Laterne verloren, die Decimus uns mitgegeben hatte. Wir kamen an einer weiteren Gruppe mit einer Sänfte vorbei, die von fünf Wachen mit Fackeln umgeben war. Die Wachen spannten sich an, als ich mich näherte, und die Sklaven schoben die Sänfte zur Seite, bereit, sie abzusetzen und zu kämpfen, wenn es sein musste – oder vielleicht zu fliehen und ihren Herrn seinem Schicksal zu überlassen.

Ich nahm Cassia bei der Hand und drängte mich an der Gruppe vorbei. Als wir uns entfernten, murmelten sie erleichtert vor sich hin.

Nachts war die Subura eine der gefährlichsten Gegenden der Stadt. Auch ich hatte in Florianas Haus übernachtet, wenn ich Lucia einen Besuch abgestattet hatte, und war erst bei Tageslicht wieder gegangen. Aemil hatte ja gewusst, wo ich war und dass ich am Morgen zurückkehren würde.

Verzweifelte Männer, die andere für den Stoff ihrer Tunika zu erschlagen bereit waren, streiften durch die Dunkelheit. Ich spürte sie, hörte das Klacken von Kieseln auf Stein, das leise Geräusch von Schritten. Cassias Kleidung allein würde einen guten Preis bringen, ganz zu schweigen von ihrer Person.

Ich hielt Cassias Hand fest und zog sie an meine Seite. Wir stolperten manchmal über die Füße des anderen, doch ich weigerte mich, sie loszulassen.

„Ich muss meine Notizen holen", flüsterte sie.

Ich sah ein, dass wir Beweise brauchen würden, um unsere Argumente zu untermauern. Richter und Advokaten schätzten Aufzeichnungen, und ich würde sie davon überzeugen müssen, dass ich mich nicht irrte oder verrückt war.

Wir bogen in die Straße zu unserer Wohnung ein, wo alles zwar ebenfalls dunkel, aber zumindest ein wenig sicherer war. Die Weinhandlung hatte schon seit Stunden geschlossen, Bretter waren in die Nuten geschoben, um die Türöffnung zu verdecken.

„Leonidas?“, ertönte eine erstaunte Stimme aus dem Dunkel. „Vesta sei Dank. Ich habe mich verlaufen.“

Aus einer Ecke tauchte der Architekt Gnaeus Gallus auf. Das Mondlicht, das auch Priscus' Garten beschienen hatte, zauberte einen weißen Schimmer auf Gallus' hohe Stirn. Seine Augen waren angstgeweitet.

„Was tust du hier?“, verlangte ich zu wissen.

Auch er stand in Verbindung mit Floriana. Ich war ihm zum ersten Mal begegnet, als er durch ihr Haus gegangen war, um die Wände zu untersuchen und zu entscheiden, ob es baufällig war. Damals hatte ich noch gedacht, wie ungewöhnlich es war, dass ein *architectus* die Arbeit eines Assistenten erledigte.

Aber vielleicht war er aus einem ganz anderen Grund dort gewesen – um alles verschwinden zu lassen, was ihn mit Floriana in Verbindung bringen könnte. Mir war aufgefallen, dass jemand ihre Habseligkeiten weggeschafft hatte. Ich hatte vermutet, dass die Frauen alles mitgenommen hatten, was sie konnten, als sie flohen, oder Florianas Gatte vielleicht Leute geschickt hatte, um das Haus auszuräumen. Ich hatte allerdings nicht gesehen, wer es getan hatte, und Gallus war dort gewesen ...

„Ich habe lange gearbeitet“, entgegnete Gallus rasch. „Dann wollte ich nach Hause und bin irgendwo falsch abgebogen. In diesem Stadtteil kenne ich mich nicht aus. Würdest du mich nach Hause geleiten? Gegen Bezahlung natürlich. Ich würde mir nie anmaßen ...“

„Nein.“ Er zuckte zusammen, als ich ihm das Wort abschnitt. „Ich habe keine Zeit.“

Cassia war bereits die Treppe hinaufgestiegen und stieß oben die Tür auf.

„Warum?“, fragte Gallus verblüfft. „Wo wollt ihr beiden denn so spät noch hin?“

Ich zögerte. Wenn Gallus die Wahrheit sagte und sich einfach verlaufen hatte, konnte er in unseren Räumlichkeiten warten, bis wir zurückkamen – *falls* wir zurückkamen. Wenn nicht, konnte er sich bei Tageslicht nach Hause durchfragen.

Aber wenn er in diese Verschwörung verwickelt war ...

„Zum Palatin. Komm mit."

Gallus blinzelte verwirrt. „Zum Palatin? Jetzt? Warum ...?"

Ich betrachtete ihn stur. „Begleite uns, dann bringe ich dich danach sicher nach Hause. Ansonsten ..." Ich machte eine Geste, die besagte, dass ich ihn andernfalls seinem Schicksal überlassen würde.

Cassia kam die Treppe herunter, eine Ledertasche über der Schulter und eine kleine Laterne in der Hand. „Beeilen wir uns."

Gallus' Brauen hoben sich, als ich die Laterne nahm und mich ihr sofort anschloss. Er wartete ein paar Herzschläge, dann setzte er sich in Bewegung und folgte uns. „Ich gebe zu, ihr habt mich neugierig gemacht. Außerdem ist es sicherer, wenn wir zusammenbleiben, als wenn ich allein im Dunkeln herumstolpere."

Ich hörte kaum zu, während ich die beiden den Hügel hinunterführte und dabei Cassia wieder an mich zog. Ein Paar *vigiles*, das ängstlich seinen Streifendienst versah, begegnete uns, doch ich knurrte die beiden an, und sie verschwanden in den Schatten.

Unsere Laterne spendete in der Dunkelheit nur schwaches Licht, als wir um das stille Forum Romanum herumgingen und den Aufstieg zum Palatin begannen. Gallus keuchte hinter uns den Hügel hinauf und stolperte über lose Steine.

Ehe wir den Gipfel erreichten, kamen uns Wachen entgegen, die uns nach unserem Begehr fragten. Einer, der schon bei meinem früheren Besuch Dienst gehabt hatte, erkannte mich und begleitete uns zum Tor. Nero musste Anweisung gegeben haben, uns jederzeit einzulassen, denn der Torwächter führte uns, ohne zu zögern, hinein. Er hob die Brauen, als er Gallus sah, aber ich gab ihm zu verstehen, dass der Mann in meiner Begleitung war, und so brachte man uns schließlich in den Innenhof.

Dort trat uns der Mann mit dem kahl geschorenen Kopf und der Toga in den Weg – seinen Namen hatte ich nie erfahren. Ehe ich ihm sagen konnte, dass ich Severus Tullius und nicht Nero suchte, bellte der Mann: „Er speist gerade. Ihr werdet warten."

Er starrte Gallus durchdringend an, der sich anschickte zu erklären, wer er war. Gallus schloss den Mund wieder und schwieg.

Der Kahlgeschorene ging voraus, überquerte den Hof mit seinem riesigen Springbrunnen in einen Vorraum mit Wänden aus ägyptischem Marmor und einem Bodenmosaik, auf dem galoppierende Pferde abgebildet waren. Ein kleiner Tisch zierte den Raum, der ansonsten leer war.

Der Mann verließ uns ohne ein weiteres Wort. Zwei Laternen beleuchteten unsere Umgebung und ermöglichten es Gallus, die Wände mit professionellem Interesse zu studieren.

Cassia trat zum Tisch, einer Marmorplatte auf einer vergoldeten Säule in Form einer drallen Nymphe. Sie holte Schriftrollen und Tafeln aus der Tasche und sortierte sie zu Stapeln.

Ein Sklave erschien mit einem Tablett mit drei Bechern Wein und stellte es wortlos auf den Tisch. Cassia nickte ihm dankend zu. Er betrachtete uns neugierig, während er sich wieder entfernte, und fragte sich zweifellos, was für seltsame Leute Nero zu dieser späten Stunde noch willkommen hieß.

Ich ignorierte den Wein, und Gallus bemerkte ihn nicht, da er zu sehr damit beschäftigt war, mit seinen Händen über die Wände zu streichen. Cassia nahm höflich ein oder zwei Schlucke, während sie weiter ihre Notizen durchsah.

Irgendwann stellte ich mich hinter sie und wünschte, ich könnte lesen. „Was hast du bei Priscus erfahren?", fragte ich. „Das wolltest du mir vorhin gerade erzählen."

„Hmm?" Cassia drehte sich ruckartig um, als hätte sie meine Anwesenheit ganz vergessen. „Oh, nichts hierüber. Zumindest nicht direkt."

Sie wandte sich wieder ihren Schriftrollen zu. Ihr Gesichtsausdruck wurde immer konzentrierter, und ich ließ sie in Ruhe.

Nach meiner Schätzung warteten wir fast eine Stunde. Ich langweilte mich so, dass ich schließlich doch nach einem Weinbecher griff, aber dann kam der Mann mit dem kahlen Kopf zurück. Erleichtert und gleichzeitig verärgert setzte ich den Wein ab, als der Mann uns bedeutete, ihm zu folgen.

Nero empfing uns in einem großen Raum mit hohen Fenstern unter einem Kuppeldach. Eine Reihe von Öllampen an einer Wand, die das wunderschöne Gemach aus vielfarbigem Marmor in Dämmerlicht hüllten, durchbrach die höhlenartige Finsternis.

Der *princeps* erwartete uns in seiner ganzen Pracht, gekleidet in eine mit Gold verzierte Tunika, eine purpurne Toga und mit einer Krone aus getriebenen Goldblättern auf den Locken. Seine Sandalen waren ebenfalls goldbesetzt, und er trug Ringe und Armreifen sowie einen mit Rubinen besetzten Brustpanzer aus dem gleichen Material.

„Ihr habt Glück, dass meine Tischgenossen heute Abend langweilig sind." Neros Augen verengten sich missmutig. „Senatoren und ihre Kumpane, die um meine Gunst buhlen. Fade alte Männer. Wen habt ihr da mitgebracht?" Er deutete auf Gallus, der sich tief verbeugt hatte.

„Einen *architectus*", antwortete ich rasch.

Gallus richtete sich auf, hielt aber den Kopf gesenkt. „Ich fühle mich geehrt, diese erstaunliche Stätte betreten zu dürfen." Er wagte es, einen Blick auf den glitzernden Porphyr zu werfen, der sich durch die Säulen zog, die den Raum säumten.

Nero winkte blasiert ab. „Das haben meine Amtsvorgänger zusammengestoppelt. Ich errichte ein weit großartigeres Gebäude."

„Ah, ja, das Domus Transitoria." Gallus strahlte hingerissen. „Ein architektonisches Wunderwerk."

Das besänftigte Nero ein wenig. „Du hast einen *architectus* hergebracht, damit er sich mein Werk ansieht?"

„Nein, wir sind auf der Suche nach Severus Tullius", sagte ich.

Nero hob die Brauen. „Wer soll das sein?"

„Einer deiner Prätorianer. Ich muss mit ihm reden."

Nero starrte mich weiter an wie ein Basilisk. Hinter meinem Rücken flüsterte Cassia: „Es ist überaus wichtig, Herr."

Neros Blick wanderte zu ihr, dann schnippte er mit den Fingern.

Drei Sklaven erschienen hinter ihm aus der Dunkelheit. „Holt einen Prätorianer namens Severus Tullius her. Sagt ihm, er soll allein kommen. Rasch."

Die Sklaven zogen sich hastig zurück. Nero wandte sich direkt an Cassia. „Was geht hier vor sich?"

Cassia hob ihre Tasche und entnahm ihr eine Handvoll Schriftrollen. „Ich habe hier Beweise für die Schuldfrage im Falle der Ermordung einer Freigelassenen namens Floriana."

Interesse glomm in Neros dunklen Augen auf. „Warum legt ihr diese Beweise nicht dem Hauptmann der städtischen Kohorten vor?"

„Weil es dabei um ein Mordkomplott gegen dich geht", sagte Cassia ruhig. „Es geht um einen Anschlag auf das Leben von Decimus Laelius Priscus, bei dem auch die Entführung seines Sohns gegen ein hohes Lösegeld eine Rolle spielt. Die Freigelassene musste sterben, weil sie das Komplott kannte und weil ein Versuch, Leonidas mit ihrer Hilfe zu ermorden, fehlschlug."

Nero hörte zu, seine Unterlippe zuckte. „Was hat das alles mit einer meiner Wachen zu tun?"

Ehe Cassia antworten konnte, kehrten die Diener mit Severus Tullius zurück, der erstaunt schien, uns zu sehen.

„Herr." Tullius, der Tunika und Toga trug, verneigte sich und schaute mich dann verwundert an. Als sein Blick zu Gallus wanderte, wuchs seine Verwirrung noch.

Gallus hingegen betrachtete Tullius in verblüfftem Wiedererkennen. „Ich kenne dich, oder?“

Tullius musterte ihn genauer. „Nein. Wer bist du?“

„Doch, doch. Ich habe dich gesehen. In dem Haus, das ich begutachten sollte. In der Subura. Du warst dort, als ich das erste Mal eintraf, und hast die Zimmer durchsucht und Sachen an dich genommen. Mir ist noch aufgefallen, wie gründlich du vorgegangen bist.“

Tullius fiel fast die Kinnlade herunter. Er erinnerte sich eindeutig nicht an Gallus, hatte den Mann wahrscheinlich als harmlos abgetan und vergessen.

„Ich vermute, dass du belastende Indizien weggeschafft hast“, sagte Cassia. „Vielleicht eine Nachricht an Floriana oder Geld, das du ihr gezahlt hattest.“

Tullius konzentrierte sich auf Cassia, während Nero das Geschehen interessiert beobachtete. Seine Langeweile war in Faszination umgeschlagen.

Plötzlich lief Tullius tiefrot an. Er zog ein Schwert aus den Falten seiner Toga und stürmte auf Cassia los, tödlichen Zorn im Blick.

Sobald die Klinge aufblitzte, tauchten aus allen vier Ecken Wachen auf. Nero hob die Hand. „Nein.“

Ich sprang auf Tullius zu und packte ihn an der Toga, nutzte ihre üppigen Falten, um ihn aus dem Gleichgewicht zu bringen. Cassia wich zur Seite und verstaute ihre Schriftrollen, wobei sie einen kostbaren Moment darauf verschwendete, eine auf den Boden gefallene aufzusammeln.

Tullius riss sich von mir los und stürzte sich wieder auf Cassia.

Ich sprang ihn von hinten an. Während wir miteinander rangen, huschte Cassia zur Seite, und Gallus, der endlich aus seiner verblüfften Benommenheit erwachte, brachte sie in Sicherheit.

Tullius befreite sich aus meinem Griff und drehte sich zu mir um, wobei seine Toga zu Boden fiel. Er befreite sich schnell von ihr und schlang den Stoff um meine Füße.

Als *secutor* hatte ich oft gegen den *retiarius* gekämpft, der mit Dreizack und beschwertem Netz auf seine Gegner losging. Ich schob die verhedderten Falten mit Leichtigkeit beiseite, und Tullius riss die Augen auf, als ich auf ihn zurannte.

Meine Absicht war es, ihn zu Boden zu werfen, ihm sein Schwert zu entreißen und ihn bewusstlos zu schlagen. Seine Kameraden würden ihn abführen und einsperren, und Cassia würde Nero ihre Beweise aushändigen können. Tullius wäre dann Neros Problem, und ich konnte nach Hause und schlafen.

Tullius wich mir aus und versuchte zu fliehen, und ich hörte Nero lachen, als ich ihm nacheilte. Die Wachen besetzten die Eingänge des Raums und versperrten Tullius den Weg.

Er wandte sich um und stand mir gegenüber, den *gladius* entspannt in der geübten Hand. Nur die besten Legionäre wurden Prätorianer, und sie exerzierten täglich. Tullius stand leichtfüßig auf den Ballen. Er konnte möglicherweise nicht entkommen, aber er konnte mich und Cassia töten und uns zum Schweigen bringen.

„Mach weiter“, befahl Nero, während ich Tullius taxierte. „Tritt gegen ihn an, Leonidas. Hier und jetzt. Mein ganz persönlicher Gladiatorenkampf.“ Er lächelte amüsiert.

„Kein Töten mehr“, flüsterte ich. „Ich bin kein Gladiator mehr, Herr.“

Nero durchbohrte mich mit einem ungeduldigen Blick, dann wandte er sich an Cassia. „Bist du ganz sicher, dass deine Aufzeichnungen oder was auch immer du in der Tasche hast beweisen werden, dass dieser Gardist sich gegen mich verschworen hat?“

„Absolut.“ Cassia drückte die Tasche mit ängstlicher Miene an sich, doch ihre Antwort klang überzeugt.

„Nun gut.“ Nero wandte sich wieder mir zu. „Bis zum Tod,

Leonidas. Wenn er gewinnt, begnadige ich ihn vielleicht. Verliert er, wirst du sein Henker sein."

Ich sah kurz in Neros Augen, schaute rasch wieder weg. Ich betrachtete die Wachen, drei an jeder Tür, dann Tullius und schließlich Cassia, die allein dastand, nur von Gallus beschützt. Wenn Tullius sich seine Freiheit erkämpfen konnte, würde er sie töten – das las ich in seinen Augen.

Also presste ich die Lippen zusammen und traf meine Entscheidung. „Ich brauche eine Waffe."

KAPITEL 24

Nero winkte abrupt einer der Wachen. Der Mann trat mit grimmiger Miene vor, zog sein Schwert aus der Scheide und reichte es mir. Während er wieder zurückwich, sah er Tullius mit unverhohlenem Abscheu an. Der Prätorianer konnte nicht auf Hilfe von ihm zählen.

Ich schloss die Hand um das Heft des Schwerts und hob es. Es war anders als der *gladius*, den ich als *secutor* bei den Spielen getragen hatte. Es war länger, schwerer und einschneidig.

Ich hatte mit vielen verschiedenen Waffen trainiert, aber ich bevorzugte etwas Kompakteres als das, was ich da in der Hand hielt. Außerdem war ich es gewohnt, nur im Lendenschurz zu kämpfen, was mich zwar verwundbarer machte, mir dafür allerdings mehr Bewegungsfreiheit ließ. Ich hatte auch keine Arm- oder Schienbeinschützer und keinen Schild.

Doch selbst in Tunika und Stiefeln, auf kaltem Marmor statt auf heißem Sand stehend, wusste ich, dass ich gewinnen konnte.

Die Mauern wichen an den Rand meiner Wahrnehmung. Die Sonne eines warmen römischen Tages brannte auf mich herab, und ich hörte die Zuschauer skandieren.

Im nächsten Moment war die Arena verschwunden, und ich

stand neben Xerxes in Aemils *ludus* und hieb mit meinem Holzschwert auf die Pfosten ein, während Aemil uns Befehle zurief.

Ich sah, wie sich ein Grinsen auf Xerxes' Gesicht ausbreitete, bevor er sich in einem Scheinangriff auf Aemil stürzte. Er ging bei diesem Manöver zu Boden, Aemil trat nach ihm, und Xerxes lachte die ganze Zeit über.

Ich glaubte, Xerxes' gutmütige Stimme hinter mir zu hören. *Mit diesem schwächlichen Hurensohn wirst du ja wohl fertig, Leonidas.*

Ich hörte auch Aemil mit seinem unverkennbaren gallischen Akzent. *Pass auf. Er ist durchtrieben. Selbst wenn er ein hübscher Prätorianer ist.*

Wieder Xerxes. *Er hat dich beinahe getötet, Floriana ermordet und versucht, Cassia anzugreifen. Lass ihn nicht gewinnen, Leonidas. Ich würde mich in Grund und Boden schämen.*

Dann Regulus' Stimme: *Kein Tod mehr? Du dummer Bastard. Du bist Gladiator. Der Inbegriff des Todes. Du wirst ihn niemals hinter dir lassen.*

Die Stimmen verklangen, und die Wände des Circus Gai waren wieder da, zusammen mit dem Lärm. Nero saß in Purpur und Gold in seiner Loge, sein Geschmeide glitzerte im Sonnenlicht.

Tullius' Freundlichkeit war verschwunden. Er war jetzt nur noch ein ausgebildeter Mörder. Der Prätorianer hob sein Schwert.

Ich rannte auf ihn zu und wich im letzten Augenblick aus, als er sich schon für meinen Angriff wappnete. Während er sich neu positionierte, um mich im Auge zu behalten, wirbelte ich herum und zielte mit dem Schwert auf seinen ungeschützten Rücken.

Tullius duckte sich rechtzeitig und nutzte seinen Schwung, um sich im Kreis zu drehen, weg von meinem herabsausenden Schwert. Geschmeidig und schnell konterte er mit seiner eigenen Waffe, wollte sie mir ins Herz stoßen.

Ich wehrte den Schlag ab, und unsere Klingen prallten klirrend aufeinander. Ich hasste es, keinen Schild zu haben, aber

Tullius hatte schließlich auch keinen. Er war Rechtshänder, seine linke Seite war damit offen und ungeschützt.

Die Prätorianer waren eine militärische Eliteeinheit, hatten oft als Legionäre in Gallien, Britannien oder im Osten gekämpft, bevor sie einen Posten in Rom antraten. Tullius war zudem Hauptmann einer *vigiles*-Truppe gewesen, die ebenfalls militärisch ausgebildet war.

Ich erkannte diese Ausbildung in Tullius' Bewegungen, die knapp, geübt und tödlich waren. Wenn er es richtig anstellte, konnte er aus diesem Raum und wahrscheinlich auch aus dem Palast entkommen, doch die Wut in seinen Augen verriet mir, dass er lieber bleiben und mich töten würde – mich, den Mann, der seine Pläne verraten hatte.

Vorsichtig umkreisten wir einander. Im Raum war es still, und unsere Beobachter verfolgten jede unserer Bewegungen. Ich sah Cassias Augen auf mich gerichtet. Mit einer Hand stützte sie sich an einer Marmorsäule ab, deren glitzernde Einschlüsse das Licht einfingen.

Tullius griff mich mit plötzlichen, schnellen Schlägen an und drängte mich zurück, während ich parierte. Als er mich bis zur Rückwand des Raums vor sich her getrieben hatte, traf er mit Glück meinen Schwertarm, sodass ein Schwall Blut über meine Haut lief.

„Du Feigling", fauchte Tullius. „Stell dich mir."

Ich hatte vierzig Kämpfe überlebt. Dreißig Siege, acht Unentschieden, zwei Niederlagen. Das würde auf meinem Grabstein stehen.

Die Niederlagen waren meine ersten beiden Kämpfe gewesen, und meine Gegner hatten mich verschont, weil das Publikum anerkannt hatte, dass ich mich gut geschlagen hatte. Nach dem zweiten Mal hatte ich mir geschworen, nie wieder jemandem derart auf Gedeih und Verderb ausgeliefert zu sein.

Tullius' Beleidigung glitt an mir ab und löste sich in Nichts auf. Ich knurrte kehlig – Leonidas der Gladiator kam aus seiner Zelle.

Da war wieder der Jubel der Menge, der mich mit Kraft erfüllte. *LE-O-NI-DAS. LE-O-NI-DAS.*

Mit einem wortlosen Schrei fiel ich in die Jubelrufe ein. Ich stieß mich von der Wand ab, verschmierte den Marmor dabei scharlachrot und stürzte mich auf Tullius, wobei ich meine Masse nutzte, um seinen Schwertarm zur Seite zu schieben.

Er tänzelte aus dem Weg und drang erneut auf mich ein, um brutal nach mir zu schlagen. Blut spritzte, als ich mich zur Seite drehte, und der Schnitt schmerzte kaum.

Ich schlug mit dem Schwert nach ihm, Tullius parierte. Der Kampf wurde hitzig, wir ließen beide Hiebe auf den anderen herabregnen, zielten auf Arme, Bauch, Hals, Kopf. Tullius grunzte und fluchte, während ich in tödlicher Stille kämpfte.

Wir umkreisten einander, ich mit meiner Kraft und Erfahrung, er mit seiner Schnelligkeit und Geschicklichkeit. Wir waren ebenbürtige Gegner. Er blutete aus oberflächlichen Wunden, genau wie ich. Wenn es ihm gelang, mir einen Knochen zu brechen, würde er zuschlagen – dieser Kampf würde nicht mit einem Unentschieden enden.

Tullius tänzelte leichtfüßig um mich herum. Er tat, als wolle er auf meine ungeschützte Seite losgehen, dann stieß er das Schwert in Richtung meines Gesichts. Ich drehte schnell den Kopf, aber nicht schnell genug. Ich rechnete damit, dass die Klinge sich in meinen ungeschützten Schädel bohren würde.

Doch der Schlag traf mich nicht. Tullius verriss ihn im letzten Moment, und das Schwert zuckte wild durch die Gegend. Ich blinzelte und wischte mir den Schweiß aus den Augen, wobei ich bemerkte, dass Cassia ihre schwere Tasche am Riemen zurück zu ihren Füßen zerrte. Ob sie die Tasche absichtlich oder aus Versehen hatte fallen lassen, konnte ich nicht sagen, aber Tullius war darüber gestolpert und hatte sein Ziel verfehlt. Ich hätte beinahe laut gelacht.

Gallus zog Cassia schnell zurück an die Wand, während Tullius wütend auf sie eindrang. Ich warf mich mit aller Kraft gegen ihn und lenkte seine Aufmerksamkeit wieder auf mich zurück.

Mir wurde klar, dass ich ihm erlaubt hatte, mich zu treffen, weil er mir leidtat. Tullius hatte Verrat begangen, und trotz Neros Behauptung, er würde Tullius im Falle eines Sieges begnadigen, war ich mir sicher, dass der Mann einem elenden Tod entgegensah.

Sein Versuch, Cassia anzugreifen, besiegelte allerdings sein Schicksal. Das Schwert fest gepackt stürmte ich auf ihn los. Ich würde sein Henker sein, so wie Regulus mich angefleht hatte, der seine zu sein.

Tullius parierte meine Schläge energisch. Ich hämmerte auf ihn ein, mit der Kraft und Präzision, die ich ebenso Aemil verdankte wie dem Baumeister, der mich vor langer Zeit gelehrt hatte, Marmorblöcke zu behauen. Die johlende Menschenmenge in meinem Kopf trieb mich an.

Ihr Lärm trug mich, während ich zustach und parierte, wobei ich die linke Faust sowohl zum Zuschlagen als auch zum Abwehren von Attacken benutzte. Schließlich griff ich in Tullius' dunkles Haar und verdrehte seinen Kopf, um ihn in die Knie zu zwingen.

Tullius stach nach oben, zielte auf mein Herz. Ich wich schnell aus und rammte ihm das Knie gegen die Schwerthand. Sein Griff erschlaffte, und mein Tritt ließ sein Schwert über den Boden schlittern.

Ich hatte ihm den Kopf in den Nacken gezerrt, die Schwertspitze an seiner Kehle.

Tullius funkelte mich an. „Töte mich." Krächzend hallte seine Stimme durch den Raum. „Los." Die Menschenmenge in meinem Kopf skandierte so laut, dass ich ihn kaum hörte. *Iugula! Iugula!*, brüllte sie und forderte mich auf, ihn zu erledigen.

„Mach schon", befahl Tullius wütend.

Wenn ich ihn verschonte, würde man ihn foltern und dann hinrichten. Sein Name und seine Familie, wer auch immer sie war, würden in Schimpf und Schande entehrt werden. Man würde Tullius' Körper brechen, sein Tod würde nicht schön sein. Als römischer Bürger würde er den bizarreren Hinrichtungsarten in der Arena entgehen, aber er würde als Verräter sterben. Nero würde gewiss keine Nachsicht zeigen.

Mein Schwert verharrte. Kein Tod mehr, hatte ich mir geschworen. Doch ich hatte lernen müssen, dass Tod und Gewalt nicht bei den Spielen aufhörten.

Regulus hatte recht – wir waren Gladiatoren. Unser Geschäft war der Tod. Er folgte uns auf Schritt und Tritt.

Ich griff fester zu, bereit, den tödlichen Schlag auszuführen. Zur gleichen Zeit stieß Cassia, die ihre Tasche wieder fallen gelassen hatte, einen schwachen Schrei aus und sank auf die Knie.

Als Cassia nach Atem ringend auf den Händen landete, riss ich den Kopf hoch. Gallus eilte zu ihr, während Nero ein paar Schritte zurückwich, als hätte er Angst, sich anzustecken.

Tullius lachte gehässig auf. „Oh, ich scheine mich verrechnet zu haben. Mein Fehler."

Einen Augenblick lang konnte ich nur verwirrt die Stirn runzeln. Dann fiel mir plötzlich der Wein wieder ein, den uns der Diener gebracht hatte, als wir darauf gewartet hatten, dass Nero uns rief. Ich war zu unruhig gewesen, um davon zu trinken, genau wie Gallus. Cassia war die Einzige, die einen Schluck genommen hatte.

Tullius musste den Wein vergiftet haben. Er hatte versucht, uns zu töten, ehe wir seine Verbrechen aufdecken konnten. Kein Wunder, dass er so überrascht gewesen war, uns zu sehen, als er Neros Gemach betreten hatte.

All das ging mir durch den Kopf, als Cassia zu zucken begann.

Sie war der einzige Mensch auf der Welt, der mir in meiner

Unsicherheit Halt gegeben hatte, der verstanden hatte, dass wir auf uns allein gestellt überleben mussten und der dieses Überleben mit grimmiger Entschlossenheit in Angriff genommen hatte. Ohne Cassia wäre ich orientierungslos im Kreis geschwommen und untergegangen, ohne überhaupt zu merken, dass ich ertrank. Sie war der Fels, der mich aufrecht gehalten hatte, ohne dass ich es richtig mitbekommen hatte.

Jetzt starb sie.

„Warum?", schrie ich.

Tullius hörte jäh auf zu lachen, Hass loderte in ihm auf. „Weil er meinen Vater getötet hat!" Sein funkelnder Blick traf Nero. „Er war der Auffassung, mein Vater habe Britannicus unterstützt und versucht, ihn an der Thronbesteigung zu hindern. Er hat meinen Vater wegen erfundener Anschuldigungen vor Gericht gestellt, obwohl er nichts Unrechtes getan hatte. Ein fehlgedeutetes Gespräch, ein Rivale, der meine Familie in den Ruin stürzen wollte. Ich war bereits bei den Legionen, weit weg von zu Hause, im verfluchten Damaskus, und konnte nichts tun, um es zu verhindern."

Tullius rang nach Atem, seine Augen waren starr vor Wut, als hätte er vergessen, dass ich ihn festhielt und bereit war, sein Leben zu beenden. „Ich hatte ein neues Ziel – mich durch die Ränge emporzuarbeiten und Prätorianer zu werden. Vorsichtshalber habe ich meinen Namen geändert, falls er auf die Idee kommen sollte, mich ebenfalls zu töten." Er deutete mit einem zitternden Finger auf Nero. „Das Erbe meiner Mutter hat mir bei der Planung geholfen. Ich brauchte es nicht für mich selbst – ich habe es allein zur Erreichung meines Ziels verwendet. Niemand achtet auf die Wache in der Eckes eines Raums. Eines Tages hab ich ihn über die seltsame Drohung sprechen hören, dass Nero stirbt, wenn Priscus etwas zustößt."

Wieder lachte er rasselnd und kehlig. „Das hat ihm furchtbare Angst gemacht. So etwas lässt sich leicht ausnutzen. Ich sorge dafür, dass Priscus stirbt, und sehe dann zu, wie Nero draufgeht. Ich hätte ihm selbst gar nichts antun müssen! Eine Hure, ein Trottel von einem Patrizier und sein langweiliger Sohn sind ein geringer Preis im Vergleich zu dem, was er mir angetan hat. Genau wie deine Sklavin da.“ Tullius sah mich an, sein Blick voll wilden Triumphs. „*Du* hättest an diesem Gift verrecken sollen, Leonidas. Denk daran, wenn du auf ihrem Begräbnis weinst.“

Speichel spritzte von seinen Lippen, er war zerfressen von Wut. Genau wie ich. Sein Mangel an Reue für das, was er Cassia angetan hatte, besiegelte sein Schicksal.

Ich umfasste das Heft des Schwertes fester und rammte Tullius die Klinge in die Kehle.

Blut floss heiß über meine Hand. Der Zorn in Tullius’ Gesicht wich Dankbarkeit, ja sogar Erleichterung. Dann brach sein Blick, und er starb.

Nero ergriff das Wort. Ich hatte keine Ahnung, was er sagte. Ich schleuderte Tullius’ Leichnam und sein Schwert beiseite und rannte zu Cassia, die zitternd und bebend in Gallus’ Armen lag. Sie hatte die Augen geschlossen, ihr Gesicht war wächsern.

Behutsam nahm ich sie Gallus ab. „Hol diesen Wein“, fuhr ich den *architectus* an. „Schnell.“

Gallus verstand und stolperte eilig zur Tür. Die Wachen versuchten, ihn aufzuhalten, aber ein Befehl Neros ließ sie beiseitetreten.

Ich drehte mich mit Cassia in den Armen um und suchte einen sicheren Platz, um sie abzulegen.

Nero klatschte in die Hände und erteilte den Sklaven, die in den Raum geeilt kamen, schnell einige Befehle. Ein paar von ihnen machten sich daran, Tullius’ Leichnam wegzuschleppen. „Bringt sie in ein Schlafgemach“, wies er eine Gruppe an. „Holt meinen Arzt. Sie wird die bestmögliche Versorgung bekommen.“

„Nein.“ Mein Knurren ließ den *princeps* des Römischen Reiches innehalten, und er sah mich frostig an. „Schick nach Nonus Marcianus vom Aventin. Er ist der beste Arzt der Welt.“

Nero starrte mich weiter an, dann nickte er und gab seinen Sklaven den entsprechenden Befehl.

Der Mann mit dem rasierten Schädel tauchte wieder auf, während weitere Wachen um Nero Aufstellung nahmen. „Du", sagte der Mann zu mir. „Folge mir."

Er wandte sich ab und verließ den Raum, ohne sich die Mühe zu machen, sich davon zu überzeugen, dass ich seiner Aufforderung nachkam.

KAPITEL 25

Der kahl geschorene Mann führte mich in einen Raum mit einer Schlafliege, der durch Vorhänge vom Gang abgetrennt war. Es war eine kleine Kammer mit schlichteren Verzierungen als alle anderen, die ich in diesem *domus* bisher gesehen hatte.

Cassia war schlaff und hatte aschfahle Wangen, als ich sie hinlegte. Ihr Atem ging flach, und ihre Lippen waren blau. Ich wusste, sie würde die Nacht nicht überleben.

Das Warten auf Marcianus schien sich ewig hinzuziehen. Gallus fand die Weinbecher und stellte sie sicher, als ein Diener gerade den Tisch abräumen wollte. Er brachte mir alle drei, zwei waren noch voll, der dritte war halb leer.

Der unglückliche Diener, ein Sklave, dessen Aufgabe es war, die Hungrigen im Palast mit Essen und Trinken zu versorgen, wurde vor den kahl geschorenen Mann gezerrt und geschlagen. Seinem schluchzenden Geständnis war zu entnehmen, dass er nicht gewusst hatte, dass der Wein vergiftet gewesen war.

Er erzählte, Tullius habe ihm gesagt, im langen Vorzimmer warteten Gäste auf Nero, denen er sofort Wein servieren solle. Tullius hatte die Becher auf dem Tablett in Augenschein genommen, an ihnen gerochen und dem Diener dabei den Rücken zugewandt. Er habe sichergehen wollen, dass die Gäste den besten Wein bekämen und keinen minderwertigen, hatte er behauptet.

Ich glaubte dem Sklaven aufs Wort. Tullius hatte den Befehl sicher in seiner beiläufigen Art gegeben, und der Diener hatte sich beeilt, ohne weitere Fragen zu gehorchen.

„Lass ihn", rief ich dem kahlköpfigen Mann zu. „Es sollten nicht noch mehr wegen Tullius leiden. Außer dir vielleicht, weil du nicht gemerkt hast, dass er finstere Absichten hegt."

Der kahlköpfige Mann ließ von dem Sklaven ab und suchte hastig das Weite.

Auch Cassia sollte nicht wegen Tullius leiden, genauso wenig wie wegen meiner Naivität. Tullius war zu freundlich gewesen, zu schmeichlerisch. Ich war Männer gewöhnt, die sich freuten, einen berühmten Gladiator zu treffen, und hatte seine Worte für bare Münze genommen.

Er hatte die Größe und den Körperbau des Mannes, der mich auf der Straße und dann im Badehaus angegriffen hatte. Avitus war zu dünn, Gallus, Celnus und Kephalos waren zu schwach. Der *eques*, dieser Speichellecker von Priscus, war nicht hart genug, um mein Angreifer gewesen zu sein.

Ich hatte sogar den Mann verdächtigt, der das Gebäude mit Florianas *lupanar* gekauft hatte, doch er war wahrscheinlich ein älterer Patrizier, der in einer Villa außerhalb Roms lebte und sich nie die Mühe machte, nach seinen Immobilien in der Stadt zu sehen. Auf Tullius hingegen war ich überhaupt nicht gekommen.

Cassia musste es gewusst haben, denn sie hatte etwas vorgehabt, als wir am Abend Priscus' Haus verlassen hatten. Unser Treffen mit Avitus hatte uns davon abgebracht, und sie hatte mir versichert, es hätte Zeit. Wenn ich sie gezwungen hätte, mir ihre Gedanken mitzuteilen ...

Ich hielt ihre Hand, die viel zu kalt war. Wenn sie starb, was würde dann aus mir werden?

Unser Gönner würde mir vermutlich eine andere Sklavin schicken, davon ging ich aus. Aber keine war wie Cassia. Sie war zu einzigartig, um sie einfach zu ersetzen wie eine zerbrochene Amphore.

Endlich traf Marcianus ein. Ich hörte, wie er sich rasch mit Gallus unterhielt, dann stand der *medicus* neben mir. Seine schmale Statur und seine große Nase wirkten inmitten dieser ganzen Pracht angenehm vertraut. Marcia hatte ihn begleitet, sie war fast vollständig in ihren schlichten braunen Mantel gehüllt.

Marcianus schnupperte an den Gläsern, tauchte eine Fingerspitze in eins davon und kostete vorsichtig einen Tropfen des Weins.

„Subtil", murmelte er. „Wie viel Zeit ist zwischen dem Moment, zu dem sie davon getrunken hat, und dem, als sie zusammengebrochen ist, verstrichen?"

Ich bekam kein Wort heraus. Doch ich wusste es ohnehin nicht so genau. Die Ereignisse hatten sich überschlagen, unser Gewaltmarsch durch die Stadt zum Palast, unser langwieriges Warten auf Nero und am Ende meine Wut, als ich gegen Tullius kämpfte. Meine Tunika war immer noch mit seinem Blut befleckt.

„Die vierte Nachtstunde war ausgerufen worden", antwortete Gallus. „Die fünfte noch nicht."

„Sie hat nicht allzu viel davon zu sich genommen. Das ist gut." Marcianus legte mir eine schmale Hand auf die Schulter. „Ich werde tun, was ich kann, Leonidas."

Ich begriff, dass Marcianus von mir erwartete, dass ich mich zurückzog, während er Cassia versorgte, aber ich weigerte mich. Hartnäckig blieb ich neben dem Bett stehen, trat nur so weit zur Seite, dass er arbeiten konnte.

Er brachte Cassia dazu, sich in ein Becken, das Marcia in den Händen hielt, zu erbrechen, bis sie nichts mehr im Magen hatte. Marcianus ließ sie wieder auf das Lager sinken und goss einen Schluck von etwas aus einem seiner Fläschchen in einen Becher.

Er versuchte, Cassia das Getränk einzuflößen, doch sie regte sich nicht mehr, und ihre Lippen blieben schlaff.

Marcianus holte ein langes Metallrohr hervor, das er viel weiter, als ich es für möglich gehalten hätte, in Cassias Mund einführte, und goss die Flüssigkeit hinein.

Cassia erwachte daraufhin zum Leben, würgte und versuchte zu husten. Marcianus hielt das Metallrohr noch eine kurze Weile in ihr, ehe er es vorsichtig herauszog. Er stützte Cassia, sodass sie den Oberkörper aufrecht halten konnte, während sie hustete, aber der Anfall ließ glücklicherweise bald wieder nach.

Mir gefiel Marcianus' besorgter Blick nicht, als er Marcia den Metallapparat reichte und Cassia auf die Liege zurücklegte. „Stirbt sie?", fragte ich unumwunden.

„Nicht notwendigerweise." Marcianus war wie immer optimistisch. „Ich habe ihr den Magen entleert und ihr ein Gegengift gegeben. Jetzt müssen wir abwarten."

Cassia atmete schwer. Bald fielen ihr die Augen zu, und sie schlief ein, wobei sich ihr Brustkorb kaum noch hob.

Die Nacht verging, der Mond versank in der Schwärze. Cassia war so still, dass ich mich über sie beugen musste, um ihren Atem an meiner Wange zu spüren. Marcia wusch ihr das Gesicht mit duftendem Wasser und richtete die Bettdecke aus feinstem Leinen.

Ich bemerkte kaum, wer außer Marcianus und Marcia kam und ging. Wohin Nero sich zurückgezogen hatte, wusste ich nicht, und ich hatte auch keine Ahnung, was mit Tullius' Leiche geschehen war. Gallus, der sich offensichtlich immer noch nicht auf die Straße traute, um nach Hause zurückzukehren, blieb bei uns.

Die Lampen erloschen, und Diener zündeten sie schweigend wieder an. Sie flackerten noch, als die Sterne vor dem hohen Fenster verblassten und die Dämmerung den Himmel berührte.

Cassia lag reglos da, ihr Gesicht so grau wie das Licht, das in den Raum sickerte.

Mein Herz brannte wie in der Nacht, in der ich erfahren hatte, dass jemand Xerxes erschlagen und seinen Leichnam fortgeschafft hatte, ehe ich mich von ihm verabschieden konnte. Lange hatte ich diesen Kummer mit mir herumgeschleppt, und selbst jetzt verursachte der Gedanke an ihn einen dumpfen Schmerz.

Ich wollte so einen Schmerz nicht ein weiteres Mal erleben. Cassia musste sich erholen und wieder gesund werden. Ich war nicht in der Lage, den Alltag zu bewältigen – sie schon.

Wie schön war es doch, aufzuwachen und zu hören, wie sie von ihren morgendlichen Besorgungen zurückkehrte, das leise Geräusch ihrer Sandalen auf dem Boden, das Schwappen des Wassers in Schüsseln und Krügen und der Duft des frisch gebackenen Brotes, das sie für unser Frühstück zubereitete. Ich genoss es, ihr dabei zuzusehen, wie sie sich über ihre Täfelchen beugte und ihr eine Haarlocke auf die Wange rutschte, während sie schrieb. Cassia liebte Buchstaben und Zahlen, hatte nicht nur Freude am Schreiben, sondern auch am Lesen. Sie war so anders als alle anderen, denen ich je begegnet war, und ich wollte nicht, dass sie aus meinem Leben verschwand.

Ich nahm ein Skalpell aus Marcianus' Tasche, eine dünne Klinge aus norischem Stahl, und schnitt mir tief in die Handfläche, ehe ich es mir anders überlegen konnte. Blut quoll hervor. Ich tauchte meine Finger vorsichtig hinein und verteilte es über Cassias nackte Schultern und ihr kaltes Gesicht.

„Das Blut eines Gladiators", erklärte ich Marcianus, der mich mit fragendem Blick beobachtete. „Es kann heilen."

Marcianus holte tief Luft, vermutlich um „Du weißt, dass das Unsinn ist" zu sagen, wie er es schon oft getan hatte, aber er blieb still.

Ich schloss meine Finger über meiner Handfläche und wartete.

Als endlich Sonnenlicht durch das Fenster auf Cassias Wange

fiel, regte sie sich. Sie murmelte etwas im Schlaf, drehte den Kopf und runzelte die Stirn.

Ich atmete hoffnungsvoll aus, doch Marcianus sah weiterhin besorgt aus.

„Es geht ihr besser, oder?", fragte ich.

„Das bleibt abzuwarten."

„Womit hat er sie vergiftet?"

„Arsenicum", sagte Marcianus. „Glaube ich."

Meine Angst wurde immer schlimmer. „Du bist dir nicht sicher?"

„Vergiftungserscheinungen können einander sehr ähneln. Aber ich bin *ziemlich* sicher. Es war eine große Dosis in dem Becher, sie hat allerdings nicht alles getrunken, und ein Großteil des Giftes hatte sich am Boden abgesetzt. Den Göttern sei Dank, dass du deinen Becher nicht in einem Zug geleert hast, sonst wärst du jetzt tot."

Mein Herz schlug wie wild. „Cassia hat nur ein paar Mal genippt."

„Wie gesagt, das ist gut. So hat sie eine Chance."

Ich öffnete und schloss die Hand, die von dem Schnitt, den ich mir beigebracht hatte, brannte. Mir war, als spürte ich die hölzerne *rudis*, die ich umklammert hatte, als ich zum letzten Mal aus dem Ring getreten war, bis meine Finger sich völlig darum verkrampft hatten. Cassia hatte sie mir sanft aus der Hand genommen und mir so letztlich ermöglicht, mein neues Leben zu beginnen.

Ein Sonnenstrahl berührte ihre Lider. Cassia gab ein leises Geräusch von sich und runzelte erneut die Stirn.

„Muss Wasser holen", flüsterte sie und wollte die Decke beiseiteschieben.

„Cassia."

Sie drehte sich zu meiner Stimme und öffnete blinzelnd die Augen. „Tut mir leid, Leonidas. Ich bringe dir gleich Brot." Wieder schob sie die Decke ein Stück beiseite und ließ sich schwer atmend zurückfallen. „Ich bin irgendwie furchtbar müde."

Ich legte ihr die Hand auf die Schulter, die noch mit meinem getrockneten Blut beschmiert war. „Schon gut. Ruh dich aus, Cassia."

Sie öffnete die Augen, lächelte mich an, holte einmal tief Luft und sank dann in einen tiefen, ruhigen Schlaf.

Marcianus schloss seine Tasche, seine gute Laune war zurück. „Sie wird wieder. Lass sie schlafen, dann bring sie heim." Er musterte mich von Kopf bis Fuß. „Du solltest besser auch schlafen. Dich möchte ich wirklich nicht irgendwo hintragen müssen."

Ich war zu erschöpft, um auf seinen Humor zu reagieren. Also trat ich von Cassias Bett zurück und streckte mich auf dem Boden daneben aus. Ich rollte mich zusammen, wie ich es in vielen Nächten meines Lebens getan hatte, wenn ich nichts als eine harte Steinplatte und keine Decken gehabt hatte. Innerhalb kürzester Zeit schlief ich fest.

Ich erwachte mit einem unwilligen Laut, als mich jemand in die Seite stieß.

„Wach auf, Leonidas." Cassia stand in Mantel und Tunika über mir und stieß mich mit einem dünnen, vergoldeten Holzstäbchen an. Ich war zugedeckt, ein Kissen lag unter meinem Kopf.

Als ich mit verschwommenem Blick zu ihr emporstarrte, atmete Cassia erleichtert auf.

„Den Göttern sei Dank. Ich versuche seit Stunden, dich zu wecken. Wir müssen dringend nach Hause."

DIE LUFT IN UNSERER WOHNUNG WAR MUFFIG UND abgestanden, weil alle Fenster und Türen geschlossen gewesen waren, und es war laut – der Weinladen war geöffnet, und die

Kunden standen Schlange, um ihre Getränke für den Tag zu erwerben.

Cassia nahm sofort den Wasserkrug von seinem Platz in der Ecke und trat zur Tür, bereit, ihn zu füllen, wie sie es jeden Tag tat. Sie taumelte unter dem Gewicht des Tongefäßes, und ich nahm es ihr aus den Händen.

„Es geht dir noch nicht wieder gut", stellte ich fest.

„Ja, mir ist etwas schwindlig." Cassia presste sich die Finger an die Schläfen. „Marcianus hat gesagt, es würde eine Weile dauern, bis ich mich wieder richtig wohlfühle."

„Ruh dich aus." Ich deutete auf ihr Bett. „Derweil hole ich Wasser."

Sie lachte auf. „Du willst zum Brunnen laufen? Das ist Frauenarbeit."

„Dann werden die Frauen heute etwas zu tratschen haben." Ich hob den Krug auf meine Schulter und ging durch die Tür und die Treppe hinunter.

„Warte, ich muss dir noch erzählen ..."

Cassias Stimme verklang hinter mir. Was auch immer sie zu sagen hatte, konnte warten. Jetzt würde ich erst einmal Wasser holen und dann in der Bäckerei Brot kaufen. Sie konnte mir beim Essen alles erzählen.

Auf dem Weg zum Brunnen fühlte ich mich unbeschwert, sogar unbeschwerter als damals, als man mir die Freiheit geschenkt und ich den *ludus* verlassen hatte. Damals war ich orientierungslos und unsicher gewesen. Heute wusste ich, dass man mir an jenem Tag ein großes Geschenk gemacht hatte.

Marcianus hatte Cassia zurück ins Leben geholt. Nicht durch die Magie meines Blutes oder durch ein Gebet an die Götter, sondern durch sein Wissen. Ich musste einen Weg finden, ihm das zu vergelten.

Tullius war tot, und Nero hatte sein Geständnis gehört. Der Prätorianer würde Priscus nicht mehr bedrohen, und mich würde man nicht des Mordes an Floriana bezichtigen. Ich würde jetzt frühstücken, dafür sorgen, dass Cassia es bequem hatte, und dann konnten wir beide schlafen.

Der Brunnen, der unserem Haus am nächsten lag, befand sich am Fuße eines *castellums*, eines Turms, der das Wasser aus einem Aquädukt auffing und es über Rohre zu den öffentlichen Brunnen leitete. Das Becken am Fuße des Turms spendete Wasser durch den Mund eines aus Stein gemeißelten Bacchus, dessen Fratze von steinernen Blättern umgeben war.

Die meisten Menschen schöpften frühmorgens Wasser, sodass zu dieser Stunde nur eine völlig verblüffte Frau da war. Sie wich zurück, als sie mich sah, der Mund blieb ihr offen stehen, dann zog sie ruckartig ihr Gefäß unter dem Ausguss hervor und eilte davon, wobei Wasser aus ihrem Krug schwappte.

Ich stellte meinen eigenen Krug unter Bacchus' Mund und füllte ihn. Das Becken des Brunnens hatte einen Überlauf, durch den das Wasser in den Rinnstein floss, von wo es auf die Straße rann, um schließlich in die Kanalisation zu gelangen.

„Bist du Leonidas?"

Ich richtete mich auf und hob dabei den nun schweren, feuchten Krug an.

Der Mann, der mich angesprochen hatte, war vielleicht zehn Jahre älter als ich und hatte dichte pechschwarze Locken. Er war groß, breitschultrig und in eine Tunika aus feinem Leinen gekleidet. Zwar trug er keine Toga, aber seine Stiefel waren hochwertig, und ein breites Goldarmband kündete von seinem Reichtum. Drei kräftige Männer standen hinter ihm – seine Wächter. Kein Mann, der so viel Gold am Leib trug, sollte ungeschützt unterwegs sein.

„Ja." Ich vermutete, dass er ein Bewunderer von Leonidas, dem Spartaner, war, und wartete geduldig darauf, dass er mir erzählte, an welche Kämpfe er sich erinnerte.

„Ich bin Sextus Livius."

Zunächst sagte mir der Namen nichts, dann fiel mir wieder

ein, dass Sextus Livius der Spekulant war, der Florianas Haus gekauft hatte.

Er fuhr fort: „Ich habe eine Nachricht von Gnaeus Gallus, dem *architectus,* erhalten, dass du mit mir reden möchtest."

Erstaunt hob ich die Brauen. „Von einer solchen Nachricht weiß ich nichts."

„Ich glaube, deine Sklavin hat mir diese Botschaft über Gallus zukommen lassen." Livius streckte die Hand nach hinten aus, und eine seiner Wachen drückte ihm eine dünne Schriftrolle in die Hand. Als er sie öffnete, erkannte ich, dass sie winzig war, nur ein paar Zentimeter lang. Darauf standen in sauberer Schrift Wörter. „Ich hielt es für das Beste, persönlich zu kommen."

„Du hast Florianas Haus gekauft, und du tätigst viele solcher Käufe."

„Das stimmt." Livius betrachtete mich mit dunklen Augen, die mich an die eines anderen Mannes erinnerten, den ich unlängst gesehen hatte. Plötzlich wurde mir klar, an wen ich dabei dachte.

Mein Gesichtsausdruck musste mich verraten haben, denn Livius nickte. „Gibt es einen Ort, an dem wir uns ungestört unterhalten können?"

Ohne ein weiteres Wort bedeutete ich ihm, mir zu folgen. Ich führte ihn zurück in unsere Wohnung und balancierte dabei den Wasserkrug auf meiner Schulter.

„Für die Wachen ist oben kein Platz", sagte ich, als ich die Haustür öffnete. „Aber ich gebe dir mein Wort, dass dir nichts passieren wird."

„Meine Wachen werden kommen, wenn ich sie rufe." Livius bedeutete mir voranzugehen.

Ich betrat die Wohnung und stellte den Krug in die Ecke, meine Tunika war feucht vom übergeschwappten Wasser. Cassia eilte vom Balkon herein. Sie hatte sich offensichtlich nicht wie befohlen hingelegt.

„Oh, sehr gut. Du hast ihn gefunden." Sie lächelte mich

erfreut an. „Ich habe Sextus Livius eine Nachricht geschickt, während du auf dem Palatin geschlafen hast."

Die drei Wachen waren tatsächlich unten geblieben. Ich hatte die Türen offen gelassen, für den Fall, dass sie zu Livius' Verteidigung hereinstürmen wollten.

Ich wischte mir Wassertropfen von der Tunika und trat vor ihn hin. „Priscus ist dein Vater, richtig?"

KAPITEL 26

Livius sah mich erstaunt an. „In deiner Nachricht stand, du wüsstest das."

Cassia hatte diese Nachricht geschrieben und Gallus aufgetragen, sie zu überbringen. Wie sie Livius' Identität herausgefunden hatte, wusste ich nicht, aber jetzt war mir klar, was sie mir zuzuflüstern versucht hatte, seit wir Priscus' *domus* verlassen hatten.

Ich erinnerte mich, dass sie mir erzählt hatte, Priscus habe einen der Jungen in seinem Haushalt freigelassen, weil er zahlreiche Qualitäten in ihm erkannt habe. Priscus hatte ihn laut Kephalos und Celnus über einen Vermittler bei einer Familie untergebracht.

Die Tat war verständlicher, wenn der Junge Priscus' eigener Sohn war, vielleicht mit einer Geliebten gezeugt. Priscus hatte so gefühlvoll von seiner Frau gesprochen, dass ich vermutete, dass die Liaison vor seiner Heirat stattgefunden hatte.

„Er hat dich zur Adoption freigegeben", sagte ich. „Damit du eine Chance bekommst."

„Priscus war unglaublich freundlich," entgegnete Livius voller Ehrerbietung. „Tatsächlich hat mich ein Mann – Julius Livius –

adoptiert und wie seinen eigenen Sohn aufgezogen. Als er zu seinen Vorfahren ging, habe ich seinen Reichtum inklusive all seiner Ländereien im ganzen Reich geerbt, was mich zu einem der wohlhabendsten Männer Roms gemacht hat."

Langsam formte sich ein Bild. Ich war nicht sicher, ob ich recht hatte, doch da Cassia nichts sagte, tat ich es. „Wohlhabend und mächtig genug, um den *princeps* zu bedrohen für den Fall, dass jemand Priscus etwas antut?"

Livius betrachtete mich schweigend, aber mit einem angedeuteten Lächeln. „Du wusstest das?"

„Ich habe es vermutet."

Er nickte, und die Ruhe, mit der er seine Schuld eingestand, zeigte, dass er in der Tat einflussreich war.

„Ich kann auf die Hilfe vieler Menschen aus allen Schichten zurückgreifen, vom Plebejer bis zum Patrizier." Livius' Lächeln war selbstironisch. „Als ich jünger war, hatte ich nie Ambitionen, derart mächtig zu werden. Es hat sich einfach aus meinem Erbe ergeben, und ich habe gelernt, meine Möglichkeiten zu nutzen. Ich habe nicht den Wunsch, den *princeps* zu stürzen oder zu ersetzen. Ich will nur den einzigen Menschen am Leben erhalten, der mir wichtig ist. Einen wahrhaft guten Mann, der sein Leben in Frieden verbringen soll."

Als Livius geendet hatte, schaute er von mir zu Cassia. „Das ist ein großes Geheimnis, Freunde. Niemand darf je davon erfahren."

Wenn es dazu käme, würden Cassia und ich dafür bezahlen, das war mir klar. Das war die unausgesprochene Drohung.

„Wir werden dein Geheimnis wahren", versicherte ich ihm. „Ich will auch, dass man Priscus in Frieden lässt. Er ist in der Tat ein guter Mann."

Livius verzog das Gesicht. „Mein Vater ist ein wenig ... weltfremd. Ich werde alles tun, was in meiner Macht steht, um ihn zu beschützen."

„Das werde ich auch." Mir kam ein Gedanke. „Warst du es,

der Priscus das Lösegeld zurückgegeben hat? Die Schatulle mit dem Gold, die die Piraten erbeutet hatten?“

Livius nickte. „Meine Männer waren an jenem Tag vor Ort, lagen auf der Lauer, bereit einzugreifen, falls es nötig werden sollte. Doch das war nicht erforderlich. Du warst so gut, wie es dein Ruf behauptet. Meine Männer haben die Behörden von Ostia vorgewarnt, dass es sich bei den Männern um Verbrecher handelte, und geholfen, sie zu fassen, als sie vor dir geflohen sind. Der Hauptmann meiner Wache hatte die Geistesgegenwart, mit der Schatulle zu verschwinden, während die Soldaten die Piraten verhaftet haben. Wie ich höre, hat der *princeps* die sofortige Hinrichtung der Piraten angeordnet. Dafür gebührt ihm Lob, weil er dadurch die Gewässer für uns alle so viel sicherer gemacht hat.“

Livius′ neutrale Miene gab keinen Hinweis darauf, was er persönlich von Neros Vorgehen hielt. Aber ich bemerkte Genugtuung darüber, dass er seinen leiblichen Vater und dessen Geld gerettet hatte.

„Das war sehr freundlich von dir“, sagte ich.

„Ich brauche das Geld nicht.“ Livius tat seine Großzügigkeit mit einer Handbewegung ab. Wir sahen einander einen Moment lang an, dann holte Livius tief Luft. „Jetzt will ich dich nicht länger aufhalten. Einen schönen Tag noch, Leonidas, der Spartaner.“

Ich nickte ihm zum Abschied zu.

Livius wandte sich ab, blieb jedoch an der Treppe noch einmal stehen. „Wenn du einmal einen Freund brauchst, melde dich. Ich stehe in deiner Schuld, denn du hast meinem Vater und seinem Sohn das Leben gerettet.“

Er warf einen Blick auf unseren Schrein für die Verstorbenen, als denke er über die Ironie der Tatsache nach, dass er die Familie gerettet hatte, zu der er sich nie würde bekennen können. Dann straffte er die Schultern und ging hinaus.

Wir hörten seine gleichmäßigen, schweren Schritte auf der

Treppe und seinen scharfen Befehl an seine Wachen. Ich trat auf den Balkon, um den vier hinterherzuschauen, während sie sich entfernten, wobei Livius von seinen drei Wachen umringt war. Die Menschenmenge teilte sich für sie wie das Wasser für einen Schiffsbug.

Cassia gesellte sich zu mir auf den Balkon, und ich musterte sie vorwurfsvoll. „Woher hast du es gewusst?"

„Celnus und Kephalos." Cassia sprach leise, obwohl die Schreie und Rufe der Menschen auf der Straße verhinderten, dass jemand unser Gespräch belauschte. „Wie gesagt, sie haben mir von dem freigelassenen Jungen erzählt. Als ich gestern Abend mit ihnen sprach, erklärten sie, sie erinnerten sich, dass ein reicher Landbesitzer den Jungen adoptiert hatte, doch sie wüssten dessen Namen nicht. Aber ein reicher Landbesitzer beschloss, ein Gebäude zu erwerben, das Priscus gehörte und das dieser Landbesitzer vermutlich nicht teuer würde verkaufen können, für das er allerdings einen hohen Preis bezahlte. Ich empfand den Schluss als naheliegend."

Sie schüttelte den Kopf, ihr Verdruss über ihre Informanten war deutlich zu spüren.

„Wissen Celnus und Kephalos, dass Livius Priscus' Sohn ist?"

„Nein. Sie verfügen über alle Mosaiksteinchen, aber sie sehen das große Bild nicht."

Da war wieder ihr Mitleid. Ich hatte bisher nur wenige Menschen getroffen, die einen so wachen Verstand hatten wie Cassia.

Ich trat aus der Sonne in die Wohnung. „Leider habe ich kein Brot mitgebracht. Ich gehe es holen."

„Nein." Cassia hielt mich zurück. „Das erledige ich. Der Spaziergang wird mir guttun, und du weißt nicht, was du verlangen musst. Der Bäcker ist gerissen."

„Gerissen?" Ich gähnte. Die lange Nacht lastete schwer auf meinen Schultern.

„Man könnte auch sagen hinterlistig. Es ist besser, wenn ich mich darum kümmere. Ich bin gleich wieder da. Warum machst du nicht noch ein Nickerchen, und dann essen wir zu Mittag."

Ich konnte mich kaum auf den Beinen halten. Zwar schickte ich Cassia ungern allein los, aber ich wusste, dass sie den Bäcker um den Finger wickeln würde, wie sie es wahrscheinlich jeden Tag tat. Ich würde mich ausruhen und sie suchen gehen, wenn sie zu lange wegblieb.

Cassia wartete, bis ich mich auf meine Pritsche gelegt hatte. Ich spürte, wie sie mich zudeckte und mir die Schuhe auszog. Bis zu ihrer Rückkehr würde ich ein bisschen dösen. Später würde ich dann einen Schreiner suchen, der etwas gegen unsere angeschlagene Tür unternehmen konnte.

Ich hätte schwören können, dass ich nur einmal geblinzelt hatte, da legte Cassia auch schon wieder ihren Mantel ab und richtete sich das Haar. Der Geruch von frisch gebackenem Brot erfüllte den kleinen Raum.

„Ausgezeichnet. Du bist aufgewacht." Cassia legte das Brot auf den Tisch und schenkte Wein ein, als hätten wir die ganze Nacht friedlich geschlafen, ohne irgendwelche Abenteuer zu erleben. Cassia war unverwüstlich, wie ich feststellen musste.

„Ich habe mit dem Bäcker gesprochen", verkündete sie, während ich mich erhob und zum Tisch schlurfte. Ich roch verschwitzt. Nach dem Mahl würde ich mich in die Bäder begeben. „Er erwartet einige Warensendungen aus Ostia und würde uns gerne dafür anheuern, sie auf dem Weg nach Rom zu bewachen. Ich habe ihm gesagt, wir nehmen den Auftrag an. Es ist mir gelungen, einen guten Preis auszuhandeln." Mit einem selbstzufriedenen Grinsen nahm sie Platz.

„Dann müssen wir wohl noch mal nach Ostia." Ich brach das Brot, tunkte es in den Wein und schob es mir in den Mund. Es war hefig und weich – dieser Bäcker konnte backen. „Darf ich zuerst kurz ins Badehaus?"

„Aber natürlich." Cassia lächelte. „Wir brechen erst in ein

paar Tagen auf. Du hast noch jede Menge Zeit, zu baden und dich auszuruhen."

Ich brummte etwas und wandte mich wieder meinem Essen zu, doch Wärme durchströmte mich und entspannte mich auf eine Weise, wie ich es schon lange nicht mehr gespürt hatte.

Bevor ich am Morgen Neros Haus verlassen hatte, war Gallus auf mich zugekommen. Seine Erleichterung über Cassias Genesung war nicht zu übersehen gewesen.

„Ich bin froh, dass es dem Mädchen gut geht." Er hatte mich neugierig gemustert. „Die kleine Cassia ist dir sehr wichtig. Ist sie deine Geliebte?"

„Nein", hatte ich scharf erwidert, dann aber meinen Tonfall gemildert, während ich Cassia beobachtete, wie sie in ihren Mantel gehüllt ernsthaft mit Marcianus sprach. „Sie ist meine Freundin."

ANMERKUNG DER AUTORIN

Vielen Dank, dass Sie „Das Blut des Gladiators“ gelesen haben! Seit Jahren gehe ich mit der Idee eines ehemaligen Gladiators schwanger, der durch die Straßen Roms streift und in die Probleme anderer Leute hineingezogen wird, während er sich eigentlich nur um seine eigenen kümmern will. Ihm zur Seite steht die Schreiberin Cassia, die ihn mit ihrem breit gefächerten Wissen, nicht zuletzt über die römische Oberschicht, unterstützt.

Ich hatte das große Glück, für die Recherche zu dieser Buchreihe nach Rom reisen zu können. Die Ruinen des Forum Romanum haben mich so überwältigt, dass ich gar nicht mehr wegwollte! Ich konnte mir gut vorstellen, wie Leonidas durch die gepflasterten Straßen schritt und unter den massiven Säulen des Saturntempels und dessen von Castor und Pollux hindurchging.

Ein Grund, warum ich nach Rom gereist bin, war der Wunsch, ein Gefühl für die Dimension der Stadt zu bekommen. Viele Fotos vom Forum sind vom Balkon der Kapitolinischen Museen aus aufgenommen (das habe ich auch getan – der Museumskomplex ist einen Besuch wert), aber obwohl die Kapitolischen Museen eine großartige Aussicht bieten, hatte ich von dort nicht das gleiche Gefühl, wie wenn ich auf der Via Sacra stand und die Monumente über mir aufragten. Sie sind gigantisch! Die Bautechnik, die bei der Errichtung dieser Gebäude zum Einsatz kam, ist erstaunlich.

Obwohl viele der Ruinen, die wir heute noch besichtigen können, zu Leonidas' Zeit (also zur Regierungszeit Neros, 54–68 n. Chr.) noch nicht existierten, konnte ich mir dennoch ein Bild davon machen, was er gesehen hat, wie viel Kraft es kostet, den Palatin oder das Kapitol zu erklimmen und welche Reichtümer in den *domus* des Palatins lagen. Ausgrabungen fördern jedes Jahr mehr zutage.

Obwohl Leonidas lange vor dem Bau des Amphitheatrum Flavium (Kolosseum) seine Freiheit erhielt, musste ich natürlich eine ausführliche Führung durch das Amphitheater machen und die unterirdischen Gänge und Zellen, in denen die Gladiatoren und Tiere untergebracht waren, sowie die Arena selbst besichtigen. Das Oval des Amphitheaters war lang gestreckt, sodass man von allen Plätzen aus eine gute Sicht hatte.

Ich stand auf dem Boden des Kolosseums, schaute zu den Sitzreihen hoch und stellte mir vor, wie die Arena bis auf den letzten Platz mit einer brüllenden Menge gefüllt war, die Gewalt und Blut sehen wollte.

Mein einziger Gedanke war: „Nicht mein Ding!" Ich überlasse die Kämpfe und die Begeisterung dafür Leonidas und seinen Kollegen.

Diese Bücher sind in der Regierungszeit Neros angesiedelt, weil damals so viel passiert ist: der große Brand, der Bau des Goldenen Hauses und die Aufstände der Juden, Boadiceas und Vindex'. Letzterer führte zu Neros Sturz.

Es sind noch viele weitere Romane über Leonidas geplant, in denen er sich an sein neues Leben gewöhnt und er und Cassia mehr übereinander erfahren.

Rätsel, Mord, Intrigen und römische Geschichte erwarten Sie!

Wenn Sie über das Erscheinen weiterer Bücher informiert werden möchten, melden Sie sich bitte unter http://eepurl.com/5n7rz für meine Mailingliste an.

BÜCHER VON ASHLEY GARDNER

Leonidas the Gladiator Mysteries

Das Blut des Gladiators

(OT: Blood of a Gladiator)

Blood Debts

A Gladiator's Tale

Die Bücher der Captain-Lacey-Regency-Krimis

von Ashley Gardner

Mord am Hanover Square

(OT: The Hanover Square Affair)

Mord im Regiment

(OT: A Regimental Murder)

Das Geheimnis des Glashauses

(OT: The Glass House)

Das Rätsel der Sudbury School

(OT: The Sudbury School Murders)

Die Halsbandaffäre und andere Geschichten

(OT: The Necklace Affair and other Stories)

Der Tote vom Berkeley Square

(OT: A Body in Berkeley Square)

Die verschwundenen Mädchen von Covent Garden

(OT: A Covent Garden Mystery)

Tod in Norfolk

(OT: Death in Norfolk)

Die Vermisste aus der Drury Lane

(OT: A Disappearance in Drury Lane)

Murder in Grosvenor Square

The Thames River Murders

The Alexandria Affair

A Mystery at Carleton House

Murder in St. Giles

Death at Brighton Pavilion

The Custom House Murders

Murder in the Eternal City

ÜBER DEN AUTOR

Ashley Gardner ist das Pseudonym der New-York-Times-Bestsellerautorin Jennifer Ashley. Unter beiden Namen – und einem dritten, Allyson James – hat Ashley über einhundert Romane und Novellen in den Bereichen Krimi und Liebesroman veröffentlicht. Ashleys Bücher wurden in über ein Dutzend Sprachen übersetzt. Wenn sie nicht schreibt, geht sie ihrer Passion für Geschichte nach, indem sie recherchiert und Miniaturhäuser und -möbel aus vielen verschiedenen Epochen baut.

Wenn Sie über Neuerscheinungen informiert bleiben wollen, tragen Sie sich auf Ashleys Mailingliste ein: http://eepurl.com/5n7rz

www.gardnermysteries.com

Printed in Poland
by Amazon Fulfillment
Poland Sp. z o.o., Wrocław

17452025R00179